DRESSLER

MARTIN PETERSEN

EXIT SUGAR TOWN

Aus dem Dänischen
von Friederike Buchinger

Dressler Verlag · Hamburg

MIX
Papier aus verantwortungsvollen Quellen
FSC® C014496
www.fsc.org

Deutsche Erstausgabe
1. Auflage

Originaltitel: *Exit Sugartown*

Aus dem Dänischen von Friederike Buchinger
Umschlaggestaltung: Zero Werbeagentur, München
Satz: Dörlemann Satz, Lemförde
Druck und Bindung: GGP Media GmbH, Pößneck
Printed 2016
ISBN 978-3-7915-0007-2
www.dressler-verlag.de

On the edge of the city you'll see us and then –
We come with the dust and we go with the wind

Woody Guthrie,
aus dem Lied Pastures of Plenty, 1941

TEIL 1

1

Es sieht echt aus wie ein Handy mit Ohren. *Recorder* nennt er es. Die Ohren sind Mikrofone. Zwei runde Dinger, an jeder Ecke eins. Das Display sind Augen, die blinzeln, wenn man reinspricht. Wie eine kleine Puppe, die mir zuhört. Als hätte ich einen Freund hier drinnen. Einen, dem ich alles erzählen kann.

Wie soll ich ihn nennen? Keine Ahnung … *Ears* vielleicht?

Marcus und ich haben hauptsächlich Englisch miteinander gesprochen. Mein Englisch, ja, ja … Er versteht das meiste und ich verstehe das meiste. Aber das, was jetzt kommt, erzähle ich in meiner Sprache.

So fängt sie an, und ihre Geschichte ist wahr, davon bin ich überzeugt. Viele andere Berichte und Interviews bestätigen das. Dawn, wie sie sich nennt, hat alles in mein Diktiergerät gesprochen, die Aufnahme wurde niedergeschrieben, übersetzt und korrigiert. Leider konnte ich sie nicht mehr fragen, wie das eine oder andere genau zu verstehen ist.

Ich sehe sie vor mir, ein großes Mädchen, das fast immer lächelt, aber ab und zu verdunkelt sich ihr Blick. Ich sehe, wie sie mir gegenübersitzt, die Ellenbogen auf dem Tisch.

Ich habe auch gesehen, wo sie die Aufnahme gemacht hat. Habe die Wände gesehen, die sie anstarrte, und die Schatten auf dem Boden. Habe die Schritte und Stimmen gehört, die von außen zu ihr hereindrangen.

Ich habe ihre Bedingungen akzeptiert: keine echten Namen, weder von Menschen noch von Orten oder Firmen. Das ändert nichts an der Glaubwürdigkeit, im Gegenteil, es verleiht ihrer Geschichte eine besondere Kraft: Indem sie an einem unbestimmten Ort spielt, spielt sie überall. Indem sie von irgendjemandem handelt, handelt sie von allen.

Du bist so gut wie neu, kleiner *Ears*. Neu und smart. Das hat mich, noch bevor wir eine Vereinbarung getroffen hatten, auf gute Ideen gebracht. Eigentlich schon während er mir gegenübersaß und erklärte, was er von mir wollte. Er konnte es mir offenbar ansehen. Bin ich wirklich so leicht zu durchschauen?

»Knapp vierhundert Dollar«, sagte Marcus.

Er hat dich bestimmt sehr gerne. Er klang fast traurig, als er den Betrag nannte. Fast so, als hätte ich dich schon verkauft, für ein paar lumpige Dollars, als würde er dich nie wiedersehen.

Die Hunderter, die ich für dich vielleicht bekommen würde, hätte ich natürlich gut gebrauchen können. Aber dann bot er mir eine hübsche Summe dafür, dass ich meine Geschichte aufnehme. Eine richtig hübsche Summe. Das wird natürlich eine Menge Arbeit, aber ich habe sowieso nichts Besseres zu tun.

Ich kraule dich ein bisschen hinter den Ohren. Die kleinen Lämpchen blinken rot und grün. Rot, wenn ich zu fest kraule.

Er wird an mir verdienen. Kein Zweifel. Er sagt, dass er überlegt, eine Artikelserie für die Sonntagszeitungen daraus zu machen. Dann können sie ihren Kaffee trinken und dabei meine Geschichte lesen. Und weiter?

Ich werde auch an ihm verdienen, bares Geld, und er hat versprochen, keine Namen zu nennen. Oder Orte. Ich benutze unsere englischen Namen. Die Namen, mit denen unsere Eltern uns riefen, als wir noch klein waren, gehen niemanden etwas an. Es soll auch nirgends stehen, woher ich stamme oder wo ich jetzt bin. Er sagt, er will versuchen, die Artikel in den Zeitungen der großen Länder unterzubringen. Bestimmt auf Englisch. Vielleicht bin ich naiv, aber ich glaube ihm. Er könnte selbst in Schwierigkeiten geraten, falls bestimmte Dinge ans Tageslicht kommen sollten. In ziemlich große Schwierigkeiten.

Er hat mir mit einer kleinen Fingerbewegung zu verstehen gegeben, was nötig war, damit ich den Recorder hier drinnen benutzen darf.

»Erzähl ihm alles, woran du dich erinnerst. Alles … wie es ausgesehen und wie es gerochen hat. Erzähl es genau so, wie du es erlebt hast. Hauptsache, du lässt nichts aus.«

Okay, dann wird mir in nächster Zeit vielleicht auch nicht mehr so langweilig.

Ears, mach die Ohren auf, jetzt geht es los:

Wo alles beginnt? In *Sugartown*. Guter Name, oder?

Wenn ich an Sugartown denke, sehe ich eine Menge und rieche ich eine Menge. Dann fühlt es sich an, als wäre ich wieder klein. Was ich rieche? Dosenfisch, den Gestank von Abwasser, Essensgerüche. Charlies Pupse. Das Blut frisch geschlachteter Hühner. Und ich bilde mir ein, meine Großmutter riechen zu können, obwohl das gar nicht sein kann. Ich erinnere mich nicht mal daran, ihr jemals begegnet zu sein, obwohl ich von meiner Mutter weiß, dass ich sie kennengelernt *habe*, als ich noch ganz klein war. Sie sagte, dass meine Großmutter mich einmal hochnahm und so fest an sich presste, dass ich anfing zu weinen. Auf diese Weise hat meine Großmutter ein Stück von sich in meine Seele gedrückt. So erzählte es meine Mutter, und als ich klein war, glaubte ich daran. Jetzt bin ich mir nicht mehr so sicher, aber es ist ein schöner Gedanke, mit dem ich mich manchmal tröste, wenn alles beschissen ist.

Sugartown hatte auch seine süßen Seiten; es gab Schokolade, Honig, Fruchtsaft, Süßigkeiten und Wespen auf dem Rand eines leeren Marmeladenglases. Manchmal haben wir gespielt, dass es schon reicht, an diese Dinge zu denken, um satt zu werden. Sich einen Löffel Honig vorzustellen … Das half für ein paar Minuten. Den restlichen Tag kreisten unsere Gedanken dann aber allzu oft nur noch um eine einzige Frage: Wann und wo würden wir etwas zu essen bekommen? Nicht selten war Sugartown ein Loch im Magen, das sich auf den ganzen Körper ausweitete, bis rauf zum Gehirn. Man konnte sich sogar einreden, das eigene Telefon wäre ein Stück Kuchen. Schokoladenkuchen mit Display. Didi hat ihres oft in den Mund genommen, und während sie daran nuckelte, beschrieb ich ihr, dass es mit Glasur überzogen war: das Display. Und Streusel hatte: die Tasten. Wir waren große, alberne Mädchen.

Wenn es dann etwas zu essen gab, habe ich Charlie meistens etwas von meinem Anteil abgegeben. Ach, Charlie … Er ist jetzt schon elf. Ein komischer Gedanke.

Bananen, Kokosnüsse, so nennen sie uns manchmal: außen farbig, innen weiß, nicht wahr? Sehr witzig … Und wie oft hat man das nicht schon gehört? Dabei unterscheiden wir uns in Wahrheit gar nicht so sehr von den Menschen in der Weißen Welt. Wir haben auch unsere Handys, mit einigen kann man Fotos machen, und manche von uns besitzen Laptops oder Tablets. Wir haben Mopeds und Fußbälle. Fernseher, Turnschuhe und Taschen. Meistens Kopien. Die Firmenlogos sind so gut gemacht, dass nur die wenigsten den Unterschied erkennen.

Sogar bei uns zu Hause gab es manchmal einen Monat im Jahr, in dem ein bisschen Geld übrig war. Und in einem dieser Monate bekam ich Geld, von dem ich mir eine richtige Schultasche kaufen sollte. Stattdessen besorgte ich mir ein gebrauchtes Handy mit zerkratztem Display. Meine Mutter verpasste mir eine Ohrfeige, aber ich durfte es behalten.

»Das einzige Telefon im Haus«, sagte ich ein bisschen später. »Jetzt kann man bei uns anrufen.«

Darauf sagte sie nichts.

Auch wir haben einen Freund oder eine Freundin und natürlich haben wir Muskeln und Haut, Zehen und Nagellack, Brüste und das da unten … Und das sind keine Kopien. You know? Wir haben alles.

Dagegen gibt es nicht so viele in der Weißen Welt, die wissen, was Hunger ist, glaube ich …

Natürlich haben wir richtige Namen, die, mit denen unsere Eltern uns gerufen haben, als wir klein waren, und die auf dem Amt eingetragen worden sind, aber in der Weißen Welt kann sie niemand aussprechen, vielleicht nicht mal lesen, und außerdem kann ich sie hier nicht nennen. Deshalb verwende ich unsere englischen Namen, die die meisten schon bekommen, bevor sie sieben werden. Also heiße ich in Wirklichkeit nicht Dawn, mein kleiner Bruder nicht Charlie und unsere Stadt nicht Sugartown. Aber ich mag meinen Namen. Dawn. Er erinnert an einen Neuanfang. Eine Sonne, die aufgeht. Dawn, das bin genau ich. Und tatsächlich stehen die Chancen, dass sich meine Hoffnung erfüllt, gar nicht so schlecht. *Dawn of the day …*

Marcus sagt, die Leute würden sich dafür interessieren, wie ich gewohnt habe. Okay … unser Haus in Sugartown ist wie die meisten Häuser in Sugartown: aus Gasbeton. Ich denke nicht gerne an Gasbeton. Ich kenne einen, der in so einem Werk arbeitet.

»Wenn man die Nase an einen Gasbetonstein hält, kann man den Schweiß riechen«, sagte mein Vater eines Tages.

»Unsinn«, sagte meine Mutter.

Das Haus ist ein flacher Bau mit drei Zimmern. Es gibt nur einen Wasserhahn, und der ist in der Küche: zum Kochen, zum Wäschewaschen, für Trinkwasser, für alles. Und es stinkt fast immer nach Schweiß. In der Küche lehnt ein Tisch an der Wand und ein paar alte Schrottstühle hängen daneben. Ein sehr kleiner Fernseher steht auf einem Regalbrett neben der Blechdose mit Keksen. An der Wand hängt ein gasbetriebener Boiler, das Fenster ist klein, um die Sonnenwärme draußen zu halten. Neben der Küche gibt es noch ein Zimmer ohne Fenster, in dem Charlie und ich schlafen, plus eine Werkstatt, wie wir es nennen, wo es tagsüber schön hell ist. Hier steht das Bett meiner Eltern. Draußen hinter dem Haus gibt es noch einen zusammengezimmerten Schuppen, da ist das Klo.

Sugartown ist kein Slum. Wir haben unser Rathaus, die Reichen-Villen und Büros, in denen Leute aus der Weißen Welt arbeiten … oder so was Ähnliches. Das alles liegt im Zentrum.

Aber draußen in den Gasbetonreihen fühlt man sich, als würde man sich in einem anderen Land bewegen, in einem riesigen Land. Reihenweise Gasbetonhäuser, grau, grau, grau. Die Straßenschilder sind oft verrostet oder von Schüssen durchlöchert. Dorthin verirrt sich allerdings nur selten jemand, der sich nicht auskennt, also ist das eigentlich egal.

Ein Eimer Farbe entspricht zehn Kilo Reis, sagte mein Vater mal. Teuer, aber das bedeutet nicht, dass es in Sugartown keine Farben gibt: Wir haben überall Plastiktüten; blaue, gelbe, grüne und rote. Entweder sie fliegen herum und bleiben irgendwo im Windschatten hängen, oder aber die Leute benutzen sie für alles Mögliche: im Haus, wenn eine Scheibe zerbrochen oder eine Tür schief ist. Als Schultasche. Anstelle von Gummistiefeln, wenn es schüttet. Aber nicht für Hundehaufen, so wie man es hier macht; dafür sind Plastiktüten zu kostbar. Die Straßen in Sugartown gleichen einem Meer aus Asphalt und Schotter mit Wellen aus Gasbeton und buntem Schaum aus Plastik. Die Hundehaufen sind kleine Leuchttürme.

Mein Vater ist Schuhmacher. Ausgebildet. Wenn ich mich an die Zeit zurückerinnere, als ich klein war, fallen mir vor allem das Geräusch seines Hammerschlags und der Geruch von Leder ein. Die Stimmen aus der Werkstatt. Charlies Heulen und das Lachen meiner Mutter. Und ich selbst, wie ich zur Schule ging, nicht mit einer Schultasche, aber dafür mit einer schönen Plastiktüte. Einer guten, stabilen und sauberen Tüte, dafür sorgte sie. Aber das ist lange her.

Die Dinge änderten sich. Als ich zehn, zwölf Jahre alt war, drangen immer seltener Stimmen und Hammerschläge aus der Werkstatt. Der Geruch von Leder vermischte sich mit einer Alkoholfahne. Aber er trank nicht jeden Tag, und an einem der Tage, an denen er klar im Kopf war, erklärte er es uns: Niemand hatte mehr Geld, um seine Schuhe zu kaufen, und wenn er sie so billig verkaufen musste wie die Fabrikschuhe, konnte er es genauso gut gleich lassen. Am Ende war sein einziger richtiger Kunde der alte Bürgermeister, der einmal im Jahr kam und sich die Maße für ein Paar handgenähte Schuhe nehmen ließ. Für ein paar Tage wurde mein Vater wieder zu dem, der er früher war. Er hämmerte, schnitt, nähte, erzählte lustige Geschichten.

Den Rest des Jahres lief es überhaupt nicht. Ein Paar Schuhe weiten hier, eine Naht da. Einmal besohlen. Nicht mal Charlie und ich trugen seine Schuhe. Meine Mutter auch nicht. Wir wollten lieber die bunten, coolen Schuhe mit den angesagten Streifen, die millionenfach hergestellt wurden, die, die alle anhatten und die deshalb fast nichts kosteten.

Es gab Hungertage, an denen wir morgens nur dünne Mehlsuppe bekamen und Suppe und eine Kartoffel am Abend. Von diesen Tagen gab es zu viele. Auch für Didi. Sie sagte einmal, man müsste einfach nur aufhören zu scheißen, dann bekäme man keinen Hunger mehr.

»Wenn nichts rausmuss, muss auch nichts Neues rein …«

Dann lachten wir und ich probierte es aus. Es half nicht. Didi behauptete auch, man könnte sich erbrechen und das eigene Erbrochene wieder essen. Angeblich sollte das satt machen. Ich glaube, sie hat es irgendwann tatsächlich ein bisschen getestet. Aber ich wollte das trotzdem nicht.

Eines Tages stritten mein Vater und meine Mutter so heftig, dass ich dachte, sie würden beide dabei sterben. Ein Metalleimer knallte mit lautem Scheppern gegen die Wand in der Werkstatt. Sie schrien.

Bevor ich zu Didi rübergehen musste, hörte ich Mama brüllen:

»Du weißt so gut wie ich, wo sie enden werden, wenn wir es nicht so machen, wie ich sage! Das sind auch meine Kinder!«

Eine Woche später waren unser Haus und unsere Familie wie verwandelt. Meine Mutter hatte sich Geld geliehen und davon eine Nähmaschine gekauft, die in die Werkstatt gebracht wurde. Von einer Witwe kaufte meine Mutter noch einen gebrauchten Tisch und stellte die Maschine darauf, die jetzt von morgens bis abends summte. Meine Mutter nähte für eine der großen Fabriken Taschen und Kragen an Jeansjacken. Später dann Knopflöcher und Knöpfe.

Das Schuhmacherwerkzeug landete in der Ecke, und nur wenn eine Reparatur anstand, was selten genug vorkam, saß mein Vater auf seinem alten Hocker und hämmerte und nähte. An allen anderen Tagen ging er frühmorgens los, um in der Gasbetonfabrik zu arbeiten. Falls es dort etwas zu tun gab. Tagsüber roch es zu Hause jetzt nicht mehr nach Alkohol, den trank er irgendwo in der Stadt, wenn sie keine Arbeit für ihn hatten. Entweder kam er nach Hause und stank nach Suff, oder er kippte um, hustend und hellgrau vom Betonstaub. Fast immer wortlos.

Die Nähmaschine verschaffte uns Geld. An den meisten Tagen konnten wir Brot kaufen und einmal im Monat ein kleines Stück Hammelfleisch. Samstags Limonade. Ganz selten auch mal am Mittwoch. Mama nähte unsere Familie zusammen, kann man das so sagen? Ich kümmerte mich mehr um Charlie als um die Schule und Papa erinnerte mich an einen Hund. Schweigend kam er und schweigend leckte er seinen Teller ab. Schweigend verließ er den Verschlag, wenn er geschissen hatte. Ohne sauber zu machen. Das war meine Aufgabe. Im Gegenzug sagte meine Mutter, dass mir schon bald alle Wege offenstehen würden, wenn ich die Highschool nur erst abgeschlossen hätte.

»Charlie auch«, sagte sie. »Er liest schon gut.«

Das tat er und das machte mich froh. Jetzt war er es, der mir kurze Geschichten aus seinem Lesebuch vorlas.

Die Nähmaschine ratterte, wenn die Fabrik Arbeit für meine Mutter hatte, die Limoflaschen zischten, wenn man sie aufdrehte, Charlie und ich wurden jeden Tag ein bisschen besser. Mein Englisch wurde immer besser. Abgesehen von den schlechten Phasen, in denen mein Hunger zu groß war. Da vergaß ich die Wörter.

Denn wenn die Fabrik keine Aufträge hatte, gab es nichts zu nähen, und wenn es nichts zu nähen gab, gab es kein Geld. Und dass mein Vater Geld nach Hause brachte, kam nicht oft vor.

Mit Schweiß kenne ich mich aus. Das ist so, wenn man in Sugartown wohnt. Den Großteil des Jahres ist es hier richtig heiß und Familien wie meine haben keine Klimaanlagen. Ich kenne den guten Schweiß, der kommt, wenn man sich bewegt oder arbeitet. Kenne den unangenehmen, der hervorsickert, obwohl man sitzt oder ganz still daliegt. Kenne den Unterschied zwischen frischem und altem Schweiß, Charlies Schweiß, dem stechenden Schnapsschweiß meines Vaters, meinem eigenen, der sich im Laufe des Tages entwickelt, und dem meiner Mama. Oh, Mama … Irgendwann fing sie an, immer mehr zu schwitzen. Ich habe es sehr wohl bemerkt, aber mir war nicht klar, dass es etwas zu bedeuten hatte. Dass ich das nicht kapiert habe, macht mich manchmal immer noch fertig.

Abgesehen vom Klo, um das ich mich jeden Tag kümmern *musste*, achtete ich auch darauf, Charlies und meine Plastikschuhe gründlich sauber zu halten. Wärmte etwas Wasser. Gab heimlich einen Tropfen Seife dazu. Benutzte die Spülbürste, wenn meine Mutter nicht hinsah. Wir hatten nur die eine Bürste. Aber wir waren es meinem Vater doch schuldig, in sauberen Schuhen herumzulaufen. Die Kinder des Schuhmachers.

Liebe? Charlie musste man einfach lieb haben, das ging gar nicht anders. Und ich gab ihm wohl auch so etwas wie Liebe. Hörte ihm zu, wenn er mir vorlas. Las ihm selbst andauernd vor. Erzählte Witze. Streichelte ihm die Nackenhaare.

Es war schon schwerer, meinen Vater gernzuhaben, aber ihm zuliebe unsere Schuhe sauber halten, das tat ich doch. Und ich bin mir sicher, dass er es registrierte, auch wenn er nichts dazu sagte.

Meine Mutter? Ein seltenes Lächeln, eine kurze Berührung, eine liebevolle Stimme, das gab es manchmal zwischen uns. Aber sie hatte keine Zeit, meist hörten wir nur kalte Worte, dass wir uns beeilen sollten. Etwas musste fertig werden, vieles musste fertig werden, hätte schon gestern fertig werden müssen. Ich hatte ein paarmal versucht, Taschen einzunähen, wenn sie nicht mehr konnte und schlafen musste. Aber ich war nicht gut an der Nähmaschine. Die Nähte wurden schief, und wenn der Strom ausfiel, was oft passierte, kam ich durcheinander und machte Fehler. Dann musste sie alles auftrennen. Schweigend. Und nicht einmal der Schatten eines Lächelns – als Dank, weil ich es versucht hatte.

Das Lächeln kam, wenn ich zu Charlie ging und mit ihm plapperte. Das, fand sie, war in Ordnung.

Richtige Liebe, you know, boy meets girl? Damals war es Tony. Er liebte zumindest meinen Körper. Und ich liebte wenigstens sein Lächeln und den Klang seiner Stimme. Besonders seine Stimme. Er sagte oft, dass er mich wollte, sowohl zu mir als auch zu seinen Eltern. Er benutzte meinen Schulbesuch als Argument, wenn er zu Hause zu erklären versuchte, warum ausgerechnet ich. Er erzählte mir ganz offen von ihren Gesprächen. Er malte seinen Eltern das Bild einer kleinen Familie: er als Zahnarzt, ich als Angestellte in einem Touristenladen, wo ich mein Englisch anwenden konnte. Allerdings war er nicht besonders gut in der Schule, und ich bezweifelte, dass er jemals Zahnarzt werden würde. Aber es sei *so wichtig*, dass ich die Schule schaffte, sagte er und küsste mich, und ich sagte Ja und war glücklich, dass mich jemand küssen wollte.

Wenn er nie Zahnarzt werden würde, war es an mir, Geld für uns beide zu verdienen. Vielleicht sagte er deshalb das mit der Schule.

Ich bin ziemlich groß. Vielen Jungs in Sugartown gefiel das nicht. Sie nannten mich *Berg*, weil ich so hoch aufragte. Aber Tony nicht. Er mochte meinen Körper so, wie er war. Sagte, dass alles genau da saß, wo es sitzen sollte. Dass genau eine Handvoll da und eine zweite Handvoll dort war und dass ich schöne Augen hatte. Besonders das Letzte horte ich gerne.

Ich erzählte ihm nichts von den Tagen, an denen ich nicht in die Schule gehen konnte, weil ich für meine Mutter rennen musste. Mit fertigen Jacken zur Fabrik. Oder mit Tüten voller Taschen, Knöpfen, Garn und Reißverschlüssen von dort zu ihr.

Oder mit einem Stück Brot, das ich gerade eben ergattert hatte, damit Charlie in der Schule etwas zu beißen bekam.

Abends schlich ich mich oft nach draußen, um Tony zu treffen. Dann versteckten wir uns unten am Fluss und setzten uns auf einen umgestürzten Baum. Knutschten. Manchmal auch mehr. Aber nie richtig, you know … Mir gefiel es, mich mit ihm zu unterhalten.

Im Flussbett lagen tote, aufgequollene Fische und stanken. Dort kam abends so gut wie nie jemand vorbei. Ich erlaubte ihm, ein bisschen zu fummeln, you know. Nur ein bisschen. Ich dagegen durfte ihn so viel anfassen, wie ich wollte. Er war wie eine Bombe, die jeden Moment losgehen konnte. Manchmal explodierte sie schon, nur weil ich ihn ansah, und das war schon ziemlich lustig, aber eine richtige Bombe war er nicht. Nicht im Inneren. Weil er keine Ziele hatte. Für ihn gab es nur das Haus und den Fluss. Das Moped und seine Eltern. Er war ein guter Junge.

Sugartowns rostige Straßenschilder schaukelten quietschend im Wind, während ich ihn an der Ecke zwischen Ringstraße und Boulevard küsste.

»Bis dann«, sagten wir und winkten.

2

Ich kann nicht von Sugartown erzählen, ohne an den Tod zu denken. Wie der Tod die Lebenden anrempelt. Ohne den Tod wäre ich nicht hier.

Irgendwann fing meine Mutter an zu japsen, wenn sie nur das Garn in die Nadel einfädeln wollte. Schweißtropfen traten ihr auf die Stirn, wenn sie aufstand. Die Hitze, dachte ich, die Hitze. Außerdem war ich in diesen Tagen viel zu beschäftigt mit Tony und Charlie und mit einem neuen Treffpunkt hinter dem Lkw-Parkplatz. Dort trafen Didi und ich uns neuerdings immer, saßen auf ein paar alten Reifen und rauchten. Ab und zu tauchte auch ein Typ auf, den sie Lucky nannten und der ununterbrochen quasselte. All das nahm mich so in Beschlag, dass ich nicht über Mamas neues Schwitzen nachdachte. Ich sagte ihr, dass ich keine Zeit hätte, für sie mit vierzig Jeansjacken zur Fabrik zu hetzen, dass das bis abends oder bis morgen warten musste. Vierzig Jacken; damit muss man mindestens zwei Mal gehen …

Ich machte mir auch keine Gedanken über die Tiefe ihres Seufzers, als sie sagte, es wäre in Ordnung, sie würde es eben selbst erledigen.

Aber als ich an diesem Nachmittag nach Hause kam, hörte ich es sofort: Die Nähmaschine ratterte nicht.

Charlie würde später kommen, mein Vater erst nach Sonnenuntergang.

Ich rief, aber alles blieb still. In diesem Moment wünschte ich, die Wände würden singen, wünschte, die Nähmaschine würde von alleine loslegen und für mich surren, wünschte, es würde in Töpfen und Pfannen sieden, aber da war nichts. Die Stille legte sich über mich wie ein großes schwarzes Tier. Ich hielt unwillkürlich die Hand vor den Mund, als wollte ich den Schrei schon im Voraus unterdrücken. Dann setzte ich einen Fuß vor den anderen und ging in die Werkstatt.

Noch bevor ich sie sah, wusste ich es. Sie lag neben dem Stuhl, sie musste im Sitzen heruntergefallen sein. Ihr Körper lag auf der Seite, nur der Kopf war leicht zur Decke gedreht. Ihre Augen waren offen, aber sie konnten nichts sehen. Als wären sie nur gemalt. Kein Blinzeln. Kein Fenster zu ihrem Inneren. An den Augen meiner Mutter hatte man erkennen können, ob sie fröhlich war, wütend oder traurig. Aber die Augen, in die ich jetzt blickte, erzählten nichts. Es gab nichts zu erzählen. Aus einem Mundwinkel rann ein dünner Spuckefaden und unter ihrem Rock hatte sich ein nasser Fleck ausgebreitet. Ich schaute weg. Zu ihrem Bett. Zur Nähmaschine, die doch rattern, surren müsste. Und erst da wurde mir endgültig klar, dass sie wirklich tot war.

Ich ging zur Nähmaschine. Sie war noch warm. Von ihren Händen? Oder war es die Wärme des Motors? Ich schob einen Fuß unter den Tisch und fand das Pedal. Drückte vorsichtig. Die Maschine surrte wie immer.

Dann brach es los. Sie würde nie wieder nähen. Ab sofort war ich diejenige, die mit dem Fuß auf dem Pedal am Tisch sitzen musste und nach und nach ihr Englisch vergessen würde. Meine Mutter war jetzt nur noch ein Körper, ihre Stimme, ihre Gedanken waren für immer verschwunden. Sie würde mir nicht mehr zuhören. Charlie. Ihre Ohren saßen immer noch fest an ihrem Kopf, aber sie hörten nichts. Kein Wort kam aus ihrem Mund. Es gab nur noch das, was sie *gewesen war*. Da schrie ich vor Trauer, vor Entsetzen, schrie über mein eigenes, trauriges Schicksal, diesen Abgrund, in den ich nur noch machtlos starren konnte.

Ich kniete mich neben sie und tastete fieberhaft nach ihrem Puls, lauschte wie eine Verrückte nach ihrem Herzen, das doch irgendwo da drinnen schlagen *musste*, sie war doch warm. Aber in ihrem Körper rührte sich nichts. Ich beruhigte mich ein wenig, schloss ihre Augen, stand auf und holte das Laken, das auf ihrem Bett lag. Ich deckte sie damit zu und achtete darauf, auch die Lache abzudecken, die sich unter ihr gebildet hatte.

Ich rannte auf die Straße, weinend, aber die Fragen der Nachbarin konnten mich nicht aufhalten. Ich hatte es eilig. Ich wusste, was ich tun musste, und das stoppte die Tränen für eine Weile. Ich hätte zuerst meinen Vater holen müssen, aber ich lenkte meine Schritte zu Charlies Schule.

Wände, Bilder, Schüler und Lehrer wirbelten an mir vorbei, ich kann mich nicht daran erinnern, was ich sagte, weiß nur, dass ich in seine Klasse rannte, seine Hand packte und ihn mitnahm. Der Protest des Lehrers verklang schon bald in der Ferne.

»Sie ist tot. Wir müssen Papa holen.«

Er war nicht in der Gasbetonfabrik. Sie hatten an diesem Tag keine Arbeit für ihn gehabt. Ich fand ihn auf dem Parkplatz, wo morgens die Arbeitssuchenden angeheuert wurden. Er saß hinter ein paar Autos, an eine niedrige Mauer gelehnt, und spielte

Karten. Ich bildete mir ein, in seinen Augen zu lesen, dass er gerade verlor. Und hier kamen wir, mit einer weiteren Niederlage.

»Es ist was mit Mama …«, rief Charlie, sobald wir meinen Vater entdeckt hatten.

Als wir nach Hause kamen, waren seine ersten Worte: »Wieso hast du das Laken genommen? Das war noch fast neu!«

So vergingen die nächsten Tage. Er schien überhaupt nicht zu wissen, was er jetzt tun sollte, mit wem er reden oder was in die Wege geleitet werden musste. Einerseits war mir das sehr recht, denn so hatte ich etwas zu tun; ich hatte eine Aufgabe und musste unseren Vater dazu bringen, das Richtige zu sagen oder zu erledigen. Papa, mach jetzt das. Papa, du musst mit dem reden. Papa, wir brauchen noch …

Zum Glück hat Mama mir oft von Beerdigungen und Todesfällen erzählt, dachte ich und hätte fast wieder geweint. Aber solche praktischen Dinge retteten mich die meiste Zeit über den Tag. Nur nachts weinte ich mich entweder in den Schlaf oder versuchte, ganz still neben Charlie zu sitzen und tief und langsam zu atmen.

Ich stellte mir vor, ich könnte mich davon wegschlafen; wenn ich aufwachte, würde die Maschine surren wie immer. So dachte und träumte ich, aber am nächsten Morgen hörte ich nur die Krähen krächzen. Oder einen Hund, der mit seinem nervigen Gebell die Sonne begrüßte.

Der große Abschied von ihr war verwirrend. All die vielen Menschen in unserer kleinen Küche und vor dem Haus, all die vielen Tränen. Mein Vater, der es mit Müh und Not schaffte, seine Rolle zu spielen – als Witwer, der alles im Griff hat. Der zerschlissene Anzug. Der Trauerzug. Die Worte. Die Klagelieder. Der Begräbnisort. Der Weg nach Hause.

Am nächsten Tag waren sie weg und alles wurde noch stiller. Ich begleitete Charlie in die Schule, aber meine eigenen Bücher hatte ich nicht dabei. Zu Hause stand die Nähmaschine. Ein Stapel Jeansjacken wartete daneben. Im Regal waren noch zwei Dosen Fisch in Öl und eine angebrochene Packung mit weichen Keksen. Und niemand wusste, wie viel mein Vater mit nach Hause bringen würde. Oder wann. Oder ob überhaupt.

Ich hatte mein Englisch nicht vergessen und konnte die Situation mit einem Wort beschreiben: »Fuck!«

Einen Tag Arbeit in einer ganzen Woche. Das war alles, was mein Vater bekam, und in derselben Woche tauchten zwei Männer aus der Fabrik bei uns auf und sagten, wenn ich nicht bald einen ordentlichen Stapel Jeansjacken mit Knopflöchern liefern würde, kämen sie wieder, um die Jacken abzuholen und die Arbeit einer Frau zu geben, die nähen konnte.

»Auch wenn wir Verständnis für euch haben«, sagte der eine.

»Unser Beileid«, sagte der andere.

Ihr mich auch, dachte ich, aber ich sagte: »Danke.«

Als sie wieder weg waren, setzte ich mich sofort an die Maschine. Aber es stank noch immer nach der Pfütze, die sich gebildet hatte, als meine Mutter da auf dem Boden lag, deshalb musste ich erst den Boden schrubben, bevor ich anfangen konnte zu nähen. Wir hatten keine Putzmittel, also hobelte ich kleine Flocken von unserem letzten Stück Handseife in einen Eimer mit Wasser. Nicht das beste Mittel, aber so konnte ich wenigstens sauber machen. Es tat gut, alle Fenster und Türen im Haus zu öffnen, damit der Wind ganz gewöhnliche Dorfluft in die Räume tragen konnte. Zwiebeln. Windeln. Suppe. Mopedbenzin. Katzenpisse. Männerpisse der nächtlichen Säufer – alles war besser als der Geruch dieses Flecks auf dem Boden.

Ich setzte mich wieder an die Maschine und führte den Saum einer Jacke unter die Nadel.

Aber was jetzt? Mir wurde klar, dass ich keine Ahnung hatte, wie man ein Knopfloch näht. Von Weitem hatte ich gesehen, wie sie Löcher machte. Es ging blitzschnell. Mit Schablone oder Maßband markieren, rein mit dem Stoff, einen Knopf auflegen. Eine Sekunde nähen, Knopf auflegen, das Ganze ein paarmal wiederholen, weiter zum nächsten und dann die Löcher auftrennen. Nächste. Und ich? Abgesehen von den Taschen hatte ich vor ein paar Jahren mal eine Jeans für Charlie repariert und einen Flicken aufgenäht. Ich konnte Garn einlegen und dafür sorgen, dass der Unterfaden lief, wie er sollte. Aber Knopflöcher? Wo musste der Knopf hin? Meine Hände fingen an zu schwitzen. Und der Stapel war hoch. Die erste Jacke ruinierte ich. Zwei Knopflöcher saßen falsch, und es dauerte eine volle Stunde, bis ich herausgefunden hatte, wie ich die Maschine einstellen musste. Endlich konnte ich loslegen und schaffte eine Reihe Löcher. Die Nähmaschine sollte klingen wie ein Maschinengewehr, drr, drr, drr, drr, drr, dann musste das genähte Loch nur noch aufgetrennt werden. Meine Mutter konnte das schneller, als ich eine SMS schreibe.

Der Berg aus Jacken ohne Löcher war riesig. Der Stapel mit denen, die fertig waren, bestand aus fünf, sechs Stück. Die ganze Zeit machte ich Fehler. Trennte zu weit auf, sodass meine eigene Naht wieder aufging. Ich war kurz davor zu schreien, als jemand an die Tür klopfte.

Nicht jetzt, dachte ich. Ich will mit niemandem sprechen, bevor ich diese Maschine nicht im Griff habe. Aber ich ging trotzdem nachsehen, wer es war. Da stand Tony und ganz unerwartet wurden meine Knie ein bisschen weich.

Er wollte mich abholen und mit mir an den Fluss gehen. Sein Lächeln war so süß. Ich freute mich. Ich fühlte mich, als hätte ich für einen Moment freibekommen, und ich war froh darüber, ihm erzählen zu können, was passiert war. Warum ich neuerdings nicht mehr in die Schule kam. Endlich war da jemand, bei dem ich ganz ich selbst sein konnte – nicht Charlies Ersatzmutter, nicht der Hausdrachen meines Vaters oder das arme, mutterlose Mädchen, das die Nachbarn von nun an in mir sahen. Jetzt konnte ich Tony erzählen, wie es wirklich war, wie es in mir drinnen aussah. Nur eine halbe Stunde und dann zurück an die Knopflöcher.

Frag mich doch, wie es mir geht, Tony, dachte ich, aber er redete von der Schule, vom Sport, dem Wetter und der Hitze, von der Kühle am Fluss. Und ich dachte, wenn wir nur erst dort unten wären, den sanften Luftzug auf den Wangen spürten, würde er mich nach meiner Mutter fragen, aber das passierte nicht, ja, tatsächlich spreche ich jetzt gerade zum ersten Mal darüber, wie alles war.

Ears, du hörst dir alles an, was ich zu sagen habe …

Als Tony und ich auf unserem umgestürzten Baumstamm saßen, während uns das strömende Wasser ein wenig Abkühlung verschaffte, wollte er weder reden noch zuhören. Er wollte anfassen.

Es ist so lange her, sagte er und wollte küssen, und ich küsste ihn und dachte, dass wir reden konnten, wenn wir uns geküsst hatten, aber das konnten wir nicht, denn danach wollte er anfassen, hier und da. Und genau in diesem Augenblick, genau an diesem Tag, wollte ich weder hier noch da angefasst werden.

»Meine Mutter ist tot!«, brüllte ich und rückte von ihm ab.

»Das weiß ich doch. Aber du bist so herrlich lebendig. Dawn, Dawn …«

Und dann sagte er Schatz und Honey und sagte, er hätte mich vermisst und dass schon so viele Tage vergangen seien und dass ich ihn anschauen soll, und dann sollte ich ihn genau *da* anschauen, und da stand ich wortlos auf und ging nach Hause.

Nach zwei Tagen hatte ich neunzehn von 115 Jacken geschafft und am selben Tag standen die Männer aus der Fabrik wieder vor mir. Sie nahmen die neunzehn und warfen mir den Lohn hin. Nicht viel Geld, aber zumindest konnte man damit Brot kaufen, Reis und Fischkonserven für ein oder zwei Tage, und ich setzte mich hin und nähte weiter. Aber schon nach zwei Stunden war einer der Männer zurück. An fünfzehn von neunzehn Jacken saßen die Knopflöcher verkehrt, die konnte man nur noch wegwerfen, und ich musste mich darauf einstellen, fünfzig Stück gratis zu machen, als Wiedergutmachung. Ich hatte den Abstand zwischen den Knopflöchern nicht ordentlich ausgemessen. Aber sie wollten trotzdem, dass ich für sie weiternähte.

Als der Mann weg war, weinte ich. Ich hatte nicht sorgfältig genug gemessen. Das tat ich jetzt und alles dauerte länger. Wenn ich nicht gerade Essen kochte, saß ich ununterbrochen an der Maschine, solange ich noch genügend Licht hatte. Schließlich war mein Kopf voller Muster, voll blauem und schwarzem Jeansstoff, fucking Jeansstoff und voller beschissener Löcher, die genau dort saßen, wo sie hingehörten. Als ich mit den fünfzig Jacken ohne Lohn fertig war und die nächsten zehn gemacht hatte, sagten sie, dass es an diesem Tag kein Geld gab, weil die Banken geschlossen waren, aber nächste Woche …

»Nächste Woche? Wie soll mein kleiner Bruder davon satt werden?«, rief ich, aber da waren sie schon weg, mit einem Berg von Jacken mit Knopflöchern. Auf dem Tisch türmten sich zwei Stapel ohne Knopflöcher neben der Maschine.

Noch im Traum spürte ich den festen Stoff zwischen den Fingern, die Vibrationen und Geräusche der Nähmaschine.

Niemals würde ich an das Tempo meiner Mutter herankommen.

Charlie fing an, die seltsamsten Dinge zu essen. Eines Nachmittags sah ich ihn Gras kauen, und am nächsten Tag kam er nach Hause und erzählte, er habe Arbeit im Ziegelwerk gefunden.

»Ich muss Ziegelsteine umdrehen und in Reihen legen«, sagte er. Ich verpasste ihm eine Ohrfeige und sagte, er solle sich um seine Schule kümmern, aber er sagte, er könne nicht lernen, weil er zu hungrig war.

»Bis ich gelernt habe, schnell zu nähen, aber keinen Tag länger«, sagte ich, und er schlang seine Arme um meinen Bauch.

Als mein Vater an dem Abend nach Hause kam, hatte er nicht getrunken. Aber Geld hatte er trotzdem nicht dabei.

»Morgen gewinne ich es zurück«, sagte er.

»Charlie hat Arbeit im Ziegelwerk«, sagte ich.

»Gut«, sagte er.

Wie konnte er »gut« sagen? Ich warf mich aufs Bett. Presste den Kopf in das Kissen. Kurz darauf stand mein Vater im Zimmer.

»Du solltest lieber noch ein paar Knopflöcher nähen, bevor du dich hinlegst«, sagte er.

Aber an diesem Tag setzte ich mich nicht mehr an die Maschine. Und nach den schweißtreibenden Versuchen der nächsten Tage, mit verknotetem Unterfaden, abgebrochenen Nadeln und falsch platzierten Knopflöchern, sah ich es ein: Ich würde es niemals lernen, schnell zu nähen.

»Wer braucht schon einen alten Schuhmacher?«, fragte mein Vater eines Tages, als er sauber nach Hause kam. Sauber bedeutete null Arbeit. Kam er dagegen von Betonstaub bedeckt nach Hause, warf er in der Regel ein paar graue Geldscheine auf den Tisch und fragte, wieso ich nicht mehr Jacken geschafft hätte. Ich mochte ihn am liebsten, wenn er sauer war, mit Geld. Das hieß für uns Limonade, Kekse und Fischkonserven. Ein bisschen Hammelfleisch, wenn wir Glück hatten.

Seine sauberen Tage waren schlimm. Sein Blick war leer, und er vertrank das Geld, das er nicht hatte. Mein Nacken wurde hart wie ein Brett und eines Abends schlief Charlie am Tisch ein. Seine Haare fielen in die Fischsuppe, die ich aus zwei Dosen gekocht hatte. Der gelbe Ziegelstaub verteilte sich auf der Suppe, während zwei Fliegen auf seiner Wange landeten, ohne dass er davon wach wurde.

Der schlimmste Tag war der Tag, an dem mein Vater ohne Geld nach Hause kam und ich entdeckte, dass er *nicht* sauber war. Seine Handgelenke und Knöchel waren grau.

»Du *hattest* heute Arbeit? Wo ist das Geld?«

»Morgen gewinne ich es doppelt zurück«, sagte er.

Als die Nachbarin bemerkte, wie ich aussah, schenkte sie mir ein Pfund Kartoffeln. Und eine Dose Tomaten und ein wenig Trost.

»Das geht doch nicht«, sagte sie.

3

Am nächsten Tag stand Didi plötzlich vor unserem Haus und hatte diesen frechen Glanz in den Augen, den ich zugleich liebte und fürchtete. Sie kam in die Werkstatt, wo ich über die Maschine gebeugt am Tisch saß.

»Ich muss dir was zeigen.«

»Was?«

»Das bringt mehr als zehntausend Knopflöcher!«

Sie übertrieb oft.

»Ich geh ein bisschen raus«, rief ich, denn es war mit Sicherheit nichts, was mein Vater oder Charlie mitbekommen sollten. Außerdem hatten wir noch Saft mit Orangengeschmack in der Küche und dazu drei Dosen Fisch, eine ganze Zwiebel und trockenes Brot, das wir umsonst bekommen hatten und das wieder wie frisch war, wenn man es nass machte und dann aufwärmte.

»Ich sehe aber einen Stapel neben der Maschine«, sagte mein Vater in der Küche, wo er vor dem Fernseher saß.

»Wenn du Schuhe nähen kannst, kannst du ja wohl auch Löcher in Jacken nähen«, rief ich, und dann waren wir draußen und ich konnte seine Antwort nicht mehr hören. Nett war sie sicher nicht.

Didi lenkte ihre Schritte zum Lkw-Parkplatz, wo jemand mit ausrangierten Wäscheständern und zusammengeklebtem Plastik eine Art Dach über die alten Reifen gezogen hatte. Darunter saßen ein paar Typen. Sie rauchten, und mich überkam eine vage Ahnung, wozu Didi mich überreden wollte. Wir hatten uns ab und zu ein bisschen Geld und ein Bier verdient, indem wir irgendwelche Typen in eine Bar begleitet hatten. Schon allein mit einem Mädchen an der Hand aufzutauchen, verschaffte den Jungs ein gewisses Ansehen. Ein paar von ihnen waren sogar ganz in Ordnung. Und schlau. Einige gingen in die Schule und redeten davon, Arzt zu werden oder Straßenbauingenieur. Ich hatte mehr als nur einmal den Verdacht, dass Didi sich bei ihnen noch ein bisschen mehr dazuverdiente, aber sie behauptete, so etwas hätte sie noch nie getan.

An diesem Abend hatten es sich der ewig quasselnde Lucky und ein gewisser Chuck auf den zerfetzten Lasterreifen bequem gemacht, als wären es teure Lehnstühle.

»Das ist Dawn« sagte Didi, als wir unter die Plane schlüpften. »Sie hat nie einen Dollar übrig, aber sie verdient das Essen für eine ganze Familie. Ich schwöre euch, die kann was.«

Wir reichten uns die Hände und redeten ein bisschen uber die Leute, die wir so kannten. In Sugartown gibt es immer jemanden, über den man tratschen kann, und so, wie das Gespräch verlief, wurde deutlich, dass Lucky und Chuck im Großen und Ganzen alles in und an Sugartown falsch, lächerlich und sinnlos fanden. Ja, dass Sugartown im Grunde gar nicht existieren sollte. Ich musste daran denken, wie Charlies Kopf in die Suppe hing, und konnte nicht anders, als den beiden vollkommen zuzustimmen.

»Dabei hat der Mensch Flügel«, sagte Lucky plötzlich.

Ich war überrascht. Er klang ja wie ein Dichter. Ich sah ihm in die Augen. Ein kleines Lächeln breitete sich auf seinen Lippen aus. Dachten wir dasselbe? Ja, wir konnten fliegen. Zu fernen Orten. Und natürlich hatte ich schon von Leuten gehört, die von hier fortgegangen waren. Das kam fast jede Woche vor.

»Es ist gar nicht so teuer«, sagte Chuck. »Wir sind nicht so wie diese Typen, die andere Leute ausnehmen …«

»Aber ist es nicht gefährlich?«, fragte Didi.

»Nicht für Mädchen wie euch«, sagte Lucky. »Ihr schafft es überall.«

Sogar in meiner Familie gab es jemanden, der weggezogen war. Meine Großmutter. Ihr »weg« war Sugartown gewesen. Sie hatte meiner Mutter erzählt, dass in dieser Gegend früher viel Geld zu holen war. Und meinen Großvater hatte sie schließlich auch hier kennengelernt.

»Ich werde auf keinen Fall irgendwelche Typen aufgabeln«, sagte ich. »Oder mich aufgabeln lassen.«

»Wer redet denn von so was?«, sagte Lucky. »Chuck und ich haben ein kleines Unternehmen …«

Also arbeitete er schon mal nicht als Wachmann, wie er Didi erzählt hatte. Alle jungen Männer aus Sugartown, die nicht zur Schule gingen, behaupteten, sie würden als Wachmann arbeiten. Das war auch ganz klar besser, als zuzugeben, dass man in Wahrheit einen Dreck machte oder sich mit kleinen Jobs durchschlug, von denen die Polizei alles andere als begeistert war.

Dann fingen sie an, von der Weißen Welt zu erzählen. Chuck war schon tausend Mal da gewesen, sagte er. In *City*, wo Millionen Menschen lebten. Er kannte Leute, die einem Job und Wohnung beschaffen konnten. Alle möglichen Jobs. Kein Ding. Mein Blick fiel auf Chucks Schuhe. Sie sahen nicht ganz billig aus. Und in City, erzählte er, konnten sich fast alle miteinander verständigen. Ein bisschen Englisch, ein bisschen ihre eigene Sprache. Ein bisschen unsere Sprache. Man konnte auch von dort aus weiterziehen, in andere Städte, andere Länder.

»Wenn man erst mal drüben ist, wird einem klar, dass es eine Menge Dinge gibt, die sie nicht gerne selbst machen. Aber sie haben Geld, um andere dafür zu bezahlen. So ist es einfach …«

»Das sind dann ja wohl Drecksjobs«, unterbrach ich ihn.

»Das, was du hier machst, etwa nicht?«, fragte Didi.

Die Jungs erzählten von Stränden und Cafés. Sauberen Straßen. Das Essen war billig, wenn man ihren Lohn verdiente. Kleider. Die gut ausgebildeten Männer, die gerne heiraten wollten und hübsche Mädchen wie uns suchten … Es war vor allem Chuck, der redete. Nach zehn Minuten konnte niemand mehr daran zweifeln, dass City eine schöne Stadt mit Unmengen von Jobs war.

Aber hielten die beiden mich für total dumm? Dachten sie, ich wäre noch nie auf dem Markt gewesen? Sie waren schließlich Verkäufer. Kein Zweifel. Aber ihr Warenangebot war trotzdem verführerisch.

»Was würde es denn kosten, Didi und mich rüberzubringen?«, fragte ich.

Erst nannten sie keinen Betrag. Schwafelten nur davon, dass es bei ihnen billiger war als anderswo. Und viel sicherer, weil sie so viele Kontakte hatten. Dass man unterwegs Essen und Trinken bekam, das war im Preis inbegriffen. Lucky fragte beiläufig, wie alt ich war, und ich sagte sofort achtzehn, obwohl ich erst siebzehn war. Soweit man weiß. Aber alles, was mit Reisen, Pass und Geld zu tun hat, lässt sich viel leichter regeln, wenn man achtzehn ist. Auch wenn die Tickets dann vielleicht teurer sind.

Der Reifen, auf dem ich saß, war nicht besonders bequem, und ich stand auf. Lucky dachte, ich wollte gehen. Er wirkte ziemlich nervös. Hatte er Chuck vielleicht versprochen, er hätte ein paar gute Kunden für ihr kleines Reiseunternehmen an der Hand?

»Wenn du mitkommst, machen wir dir einen Sonderpreis«, sagte Chuck. »Du hast eine … gewisse Qualität … Du verdienst es nicht, hier zu versauern.«

»Und Charlie auch nicht …«, sagte Didi.

Sie wusste genau, wo sie den Finger in die Wunde legen musste, und zugleich schien sie selbst sich schon entschieden zu haben.

»Dann rück endlich damit raus, was es kostet«, sagte ich.

Als Chuck »zwanzigtausend Dollar« sagte, stand ich auf, um zu gehen. Das ist eine wahnsinnige Summe in unserer Währung. Das würde uns ganz klar den Hals brechen, aber ich kam nicht weit, weil Lucky sich mir in den Weg stellte.

»He, hör zu, ich sage dir, wie das funktioniert: Du musst jetzt fast gar nichts bezahlen. Du leihst dir von uns Geld und bezahlst es nach und nach zurück, sobald du da drüben Kasse machst. Und ich verspreche dir, das geht schnell. Wenn du erst mal angefangen hast … Knopflöcher zu nähen, fließt das Geld nur so.«

Er hatte offenbar mehr mit Didi gesprochen, als mir bis dahin klar gewesen war. Woher sollte er sonst wissen, dass ich Knopflöcher nähte?

»Zwanzigtausend … Ihr spinnt«, sagte ich. »Komm, Didi.«

Luckys hübsche Augen und seine energische Stimme waren nur eine Hülle, darunter steckte ein kleiner Schwindler. Ich ging los, aber Didi blieb unter der Plastikdecke sitzen. Wie konnte sie überhaupt darüber nachdenken, zwanzigtausend Dollar Schulden zu machen? Ihre Familie hatte doch auch kein Geld. Ihrer Mutter hatte man angedroht, sie zu feuern, und ihr Vater hatte schlechte Beine. Was dachte sie sich bloß?

Bevor ich den Parkplatz überquert hatte, rief Lucky mir nach: »Du wirst hier verrecken. Eine bessere Chance bekommst du nicht. Du verschenkst deine Zukunft!«

Ich blieb stehen und rief zurück: »In Wahrheit bin ich erst vierzehn, ich kann mir gar kein Geld leihen.«

Didi lief mir nach. Ich wartete. Ließ sie kommen.

»Mann, Dawn«, sagte sie. »Kapierst du nicht, wie groß das werden kann?«

Aber ich schüttelte den Kopf und ging nach Hause, um Knopflöcher zu nähen. Mein Vater schlief in dem jetzt viel zu großen Bett, aber das Geräusch der Nähmaschine und das Licht der Lampe weckten ihn nicht. Ich machte weiter, bis ich so müde war, dass ich aufhören musste, schlich mich in Charlies und meinen kleinen Raum und ließ mich auf die Matratze fallen.

Schlafen konnte ich nicht.

Es vergingen ein paar Tage. Blut, Schweiß und Knopflöcher. Eines Tages nähte ich mir in den Finger, dass es nur so spritzte. Musste die Flecken aus den Jacken waschen, damit sie es nicht merkten. Charlie, der eigentlich ein Schuljunge sein sollte, stand, kroch, ging und schleppte jeden Tag zehn Stunden lang ihre beschissenen Ziegelsteine, bevor er nach Hause kam, mit Staub bedeckt, mit gelben Popeln und roten Augen.

Zwischendurch versuchte mein Vater, Arbeit zu finden. Ich schuftete, um Geld für uns zu verdienen. Es ging viel zu langsam. *Die Näherin aus Sugartown*. Kein Film, in dem ich die

Hauptrolle spielen wollte. Aber war es nicht genau das, was ich tat?

Es gab natürlich noch einen ganz anderen Film – mit Didi und Lucky auf den Plakaten. Auf dem Lkw-Parkplatz unterhielten wir uns wieder. Chuck gab Zigaretten aus. An einem Tag hatte Lucky Shots dabei. Er wollte uns einladen. Wollte wohl zeigen, dass er mit ihrem Reisebüro Geld verdient hatte. Dass er auf dem besten Wege war, ein Mann von Welt zu werden. Aber ich fragte mich die ganze Zeit, ob er nicht vor allem Angst davor hatte, Chuck könnte unzufrieden mit ihm sein. Die Shots waren trotzdem okay.

»Lucky shots«, sagte ich lachend. Aber sie konnten nicht genug Englisch, um zu verstehen, was daran lustig war.

Didi redete von den Städten da drüben, von denen sie schon gehört hatte. Von den dicken Lohntüten, wenn man nur …

Und dann Lucky und Chuck: Mir wurde klar, dass Chuck ein routinierter *Rattenfänger* war. Der Ausdruck stammt aus der Weißen Welt. Von früher. Als die Pest wütete, spielte ein junger Mann so schön auf der Flöte, dass die Ratten ihm aus der Stadt folgten. Später brachte er auch die Kinder dazu, ihm zu folgen, und das hätten sie besser nicht getan.

Und dahin wollte Lucky auch. Davon wollte er leben. Seine Art, aktiv zu sein, war irgendwie anziehend. Es ging ihm nicht nur um Dollars und er ließ sich nicht bremsen: Wieso sollten wir das nicht auch können? Worauf warteten wir? Haben wir mehr als dieses eine Leben? Da klang er wieder wie ein Dichter …

»Und du bist doch sogar gut in Englisch, oder nicht?«

Da hatte er mich. Und während der Wind gelben und roten Staub durch die Ecken von Sugartown wehte, saß ich auf einem alten Traktorreifen und hörte zu und hörte zu.

Das viele Geld, das ich mir leihen sollte, war kein Grund, sich Sorgen zu machen. Man bezahlte es erst dann in Raten zurück, wenn man eigenes Geld verdiente. Und man konnte immer noch genug nach Hause zur Familie schicken, die Raten waren nicht so riesig. Vielleicht würde es nicht jeden Tag Arbeit geben, aber fast jeden. Die Leute in der Weißen Welt mochten keine harte oder eklige Arbeit. Sie waren glücklich, dass wir kamen und solche Jobs übernahmen. Wir waren keine Konkurrenten für sie. Außerdem waren Lucky und Chuck unglaublich geschickt, wenn es um die Beschaffung von Papieren und Genehmigungen ging. Um alles, was zwei Ratten wie Didi und ich benötigten. Wir würden ohne große Probleme Grenzen, Meere und Zäune überwinden, stark und jung, wie wir waren. Wir konnten mit einer Arbeitserlaubnis in der Hand durch die Tür einer Elektronikfabrik marschieren und sagen: »I can work hard, do you have a job for me?«

Lucky malte mir eine neue Zukunft aus, eine Zukunft, die auch für meinen Vater und Charlie gut sein würde. Ein schönes Bild. Und seine Augen und seine Energie leuchteten darin wie unzählige kleine Farbtupfer. War nicht auch meine Großmutter irgendwann aufgebrochen? Waren wir nicht überhaupt nur deshalb hier? Ich sah Didi in die Augen, als wir nach Hause gingen.

»Wir machen es, Didi!«

»Fuck, und wie wir es machen, Dawn!«

So hatten wir schon oft über alles Mögliche geredet, auch ohne es dann zu tun. Aber an diesem Abend übertönten unsere Worte das Rascheln des Plastiks und das Schreien der Babys mit ihren aufgeblähten Bäuchen. Ja sogar den Lärm der Männer, die tranken und sich prügelten.

»Sugartown, fuck!«, rief Didi.

Ich warf einen Stein nach einem Hund, und Didi legte ihren Arm um mich, und so liefen wir, Arm in Arm, um die größten, stinkendsten Pfützen herum.

»Ich muss mit meinem Vater reden«, sagte ich.

»Kannst du nicht einfach heimlich abhauen? Wenn das Geld erst mal fließt, findet er die Idee bestimmt gut. Ich frage niemanden um Erlaubnis!«

Klar. *Sie* fragte nie um Erlaubnis. Didis Vater fuhr Taxi, wenn der Fuhrunternehmer ihn brauchte und er gesund war. Ihre Mutter schuftete in einer Reinigung, in der sie es kaum aushalten konnte. Ich glaube, sie hatten noch weniger Geld als wir. Noch dazu waren sie religiös. Didi durfte nichts, machte aber alles. Ihre Eltern konnten sie nicht zu Hause halten. Es fiel ihnen schwer, Didi zu überzeugen, auch weil jeder wusste, dass ihr Vater in der ganzen Stadt noch diverse andere Kinder hatte. Und Didis Mutter war von den Dämpfen in der Reinigung komisch im Kopf geworden. Sagte Didi.

Zu mir war ihre Mutter eigentlich ganz nett. Sie sagte immer dasselbe, wenn sie mich sah: »Geht es dem kleinen Charlie auch gut?«

Dabei war er ja gar nicht mehr so klein. Aber sie sagte es so nett.

»Deine Mutter wird traurig sein, wenn du einfach verschwindest, Didi«, sagte ich.

»Wir machen es, Dawn«, erwiderte sie ungerührt. »Jetzt ist der richtige Zeitpunkt.«

»Du bist verrückt«, sagte ich und ging mit schwirrendem Kopf nach Hause.

4

Die Pro-und-Kontra-Liste, die ich schrieb. Man lässt ja nicht einfach so ohne Weiteres alles hinter sich. So sicher, wie ich mir abends noch war, so unsicher war ich am nächsten Morgen. Ich glaube, ich kriege noch alles zusammen:

Pro:
Geld
Charlies Schulbesuch
Mein Leben
Lucky (begleiten)
Tony (zurücklassen)
Papa im Alter
Kontra:
Lucky, irgendwas stimmt mit ihm nicht
Tony, der mich trotz allem gernhat
Papas Angst
Charlie alleine mit Papa in dem Haus
Papa im Alter
Entscheidung:
Mein Leben

Meine Gedanken drehten sich im Kreis wie ein Häftling beim Hofgang. Kamen nie *raus*. Es half ein bisschen, sie aufzuschreiben. Die Nähmaschine stand still, und die Entscheidung, die ich treffen sollte, quälte mich. Also setzte ich mich wieder hin und nähte die Löcher von drei Jacken, in der Hoffnung, das Summen der Maschine würde mir etwas Frieden verschaffen.

Ich starrte die Lampe an, die neben mir auf dem Tisch leuchtete. Ich würde für den Rest meines Lebens in diesem Licht sitzen, wenn ich nicht …

Dann kam die Post. Ein Brief wurde unter der Haustür durchgeschoben. Er war von meiner Highschool. Der Name meines Vaters stand darauf. Ich hob ihn auf und legte ihn auf den Esstisch. Doch ich konnte nicht widerstehen, ich musste ihn öffnen und lesen. Da stand, ihnen wäre aufgefallen, dass ich seit einem Monat nicht mehr in der Schule gewesen war, und sie baten meinen Vater, mit mir zu vereinbaren, dass ich wieder in den Unterricht ging. Schon alleine den Namen meiner Schule zu lesen, trieb mir die Tränen in die Augen, aber dann hatte mein Englischlehrer auch noch handschriftlich hinzugefügt, dass ich in Englisch besser war als die meisten und dass es ein großer Verlust für meine Familie wäre, wenn ich meinen Abschluss nicht machen würde. Da weinte ich. Mein Vater konnte ja keine Vereinbarung mit mir treffen. Wer sollte sonst Knopflöcher nähen? Ihre freundlichen Worte darüber, wie gut ich war, machten alles nur viel schlimmer. Hätte der Englischlehrer das Angebot gemacht, das Nähen selbst zu übernehmen, wäre es etwas anderes gewesen. So waren es nur Worte. Fuckin' words. Ich wischte mir Augen und Nase ab, holte einen Aschenbecher und Streichhölzer und zündete den Brief an. Die Asche kippte ich auf die Straße, wo der Wind sie fortwirbelte wie eine kleine Wolke.

Die Wut hatte irgendwo in meinem Inneren einen Schalter umgelegt. Meine Gedanken überschlugen sich. Didi hatte es tausendmal besser begriffen als mein Lehrer: Geld kommt vor unregelmäßigen Verben. Geld für Charlie und mich. Geld für meinen Vater. Geld für ein Leben.

Ich beschloss zu gehen.

Es erschien mir richtig. Und es kam mir so vor, als würde meine Großmutter irgendwo tief in meinem Inneren nicken.

Die verworrenen Überlegungen und Bedenken lösten sich auf. Die Lampe, die den Stoff beleuchtete, sollte nicht auch noch den Rest meines Lebens mich beleuchten. Lucky hatte recht: Jedem Menschen können Flügel wachsen. Schluss mit dem Verzweifeln, weil etwas unmöglich erscheint. Ich sollte besser zusehen, dass ich von hier wegkam. So schnell wie möglich.

Mir war klar, dass ich ziemlich viel Geld zusammenkratzen musste. Verbissen beugte ich mich über Jacke um Jacke. Nacken und Schultern schmerzten, aber der Schmerz bremste mich nicht mehr. Er trieb mich vorwärts.

Ich wusste, dass mein Vater mich entweder ins Bett schicken oder halb totschlagen würde, wenn ich ihm von meinem Entschluss erzählte, und ich hatte keine Lust, mich mit ihm zu streiten. Er war derjenige, der zu Hause bei Charlie bleiben würde. Es war wichtig, es ihm auf eine anständige Weise mitzuteilen.

Als ich seine Schritte vor der Tür hörte, dachte ich, dass der richtige Zeitpunkt gekommen war. Hätten wir Bier gehabt, hätte ich ihm eingeschenkt und ihm erzählt, dass meine Arbeit in der Fremde dafür sorgen würde, dass er immer ein Bier auf dem Tisch stehen hätte und Charlie wieder in die Schule gehen könnte.

Das Geräusch seiner Schritte verriet mir, dass er gut gelaunt und energisch war. Vielleicht hatte er Arbeit gefunden und war durch den Tag gekommen, ohne sich total zu verausgaben. Vielleicht war aber auch genau das Gegenteil der Fall und er hatte sich stattdessen aus seinen trübsinnigen Gedanken gesoffen und für eine Weile dem Alkohol die Herrschaft über seine Stimmung überlassen. Wenn er zu betrunken war, musste ich meine Pläne noch eine Weile für mich behalten.

Aber er war nicht betrunken. Er kam rein und sagte: »Hallo, Dawn«, mit einer Stimme wie damals, als wir klein waren und er ein Paar Schuhe fertig genäht hatte.

Ich stand auf und er griff nach meinen Schultern und schüttelte mich fröhlich.

»Hast du heute etwas zu tun gehabt?«, fragte ich, obwohl seine Kleider fast sauber waren.

War er als Betriebsleiter angestellt worden oder als Wachmann? Er roch ein bisschen nach Schweiß und Bier, aber er war nicht berauscht.

Er griff in seine Hosentasche und zog ein Bündel Geldscheine heraus. Bis auf ein paar Dollar, die er zurück in die Tasche schob, legte er das Geld auf den Tisch.

»Wie …?«

»Ich habe gewonnen, Dawn, ich habe gewonnen! Dollars! Gib jemand anderem die Jacken, es gibt genug Leute, die gerne nähen wollen. Und Charlie … muss sich nicht länger zwischen diesen Ziegelsteinen schmutzig machen.«

»Wie viel?«

Er hatte zweihundert Dollar gewonnen. Das war mehr als je zuvor und würde uns für ein bis zwei Monate mit Essen versorgen. Ja, ja, und dann? Er verschanzte sich hinter einem Panzer aus Freude. Wie konnte ich ihm da erzählen, was ich beschlossen hatte? Und sollte ich das überhaupt? Jetzt, mitten im Siegesrausch?

Er hatte ein paar Falten um die Augen, so Richtung Schläfen, die nur sichtbar wurden, wenn er fröhlich war, und verwirrende Bilder schossen mir durch den Kopf: all das Gute, das er so gerne tun wollte. All das Gute, das er und besonders meine Mutter all die Jahre getan hatten. Charlie und ich waren schließlich hier. Wir waren weder krank noch tot. Ich konnte nicht nur die Gegenwartsformen, sondern auch Verneinungen auf Englisch. Charlie konnte rechnen. Aber natürlich musste ich es ihm trotzdem sagen. Denn wie ging es weiter, wenn die zwei Monate um waren? Falls er das Geld bis dahin nicht längst wieder verspielt hatte.

»Glückwunsch«, sagte ich.

Schließlich war es ja nur Glück gewesen.

Er nickte gut gelaunt und dann zog ich ihm den Boden unter den Füßen weg. Ich konnte nicht warten, konnte es nicht alleine mit mir herumschleppen.

»Ich gehe weg. Ich habe mich entschieden. Ich bin alt genug. Das richtige Geld gibt es da draußen. Das sagen alle. Didi und ich gehen zusammen. Das haben wir entschieden. Dabei bleibt es.«

Erst wusste er gar nicht, was er dazu sagen sollte. Drehte sich ein paarmal um sich selbst, dann ein paar Runden um mich. Dann nahm er das gesamte Geld und steckte es wieder ein.

»Du hattest schon immer Flausen im Kopf«, sagte er. »Muss ich dir wirklich erzählen, warum du hierbleiben wirst?«

»Ich sage dir nur, was ich beschlossen habe. Mama hätte mir recht gegeben. Denk doch an Großmutter! Wie ist sie damals nach Sugartown gekommen?«

»Halt deine Mutter da raus. Klar gibt es Leute, die weggehen und Geld nach Hause schicken. Das sind Männer, die sind Mitte zwanzig oder dreißig, vierzig. Keine Mädchen wie du …«

»Heutzutage arbeiten Mädchen genauso hart und gut wie Männer. An vielen Orten verdienen sie dasselbe. Oder mehr. Ich bin stark.«

»Setz dich«, sagte er, und ich setzte mich.

Er selbst nahm sich den Hocker und setzte sich mir gegenüber an den Tisch. Sein Siegesrausch hatte sich verwandelt. Tief in seinem Blick lag etwas Schwarzes. Ich hatte ihn verletzt. Jetzt waren andere Falten zu sehen. Vom Mund zogen sie nach unten.

»Papa, im Spiel zu gewinnen, hat doch keine Zukunft. Was ist morgen, was ist nächstes Jahr?«

»Wenn man es versteht, seinen Gewinn zu investieren, hat das allemal mehr Zukunft als dein Aufbruch. Und dann ausgerechnet mit Didi … Weißt du nicht, was die Leute über sie sagen? Ich glaube, du hast ganz recht: Sie will weg und viel Geld verdienen. Und ich kenne nur eine Methode, mit der junge Mädchen in der Weißen Welt viel Geld verdienen können.«

Diese letzten Worte klangen so höhnisch. Dann musste ich mir noch seine Geschichten über Huren und Junkies, Tod und Verderben anhören.

»Glaubst du, dass Großmutters Vater auch so geredet hat, als sie damals weggegangen ist?«, fragte ich.

Er verstummte, schüttelte den Kopf, gab mir einen Geldschein und sagte, ich solle ein paar Bier holen. Von mir aus gerne. Ich sah ihn lieber angetrunken als spielsüchtig.

Ich ging raus. Es wurde langsam dunkel, Hunde bellten in den schmalen Straßen. Ich hörte das Rauschen ferner Autos und Busse. Ein einzelner Lastwagen. Mopeds, mit zwei, drei, vier

Jugendlichen beladen, rasten um die Ecke. Weit weg schrien irgendwelche Männer, Dosen und Flaschen klirrten und dann vibrierte es in meiner Tasche. Eine Nachricht. Ich zog mein Handy raus. Es war Didi:

Beeil dich. P-Platz. Jetzt. Wir machen es.

Bin unterwegs, schrieb ich und lief schneller. Beim Kaufmann bezahlte ich sechs Bier, ging eilig nach Hause und gab meinem Vater vier davon. Charlie war inzwischen auch gekommen und Papa hatte ihm tatsächlich Essen gerichtet. Ein Ei gekocht. Ein Stück Brot abgeschnitten und ihm eine Banane gegeben. Eine von denen, die man gratis bekam, wenn der Markt schloss. Sie war nur zur Hälfte schwarz. Er schnitt gerade den faulen Teil weg.

»Charlie«, sagte ich. Der Junge war mit Staub bedeckt.

»Kannst du nicht dafür sorgen, dass er sich wäscht?«, fragte Vater.

»Das kann ich selbst«, sagte Charlie.

»Natürlich kannst du das«, sagte ich.

»Ja, ja«, sagte Papa, öffnete ein Bier und setzte sich.

»Ich gehe noch mal raus«, sagte ich, und für einen Moment sah es aus, als wollte er mich daran hindern, aber er wusste, dass er mich nicht einsperren konnte. Ich bin nicht mal sicher, ob er mit mir fertiggeworden wäre, wenn wir uns geprügelt hätten. Er war klein und hatte kräftige Arme und Schultern, aber ich war groß und beweglich.

»Sag Tony schöne Grüße …«, sagte er. »Er ist ein guter Junge. Ich kannte seinen Vater, als wir Kinder waren …«

Ich kapierte nicht, wieso er in dieser Situation ausgerechnet auf Tony kam, und ich hatte auch nicht die geringste Lust, jetzt an Tony zu denken. Von mir aus konnte er eine Postkarte aus der Weißen Welt haben, wenn ich angekommen war.

5

Dichte Dunkelheit. Ein paar schreiende Vögel. Eine Ratte, die im Schein einer funktionierenden Straßenlaterne an einer Mauer entlanghuschte. Gerüche aus Küchen und undichten Abwasserrohren, die sich miteinander vermischten. Man musste aufpassen, wohin man trat; nicht nur Hunde und Katzen setzten ihre Haufen auf die Straße.

Ich ging schnell. Die Hitze hatte ein wenig nachgelassen und ich war voller Energie. Vielleicht so wie mein Vater eben noch auf dem Heimweg? Nein, das eine hatte nichts mit dem anderen zu tun. Ich war keine Spielerin. Ich änderte mein Leben. Deshalb eilte ich zum Lkw-Parkplatz und war unglaublich gespannt darauf, was Didi und Lucky zu erzählen hatten. Aber ich war noch nicht mal um die erste Ecke gebogen, als eine nur allzu vertraute Stimme nach mir rief. Tony kam angerannt und hielt mich auf. Die Worte strömten regelrecht aus seinem Mund.

»Es kann doch nicht einfach immer so weitergehen, dass wir uns am Fluss treffen und …«

Hatte er davon gehört, dass Didi und ich weggehen würden? Konnte das Gerücht schon die Runde gemacht haben? Hatte mein Vater ihn angerufen? Wollte er mit? Das Letzte hoffentlich nicht. Er würde Sugartown mitnehmen, egal, wohin er ging.

»Das habe ich auch schon gedacht«, sagte ich und hoffte

für einen Augenblick, dass er komplett andere Pläne entwickelt hatte, die nichts mit mir zu tun hatten.

Aber das hatte er nicht. Ganz im Gegenteil, er hatte mit seinen Eltern gesprochen. Sobald ich achtzehn war, durften wir heiraten. Im Haus seiner Familie gäbe es ein kleines Zimmer für uns. Nur für uns. Die Hoffnung in seiner Stimme war zu viel für mich. Er war ja ein netter Junge. Aber ich in einem Zimmer bei seinen Eltern? Womöglich mit zwei schreienden Kindern? Nach einer Sugartown-Hochzeit mit all dem Zuckerguss und den falschen Worten, die die Luft erfüllen würden? Und was sollte aus Charlie werden? Würden sie ihn vielleicht als Dreingabe auch noch zu sich nehmen? Was war mit meiner Ausbildung? Tonys Vater suchte nach einer Schwiegertochter, die der Familie Kinder gebären konnte. Das war so sicher, wie eine Münze auf der Erde landet, wenn man sie fallen lässt.

»Ich hab's eilig, Tony. Ich bin mit ein paar Leuten verabredet. Ich bin dabei, etwas zu planen.«

Da explodierte er. Er wüsste sehr wohl, wer Lucky war, und ob mir nicht klar wäre, dass es strafbar war, mit falschen Papieren auszureisen? Ob ich nicht wüsste, dass diese Rattenfänger die größten Betrüger waren, die die Welt je gesehen hatte?

»Nichts anderes ist er, dieser Typ, den sie Lucky nennen. Diese Männer handeln mit *Menschen*, Dawn. Das sind Verbrecher. Gesetzlose. Und sein Hintermann …«

»Und was genau hat das Gesetz für mich getan? Wir müssen uns ein andermal unterhalten, Tony. Ich habe versprochen, heute Abend hinzugehen … Und du solltest nicht so über Lucky sprechen. Er macht viel Gutes für uns.«

Mit großen Schritten lief ich weiter und bog in eine Straße mit vielen Menschen.

»Dawn …«

»Jetzt nicht.«

Ich winkte, ohne mich umzudrehen. Tauchte in die Menschenmenge ein, überquerte einen Markt, auf dem bis in die Nacht Fische, Schmuck und CDs verkauft wurden, ließ die Lichter hinter mir und ging weiter zum Parkplatz.

Die Glut ihrer Zigaretten war schon von Weitem zu sehen, aber irgendetwas war anders als sonst. Sonst unterhielten sie sich lautstark, lachten, riefen und pfiffen. An diesem Abend waren zwei Katzen, die sich paarten, die Einzigen, die Geräusche machten. Erst als ich näher kam, hörte ich die gedämpfte Unterhaltung unter der Plastikplane zwischen den Autoreifen. Chuck, Lucky und Didi. Als Didi mich sah, sprang sie auf und umarmte mich.

»Dawn!«

»Ja, Didi. Ja! Aber was soll diese Panik?«

»Willkommen«, sagte Chuck. »Mädchen, setzt euch.«

Wir setzten uns, und er berichtete, dass schon heute Nacht ein Lkw kommen würde, um halb vier, noch vor dem Morgengrauen. Und weil er schon ausgerüstet war und bereits mehrere Reisende an Bord hatte, konnten wir billiger mitkommen.

»Viel billiger«, sagte Chuck zu mir. »Aber das ist natürlich eine wichtige Entscheidung, und du musst unterschreiben, so wie ich es dir neulich erklärt habe.«

»Wie viel billiger?«

»Es kostet nur zwölftausend Dollar, wenn du heute mitfährst.«

»Wie viel wollt ihr jetzt? Ich kann mir ja wohl kaum die ganze Summe leihen?«

Lucky, der bis eben still gewesen war, legte eine Hand auf meinen Arm. Beruhigen. Dafür sorgen, dass es einfach klingt.

Ich wusste, dass es ihm nur darum ging. Aber seine energische Stimme berührte trotzdem etwas in meinem Innersten: »Wir kennen uns doch, oder etwa nicht? Wenn wir drüben sind, können wir euch helfen. Gemeinsam einen Job finden. Die Kosten niedrig halten. Es kann teuer werden in City, aber ich kenne da ein paar Stellen. Und Chuck … kennt noch mehr …«

City. Fast zu schön, um wahr zu sein. Chuck lachte leise.

»Es geht darum, dass sie die letzten Plätze noch auffüllen wollen«, sagte Didi. »Wie auf dem Markt, da wird es kurz vor Ende auch billiger.«

»Chuck braucht nur hundert Dollar, dann kannst du in den Wagen steigen«, sagte Lucky. »Vielleicht kann ich dir sogar was vorstrecken, wenn du mir einen Gefallen tust.«

Er drückte seine Zigarette am Gummi eines Autoreifens aus. Es stank.

»Didi, hast *du* hundert Dollar?«, fragte ich.

»Ich hab ja schon ein bisschen gespart. Für den Fall, dass eine Gelegenheit kommt …«

Sie beugte sich ganz nah zu mir und flüsterte: »Tu ihm doch einfach den Gefallen? Ich finde ihn ganz süß.«

Aber bei mir zu Hause hatten wir ja gewissermaßen auch gespart.

»Ich bin kurz vor halb vier mit den hundert Dollar zurück«, sagte ich.

Didi sah mich überrascht an.

»Dawn«, sagte Lucky. »Es ist nur …«

In dieser einen Sekunde gefiel mir der Klang seiner Stimme nicht. Aber der Eindruck verflog, als wir anfingen, über den Vertrag, Pass und Papiere zu sprechen. Chucks Erklärungen waren kurz und präzise.

»Den Vertrag machen wir hier. Die Sache mit den Papieren regeln wir in City, sobald wir da sind. Das kostet möglicherweise ein bisschen extra.«

Als Nächstes erklärte er uns, was wir mitnehmen sollten. Abgesehen von dem Geld: so wenig wie möglich. Vor allem keine Papiere. Keinen Führerschein. Keinen Schulausweis. Keine Geburtsurkunde.

»Warum nicht?«

»Wenn ihr bei der Einreise verhaftet werdet, ist es besser, *niemand* zu sein, als einen Namen und einen Geburtstag zu haben. Ganz zu schweigen von einem Geburtsort.«

»Wo fährt er ab?«, fragte ich.

»Hier vom Parkplatz«, sagte Lucky.

»Kommst du auch mit, Chuck?«, fragte Didi.

»Er fliegt«, sagte Lucky, »dann ist er schon da und kann uns helfen, wenn wir drüben ankommen.«

Chuck fuhr mit seiner Liste fort: einige Liter Wasser. Ein paar Klamotten. Es könnte nachts kalt werden. Oder regnen. Einen Becher. Ein Messer. Einen Löffel. Wir fragten, welche Route wir nehmen würden, aber das wollte er uns nicht sagen.

»Nicht dass wir das glauben, aber *falls* ihr Spitzel wärt, könntet ihr uns echt eine Menge versauen«, sagte Chuck. Lucky nickte ernst, als wäre er schon unzählige Male verraten worden.

Das Einzige, was wir aus ihnen herauskitzeln konnten, war, dass wir mit einem Laster über kleine Straßen fahren würden, ein Stück durch die Wüste, durch eine Ebene bis in die *Hafenstadt.*

»Und dann liegt die Weiße Welt ja schon direkt auf der anderen Seite einer kleinen Wasserpfütze …«

Sie lachten.

»Bekommen wir Tickets für ein Schiff?«, fragte ich.

»Ihr kommt schon rüber.«

Ich zog Didi ins Freie und ein Stückchen weg.

»Glaubst du ihnen?«, fragte ich.

»Haben wir etwas zu verlieren? Und haben *sie* etwas davon, uns zu betrügen?«

»Hast du unterschrieben?«

Sie nickte.

Ich ging wieder zu ihnen rein. Sagte, dass ich ebenfalls gerne unterschreiben würde.

»Du unterschreibst auch, dass du achtzehn bist«, sagte Lucky. »Und weil wir dich kennen und wissen, dass du in Ordnung bist, prüfen wir das nicht nach.«

12 000 Dollar, oder besser gesagt, 11 900 Dollar, sobald ich meine kleine Anzahlung geleistet hatte. So hoch war die Summe, die ich ihnen schuldete, das sollte ich unterschreiben.

»Sobald du eine Arbeit gefunden hast, zahlst du alle vierzehn Tage. Du schickst das Geld an deinen Vater. Wir holen es dann bei ihm ab.«

»Wieso muss er da mit reingezogen werden?«

»Er zieht vermutlich nicht groß durch die Gegend …«

Und Lucky erklärte, dass draußen bei den Leuten besser nicht zu viele Kontonummern herumlagen, falls jemand herumschnüffeln wollte.

Vielleicht war das gar nicht so übel. Auf diese Weise konnte sich mein Vater das nehmen, was sie zu Hause brauchten, und von dem Rest Chuck und seine Freunde bezahlen. Jeder bekam, was ihm zustand. Fairer Deal.

»Ich hole das Geld und meine Sachen«, sagte ich.

»Komm mal kurz her«, sagte Chuck, der auf einem Autoreifen saß, und ich ging zu ihm.

Er tippte mir zweimal gegen mein Schlüsselbein.

»*Falls* du vorhast, uns zu verarschen, und versuchst, uns zu melden oder so, dann ist euer Haus ein schwarzes, stinkendes Loch in der Erde. Und deine Familie …«

Er machte eine Geste am Hals, als wäre seine Hand ein Messer. Ich erschrak. Aber ich hatte ja nicht mal im Traum daran gedacht, sie anzuzeigen: »Ich will hier weg, um Geld zu verdienen. Lucky, hast du ihm nichts über mich erzählt?«

»Okay, okay«, sagte Chuck grinsend. »Ich wollte nur sichergehen, dass du die Regeln kennst. Das ist alles …«

Ich unterschrieb meinen Schuldschein, versicherte mich, dass der Betrag die 11 900 waren und nicht irgendwo andere Summen standen, gab ihm die Hand und wiederholte die Uhrzeit. Halb vier. Spätestens. Dann war ich zurück auf dem Platz und ging mit großen Schritten nach Hause.

Die Luft war inzwischen frischer. Der Mond hing über den wenigen Hochhäusern Sugartowns. Die Kühle und ein schwacher Wind hielten das Rascheln von Plastik und den Pissegestank auf Abstand.

Kurz darauf stand ich vor unserem Haus und zog den Schlüssel aus der Tasche.

Plötzlich zögerte ich. Natürlich wollte ich ins Haus. Aber sollte ich wirklich meine wenigen Sachen in eine Plastiktüte stopfen und fortgehen? Vielleicht hatte mein Vater mich längst gehört. Man konnte nie vorhersagen, wie er schlief, wenn er getrunken hatte. Manchmal wie bewusstlos. Manchmal wachte er beim geringsten Geräusch auf. Ich wusste, was er von meiner

Idee hielt. Aber was hätte Mama dazu gesagt? Ich versuchte, mir ihre Stimme vorzustellen. Bildete mir ein, zu hören, wie sie mich von weit weg rief. Mit dem Namen, den sie mir gegeben hatte.

»Soll ich weggehen?«, flüsterte ich in die Nacht.

Aber ihre Stimme verebbte. Wurde zu einem fernen Ton irgendwo in der Stadt. Oder war es meine Großmutter, die oben zwischen den Sternen lachte? Sie beide, meine Großmutter und meine Mutter, waren an einen Ort gereist, von dem niemand mehr zurückkehrte. So sollte meine Reise nicht enden. Ich würde zurückkehren, sobald ich genug Geld verdient hatte – für ein Haus oder ein Geschäft oder was es eben werden würde.

Ich steckte den Schlüssel ins Schloss und ging rein. Alles still. Mein Vater murmelte im Schlaf.

»Ich bin's«, sagte ich und konnte hören, wie er sich umdrehte, seufzte und kurz darauf schnarchte.

Da fing ich an. Fand eine Tempo-Tüte in der Küche; die sind ziemlich stabil. Die wichtigsten Kleider sammelte ich aus der Pappkiste in unserem Zimmer zusammen. Es gelang mir, nicht mit der Tüte zu rascheln. Das erforderte Geduld und Geschick. Nach den Klamotten: Zahnbürste und Deospray. Ein Junge aus meiner Klasse zog durch die Viertel, in denen die Leute reich genug waren, um solche Sachen wegzuschmeißen, und suchte in den Mülltonnen nach Spraydosen. Sie waren billig, aber man wusste nie, wie viel noch drin war. In der Küche stand nur eine Plastikflasche. Ich drehte den Wasserhahn am Spülbecken auf. Erst kam nichts. Während der Trockenzeiten kam es vor, dass das Wasser nachts abgestellt wurde. Aber so trocken war es doch noch gar nicht? Endlich lief es. Ich füllte die Flasche so leise wie möglich. Schraubte den Deckel zu und schlich in unser kleines Zimmer. Mein Handy hatte ich in der Tasche.

Ich kniete mich neben Charlies Matratze.

»Ich verreise für ein paar Tage und besorge uns richtiges Geld«, flüsterte ich.

Er reagierte nicht. Schlief wie ein kleiner Hund. Ich fuhr ihm mit der Hand durch die Haare, fühlte den Staub des Ziegelwerks. Ich küsste seine Stirn.

»Ich komme zurück.«

Aber wann? Ließ ich ihn in Wahrheit im Stich, indem ich einfach ging? Wie sollte er ohne mich zurechtkommen? Ich konnte meine Entscheidung immer noch rückgängig machen. Ich konnte mich auf meine Matratze legen und schlafen, bis der Morgen kam, bis ich Charlie dabei helfen würde, Brot zu schneiden und die Kleider auszusortieren, die gewaschen werden mussten. Ihm Geborgenheit geben. Aber diese Geborgenheit hielt ja nicht ewig. Wann würde er anfangen, Staub und Blut zu husten? Oder auf dem Markt zu klauen?

Er schnaufte. Oh, bitte mach, dass er nicht aufwacht, dachte ich, stellte die Tüte in die Küche und schlich zu meinem Vater. Das schwache Mondlicht genügte, um zu sehen, wo seine Hose lag. Vorsichtig schob ich die Hand in die Tasche: seine Schlüssel. Sie klirrten. Er hörte auf zu schnarchen und drehte sich um. Aber er schlief weiter. Ich steckte die Hand in die andere Tasche. Hier war das Geld. Ich dachte kurz darüber nach, drei Fünfzigdollarscheine zu nehmen, aber dann begnügte ich mich mit zwei Scheinen plus dem Wechselgeld vom Bierkauf. Das waren fünfundvierzig. Für die fünfzig, die ich ihm ließ, konnte er wenigstens Brot und Dosenfisch für ein paar Wochen kaufen. Ob er vielleicht selbst auf die Idee kommen würde, Seife zu besorgen?

Ich schlich mich schnell aus der Werkstatt und holte die Tüte vom Küchentisch.

Aber bevor ich aus dem Haus kam, räusperte er sich, und die Matratze knarrte, als würde er aufstehen. Ich hörte seine Füße auf dem Boden.

»Komm her, Dawn«, sagte er. »Was machst du?«

»Ich muss noch was erledigen«, sagte ich.

Das Klirren seiner Gürtelschnalle.

»Sag mal, das Geld ...?«

»Ich komme zurück, ich melde mich ...«

»Du bleibst hier«, brüllte er, auf einmal ganz wach, und ich hörte seine Schritte hinter mir.

Ich riss die Tür auf und war draußen.

Es war schwierig, mit der vollgestopften Plastiktüte vorwärtszukommen, und als ich ein Stück gerannt war, riss mir ein Henkel ab, sodass ich die Tüte in den Arm nehmen – ja, sie wie ein Baby an mich pressen musste. Weit hinter mir hörte ich meinen Vater rufen, aber seine Stimme wurde schwächer. Ich hastete weiter durch die schmalen Gassen, mal nach rechts, mal nach links. Als ich Sugartowns Marktplatz erreicht hatte, setzte ich mich schnaufend auf den Sockel eines alten Brunnens. Überall klebten Vogeldreck und die Pisse irgendwelcher Säufer. Aber es war mir egal. Ich war unterwegs.

Im Osten dämmerte es schon. Ich trank einen Schluck aus der Flasche und ging langsam zum Lkw-Parkplatz. Ich hoffte sehr, dass wirklich ein Wagen kommen würde – es wäre nämlich überhaupt nicht witzig, im Laufe des Vormittags nach Hause zurückzumüssen.

Ich hatte Geld, mein Handy und den Schlüssel zu meinem

Elternhaus. Horchte wieder in mich hinein. Flüsterte zu den Sternen: Schau her, Großmutter, schau her, Mama! Hör zu, Charlie, ich komme zurück, wir schaffen das! Ganz bestimmt!

In der Ecke des Parkplatzes standen mehrere Menschen, Lucky ging von einem zum anderen. »Ich habe es«, sagte ich zu ihm und gab ihm die hundert Dollar. Wir waren vielleicht zehn, fünfzehn Leute. Jeder von uns trug eine Tüte und seine Hoffnung.

Kurz darauf tauchte Didi in der Dunkelheit auf.

Wir umarmten uns. Drückten ein bisschen fester. Lachten.

»Wir tun es, Didi.«

»Wir tun es, Dawn.«

Chuck zischte uns an, wir sollten leise sein, damit unsere Abreise nicht in ganz Sugartown zu hören war. Nachdem Lucky alles Geld eingesammelt hatte, hieß es nur noch warten. Chuck und er starrten ununterbrochen zur Straße. Und auf ihre Handys. Es kam eine Nachricht. Sie wurde beantwortet. Wir erfuhren nichts.

Wir waren ein bunter Haufen. Fast nur Männer, die meisten vielleicht fünf bis zehn Jahre älter als ich. Viele qualmten ihre Zigarette und husteten. Nach und nach setzten sie sich auf ihre Tüten und Taschen. Einer der Jüngeren hatte einen kleinen Koffer dabei, aber damit war Chuck nicht einverstanden.

»John, du musst die Sachen in Tüten umpacken.«

Also musste John sich auf die Suche nach Tüten machen, schüttete irgendwelchen Dreck aus, um seine Kleider einpacken zu können. Er versuchte, Chuck dazu zu bringen, ihm den Koffer zu ersetzen, aber die Antwort war nur ein trockenes Lachen.

Außer Didi und mir war nur noch eine andere Frau dabei. Sie hatte einen langen, geflochtenen Zopf und klammerte sich an den Arm ihres Mannes.

Chucks Handy piepte wieder und er wanderte mit langen Schritten auf und ab und sah uns an. Da hörten wir Motorengeräusche und kurz darauf bog ein Lkw auf den Parkplatz. Chuck winkte ihn heran. Das konnte unmöglich unserer sein. Zumindest nicht *nur* der. Es musste noch ein anderer kommen, denn dieser hier war schon voller Menschen. Auf der Ladefläche. Im Führerhaus. Manche halb übereinander. Tüten und Taschen waren an den Seiten festgezurrt. Als der Wagen hielt, wurden Stimmen laut, und auf der Ladefläche brach Hektik aus. Viele, die eben noch gesessen hatten, kletterten hastig herunter und suchten sich einen Platz zum Pinkeln. Währenddessen wurden wir zum Laster geführt. Lucky hatte ein paar Kisten vor die Ladefläche gestellt, die wir als Treppe benutzen konnten. Chuck rief den Leuten zu, sie sollten enger zusammenrutschen. Ich stand genau vor Didi. Ein älterer Mann sah mich besorgt an und machte dann ein wenig Platz.

»Sie sollten keine Frauen mitnehmen«, murmelte er, aber alle rückten zusammen, und schließlich saßen Didi und ich auf unseren Tüten, eingeklemmt zwischen Männern und unzähligen Taschen. Die dünne Frau mit dem Zopf und ihr Mann saßen uns gegenüber, John in der Mitte von allem. Die letzten Morgenpinkler kamen zurück, dabei gab es eigentlich gar keinen Platz mehr. Ein junger Typ kletterte auf das Dach des Führerhauses, und ich stellte mir vor, was passieren würde, wenn er einschlief oder der Laster stark bremsen musste.

Ich erstickte fast in einer Dieselwolke, als der Fahrer den Motor anließ. Mit einem Ruck fuhr er los und wir rumpelten vom Parkplatz. Der Mann auf dem Dach klammerte sich an irgendeinem Metalldings fest, vielleicht war es der Überrest eines Scheinwerfers oder einer Antenne.

Ich fragte Didi, ob sie Lucky gesehen hatte, und sie zeigte zum Führerhaus. Natürlich hatte er einen Sitzplatz dort drinnen bekommen. »Die Dollarjungs wissen, wie's geht«, sagte sie grinsend.

»Er ist ganz in Ordnung, oder nicht?«, flüsterte ich.

»Schon …«

Als wir den Stadtrand erreichten, ging die Sonne auf. Unsere Reise hatte begonnen.

»Wie weit ist es eigentlich bis zu dieser Hafenstadt?«, fragte ich.

Niemand antwortete, und bald saß ich nur noch da und schaukelte im Takt mit den Bewegungen des Lasters, während hinter uns Sugartown im viel zu schönen Licht der Morgensonne badete. Meine Finger schlossen sich fest um die Tempo-Tüte. Tempo: der Supermarkt, in dem meine Mutter immer auf der Suche nach billigen Fischkonserven gewesen war.

Jetzt war ich auf der Suche nach einem guten Angebot.

TEIL 2

6

Ich hatte damit gerechnet, dass uns vor allem andere Dinge Probleme bereiten würden: Sitzplätze, Essen, vielleicht Wasscr. Aber viel schlimmer war, dass sie keine Pause machen wollten.

Wir holperten über Straßen, die mehr Löcher als Straßen waren. Wir wurden durchgerüttelt, manche sangen. Wir tranken etwas Wasser. Ein paar Männer auch ein Bier. Wir waren den ganzen Vormittag gut gelaunt. Wir waren unterwegs. Und wir würden bestimmt bald Pause machen. Ich musste mal. Ich schaute zu Didi. Sie wirkte einfach nur cool. Ein paar Männer drängelten sich durch die vielen Menschen auf der Ladefläche, bis sie ganz hinten angekommen waren. Auf dem Rückweg knöpften sie ihre Hosen zu. Das funktioniert bei uns ja nicht. Über die Ladekante eines Lasters? Nein.

»Didi, ich muss pinkeln.«

Wir trommelten gegen das Dach des Führerhauses, damit sie endlich anhielten und eine Pause einlegten, aber Lucky schickte mir nur einen Handkuss durch das kleine Fenster und zeigte nach links. Da stand er: der Eimer. Didi kapierte es schneller als ich: Aus unserer Pause würde nichts werden. Als ein paar Typen bemerkten, was wir vorhatten, johlten sie: »Na los, Mädchen!«

Wir verfrachteten den Eimer an unseren Platz. Meine Blase war so voll, dass ich mich ohne Hemmungen daraufgesetzt hätte, hätte ich nur einen langen Rock angehabt. Aber ich trug Jeans und konnte mich ja schlecht vor einem ganzen Laster voller junger Typen zeigen.

»Schaut in die andere Richtung, ihr Arschlöcher«, brüllte Didi, und die meisten von ihnen zeigten ein bisschen Rücksicht. Aber nicht John. Er starrte gierig weiter und schien die Situation zu genießen. Ich war kurz davor zu platzen. Da nahm Didi die Sache in die Hand. Sie fing an zu schreien und hämmerte wie eine Wahnsinnige auf das Dach des Führerhauses.

Der Fahrer hupte wütend, aber sie hörte nicht auf, bis er eine unerwartete Vollbremsung hinlegte. So unerwartet, dass einer der Männer ganz außen runterfiel und mit einem Schrei auf der staubigen Piste landete. Die Beifahrertür ging auf und Lucky stieg aus.

»Was zur Hölle treibt ihr da? Möchte vielleicht jemand hierbleiben?«

Didi trommelte weiter und brüllte, dass man John einfach abladen sollte, von ihr aus könnte er hier verhungern. Da stand ich auf, drängelte mich zur Ladekante durch und erklärte Lucky die Situation. Ohne zu schreien.

»Sie glotzen, wenn wir den Eimer benutzen wollen. Vor allem er. Ich muss wirklich …«

Ich zeigte auf John. Lucky sah mich betroffen an.

»Seid anständig zu den Mädchen«, sagte er. »Sonst …«

Einer der Männer feuerte einen müden Witz ab, während die anderen versicherten, sie würden schon Rücksicht nehmen und dass Lucky der Boss war und sie es nicht böse gemeint hätten. Aber John blieb ungerührt. Er versprach nicht das Geringste.

»Steig endlich wieder ein«, sagte er, »wir wollen weiter. Wieso nehmt ihr solche Mädchen mit, wenn sie schon auf der Fahrt nicht klarkommen?«

Dann ging es ganz schnell. Lucky zog eine Pistole. Das Metall blitzte in der Sonne. Er schoss ins Gras und aus einem trockenen Busch flog ein aufgeschreckter Vogelschwarm auf.

»Wenn ich noch ein Mal Klagen über dich höre ...«, sagte Lucky, und John drehte sich weg.

Lucky sprang auf die Stufe zum Führerhaus, stieg ein, schlug die Tür zu und wir fuhren weiter. Eigentlich hatte ich ja gehofft, mich noch schnell hinter den Busch hocken zu können, in dem die Vögel gesessen hatten. Alle Männer drehten sich weg, während wir den Eimer benutzten. Erst Didi, dann ich.

Einer der Jungs rief: »Wann dürfen wir wieder in eure hübschen Augen schauen?«

»Wenn wir es sagen«, sagte ich und ließ es laufen. Dann konnte ich es mir wieder bequem machen. Wie vorher. Erleichtert.

Die Dünne mit dem Zopf quetschte sich zu uns durch und setzte sich als Letzte. Um ein Haar wäre sie mit Eimer und Inhalt umgekippt, als der Laster einem Schlagloch auswich. Ich hielt ihren Arm fest und stützte sie. So hielt sie das Gleichgewicht und sah mich dankbar an, aber sie sagte nichts.

Danach mussten wir nur noch gegen den Eimer treten, wenn es nötig wurde. Das Scheppern veranlasste die Jungs wegzuschauen. Sogar John. Nach und nach fingen auch die Männer an, ihn zu benutzen, und nach einer Weile war der Eimer zu einem selbstverständlichen Teil der Reise geworden. Während die Kilometer vorbeizogen, bekam man so einiges zu hören und zu sehen, aber die Erschütterungen, die Hitze, Hunger und Durst ließen alles gleichgültig werden.

Ein paarmal wagte sich der Laster in Dörfer, in denen es eine Tankstelle gab, und während der Fahrer den Tank füllte, besorgte Lucky Essen. Große Plastiktüten mit Dosen, Keksen oder Brot. Wasserkanister.

Wir fuhren tagelang. Die Schlaglöcher auf den Straßen waren so riesig und der einzige Scheinwerfer des Lasters so schlecht, dass wir nachts nicht weiterkonnten. Oft hielten wir am Rand einer Plantage oder an einer der niedrigen Steinmauern, die die Felder begrenzten. Dann verteilten der Fahrer und Lucky Dosen und Kekse, mit denen wir den ganzen nächsten Tag auskommen mussten. Zum Schlafen legte sich Lucky zwischen Didi und mich. Ich fand es beruhigend, so dicht neben einer Pistole zu liegen. Und neben einem tatkräftigen Mann wie Lucky, der aus allem das Beste rausholen wollte, für sich und für uns. Er war beides – ein ehrgeiziger Rattenfänger wie Chuck, der ganz klar auf Geld und Macht aus war. Und außerdem ein netter Kerl …

Vor Sonnenaufgang wurde der Motor wieder gestartet, Lärm und Dieselgestank weckten uns, wir pinkelten und wankten auf die Ladefläche.

Während der Fahrt wehte der Wind den Schweißgeruch weg und pustete frische Luft in unsere Köpfe. Aber kaum dass wir stehen blieben, fing es an zu riechen. Zu stinken … Ich kramte in meiner Tempo-Tüte und zog mein Deo raus. Pfft, mein Geruch verschwand. Didi benutzte das Spray danach auch.

Man hatte unglaublich viel Zeit zum Nachdenken, wenn man erst mal zur Ruhe gekommen war. Ich flog zwischen Sugartown und City hin und her, während ich zwischen Didi, den Jungs, einer Seitenklappe und dem kleinen Fenster des Führerhauses in die seltsamsten Körperhaltungen gedrückt, gebeugt und gequetscht wurde.

Wenn ich daran dachte, wie es Charlie wohl ging, griff ich nach dem Henkel, der an meiner Tempo-Tüte noch übrig war, und rieb ihn, als wäre er eine Gebetskette. Es gab andere hier auf der Ladefläche, die richtige Gebetsketten in der Hand hielten; so was war noch nie meins gewesen.

Es war beinahe unmöglich, sich zu bewegen. Man konnte das Gewicht abwechselnd nach links oder rechts verlagern. Ich konnte meinen Kopf auf Didis Oberschenkel legen und versuchen zu schlafen. Ich konnte in die Hocke gehen und die Männer auffordern, wegzuschauen, solange ich auf dem Eimer saß. Ich konnte Didi erlauben, ihren Kopf auf meine Beine zu legen, und ich konnte entscheiden, von welcher Seite mir der Wind ins Gesicht wehen sollte.

Man konnte sich natürlich unterhalten, aber das kostete Energie, denn die Straßen waren schlecht, die Stoßdämpfer erbärmlich und der Motor laut. Man musste mehr oder weniger brüllen.

Nach und nach wurden wir zu einem einzigen großen, vielköpfigen Tier zusammengerüttelt. Ich gewöhnte mich an die anderen, ihre Gerüche, ihre Geräusche, ich gewöhnte mich daran, dass irgendein Typ sich an meinen Rücken lehnte und ich mich an seinen, das gab Halt. Wenn der Laster mit lautem Poltern durch ein besonders tiefes Schlagloch fuhr, lachten wir. Sangen, um die Stimmung aufrechtzuhalten. Ein alter Popsong, den die meisten von uns aus den kleinen Radios ihrer Eltern kannten, war besonders beliebt:

I want it all, I want it all, I want it all and I want it now!
... a young fighter screaming, with no time for doubt
with the pain and anger, can't see a way out ...
gotta find me a future, move out of my way, I want it all ...

Wir sangen so laut, dass wir den Motor übertönten. Mir fiel ein etwas älterer Mann auf, vielleicht dreißig oder vierzig, ziemlich langer Bart, der, wie soll ich sagen – mit dem Blick sang. Er konnte kein einziges Wort des Textes, aber in seinem Inneren, hinter seinen Augen, lebte das Lied, kraftvoll, das war ganz deutlich, und er wippte energisch mit dem Fuß mit.

»Kanntest du es gar nicht?«, fragte ich.

Er lächelte nur und wippte weiter.

John hatte mitgegrölt, aber mir fiel auf, dass er den Text so seltsam aussprach. Es stellte sich heraus, dass er nicht ein einziges Wort davon verstand, und schließlich konnte ich nicht anders und übersetzte ihm den Text, obwohl er am Anfang der Reise so ekelhaft gewesen war. Zum Dank hielt er einen Daumen in die Luft und wir kamen ins Gespräch. Ich fragte ihn, wieso er von zu Hause fortgegangen war.

»Meine Firma ist am Arsch.«

»Womit hast du gehandelt?«

»Ich hatte ein Serviceunternehmen mit zwanzig Security-Männern. Aber ich war nicht der Einzige in der Branche. Und eins kann ich dir sagen: Da konkurriert man nicht nur im Preis. Da kann es passieren, dass plötzlich ein paar große Jungs des anderen auftauchen und den Laden aufmischen, für den du angeheuert warst. Dann lässt man sich eben das eine oder andere einfallen ...«

»Willst du da drüben dasselbe machen?«

»Mal sehen …«

Security-Boss. Ihm würde keiner vorschreiben, was er zu tun hatte.

Von Weitem muss der Laster ausgesehen haben wie ein zerbrechliches Insekt, das durch die Landschaft krabbelt. Jeden Augenblick konnte ein großer Fuß auftauchen und es zertreten, so kam es mir jedenfalls vor. Eines Nachts hielten wir ein paar Kilometer außerhalb einer größeren Stadt, und als die Polizei auftauchte, um unsere Papiere zu überprüfen, wurden einige von uns nervös und rannten in die Dunkelheit. Ich blieb sitzen und dachte, dass es jetzt wohl gelaufen war. Aber Lucky und der Fahrer hatten ihre Methoden. Die Pistole verschwand von der Bildfläche und stattdessen kamen ein paar Dollarnoten zum Vorschein. Wurden heimlich in eine Hand gedrückt und kurz darauf fuhr das Polizeiauto wieder ab.

Lucky rief die Männer zurück, die weggelaufen waren, und sie kamen wieder angeschlichen.

»Überlasst solche Sachen mir. Und gebt mir fünf Dollar pro Kopf. Die Typen waren gierig …«

Später in dieser Nacht versuchte Lucky, sich enger an mich zu drücken. Ich lag mit dem Kopf auf der Tempo-Tüte, eine Jacke über dem Oberkörper und einen Pulli über den Beinen. Es war eigentlich sehr angenehm, dass er mich wärmte, aber er war auch ziemlich aufdringlich. Erst als ich seine Hand zum dritten Mal von meinem Hintern schubste, kapierte er es und fand sich damit ab, dass er mich eben nur wärmen und beschützen durfte.

An einem der letzten Tage, in den Stunden vor Sonnenuntergang, brauchte die Frau mit dem Zopf ununterbrochen den Eimer. Ihr Mann war erleichtert, als wir für die Nacht anhielten und sie sich ein Stück vom Laster entfernt hinlegen konnten. Wir hörten sie trotzdem die ganze Zeit, und als der Mann herumging, um Wasser für sie zu besorgen, gab es nur wenige, die etwas abzugeben hatten. Ich hatte auch Bedenken, zu viel in die große Tasse zu gießen, mit der er vor mir stand, aber einen Schluck gab ich ihm. Erst als sich das erste Licht am Himmel zeigte, kehrte bei den beiden Stille ein, aber kurz darauf kam er plötzlich angerannt, schreiend, außer sich. Sie war ganz still geworden, er konnte sie nicht wecken.

John und ich gingen zusammen mit Lucky zu ihr, Lucky wirkte verschlafen, aber hinter seinem Gähnen auch sehr wachsam. Als könnte es eine Falle sein. Er hatte seine Pistole gezogen. Als wir bei der Frau ankamen, war uns klar, dass sie eigentlich nur tot sein konnte. Starrer Blick, fast wie bei meiner Mutter. Noch bevor John neben ihr in die Hocke gegangen war, um ihren Puls zu fühlen, wussten wir es.

»Schließ ihre Augen«, sagte John zu dem Mann, der sich hinkniete und tat, was John gesagt hatte.

Er stand sofort wieder auf: »Wir müssen sie begraben!«

Lucky kratzte mit der Spitze seines Schuhs über die harte Erde. »Das geht nicht. Wir fahren weiter.«

Wo war Luckys Menschlichkeit? Kannte er so was überhaupt? Wer war er eigentlich?

»Nein«, rief der Mann. »Ich fahre hier nicht weg, bevor wir sie nicht begraben haben.«

»Dann musst du hierbleiben und warten, bis dich irgendein anderer Laster mitnimmt«, sagte Lucky.

Er sank tief in meiner Achtung.

»Das kannst du nicht machen«, sagte ich.

Aber Lucky blieb hart.

»Wir beten für sie. Dann fahren wir.«

Lucky kniete sich hin, was ich wirklich nicht von ihm erwartet hätte, und wir taten dasselbe, obwohl wir unterschiedlichen Religionen oder gar keiner Religion angehörten. Er murmelte ein paar Worte. Der Mann weinte und blieb auf den Knien, als wir anderen aufstanden. Er legte die Stirn auf ihre Brust.

»Hör zu«, sagte John zu dem Mann. »Seid ihr nicht aufgebrochen, um eurer Tochter ein besseres Leben zu ermöglichen? Das wollte sie doch, deine Frau. Und das ist auch immer noch das, was du willst, oder nicht?«

Der Mann schluchzte zustimmend.

»Dann wäre es ein großer Fehler, ja Betrug, wenn du hierbleiben und aufgeben würdest. Jetzt geht es um deine Tochter. Komm!«

Der Mann zog seine Frau unter einen Busch, hinterließ eine Schleifspur im Staub. Er bedeckte ihr Gesicht mit seiner Jacke, versuchte, ihre Augen mit dem Stoff zu schützen. An ihrem Knöchel klebte etwas Schmutz, und ich hatte plötzlich das Bedürfnis, ihn wegzubürsten, aber dann tat ich es doch nicht.

Lucky hatte ja recht. Sie war nur noch ein Körper. Und wahrscheinlich war es ihrer Seele völlig egal, was aus diesem Körper wurde. Falls Menschen Seelen haben …

Der Mann stand auf.

»Du brauchst deine Jacke«, sagte Lucky.

»Die Vögel … Und wenn ich vor Kälte sterbe, dann soll es wohl so sein …«

Wir eilten zurück zum Laster. Als die Leute erfuhren, was

passiert war, kletterten sie schweigend auf die Ladefläche, und bald erfüllten Dieselgestank, Klappern und Brummen die Luft und übertönten das Weinen, das den trauernden Mann schüttelte.

Irgendwann veränderte sich der Klang des Motors. Wurde ungleichmäßig. Plötzlich hustete er wie ein kranker Mann. Der Fahrer versuchte, noch so weit wie möglich zu rollen, aber die nächste Baumgruppe erreichten wir trotzdem nicht. Er, Lucky und mehrere Männer standen die nächsten Stunden vor dem Laster, die Köpfe tief über den Motor gebeugt, und Worte wie »Zündverteiler«, »Keilriemen« und »Luftfilter« schwirrten durch die Luft.

Es gab nicht viel Schatten und wir konnten nicht alle unter dem Laster liegen. Ich hätte mich auch gar nicht getraut. Er war so alt und rostig, dass ich schon vor mir sah, wie er irgendwann in sich zusammensacken und wie ein schweres, altes Tier auf die Erde sinken würde.

Wir verschafften uns ein wenig Schatten mithilfe einiger Zweige und etwas Plastik. Wenn man wie wir aus dieser Gegend von Sugartown kommt, kennt man sich mit Plastik aus.

Im Halbschatten konnte ich ein bisschen schlafen und wachte schweißgebadet auf, als Lucky uns zusammenrief. Sie hatten den Motor repariert. Er hatte auch bestimmt noch mehr zu sagen, aber ich hörte nicht zu, konnte nur an eins denken: Wasser. Von uns hatte niemand mehr etwas übrig. Das heißt – doch, der Fahrer. Aber es gab nur einen Einzigen unter uns, der versuchte, an einen Schluck aus seinem Kanister zu kommen, und der starrte eine Sekunde später in den Lauf von Luckys Pistole.

Wir näherten uns der Hafenstadt und dem Meer. Man konnte sogar schon den Rauch des Kraftwerks sehen. Lucky hatte geplant, dass wir unauffällig an den Stadtrand fahren und uns Wasser besorgen würden, bevor es weiter in den Hafen ging, wo das Schiff auf uns wartete.

»Wir werden vor Mitternacht erwartet, aber erst, wenn es ganz dunkel ist. Sobald wir uns der Stadt nähern, werdet ihr mit einer großen Plane abgedeckt.«

Eine Plane? Von einer Plane war bislang noch nie die Rede gewesen, hatten wir etwa eine dabei? Wir hätten sie nachts benutzen können, um uns darunterzulegen und die Wärme zu halten, und die hatten das Ding einfach im Führerhaus liegen lassen …

Natürlich hatte Lucky uns nicht versprochen, dass wir einfach so zum Hafen fahren und auf eine Fähre spazieren konnten, wir wussten sehr wohl, dass es sich um ein kleineres Schiff handelte. Aber dass wir unter einer Plane in die Hafenstadt geschmuggelt würden und riskierten, entdeckt und festgenommen zu werden – das hatte uns niemand gesagt.

»Das klang damals in Sugartown aber alles noch ganz anders«, sagte John, und Didi nickte.

»Ihr habt uns versprochen, dass wir an Bord eines Schiffs gehen …«

»Ihr kommt auf ein Schiff oder ein Boot. Jeder Einzelne von euch. Davon könnt ihr ausgehen. Dafür habt ihr bezahlt. Und ihr könnt froh sein, dass euch auf der Fahrt durch die Stadt niemand sehen wird, und dabei denke ich nicht nur an die Polizei.«

Zustimmendes Murmeln wurde laut. Die Leute waren bereit, den letzten Teil der Reise anzutreten. Wir fuhren ein paar Stunden und am späten Nachmittag konnte man am Horizont endlich die Hochhäuser der Hafenstadt erahnen. Wir hielten an und mussten uns hinlegen, dichter zusammen als je zuvor, und ja, auch übereinander, damit die Plane über die Ladefläche gespannt werden konnte, so als wäre darunter irgendeine Ware geladen, die in die Stadt gebracht werden sollte.

Es war so schon heiß, aber unter der Plane war es die Hölle. Körper wurden gegeneinandergepresst. Eine Weile lag ich unter einem der Männer und konnte nicht mal vernünftig atmen. Wir wurden lebendig gekocht und ich hatte nicht mit meinem Wasser gehaushaltet.

Endlich wurde es langsam dunkel. Die Hitze ließ ein wenig nach, und einige Männer und Didi hoben die Plane ein paar Zentimeter an, damit wir etwas Fahrtwind abbekamen. Das war schön, aber weit entfernt von genug.

»Gib mir Wasser«, stöhnte ich.

»Dann musst du nur pinkeln«, sagte Didi.

»Du hast ja keine Ahnung.«

»Hätte ich Wasser, Dawn, ich würde dir alles geben.«

»Da sind Autos«, sagte John. »Hört mal.«

Ich konnte sie auch hören, aber was hatte das zu bedeuten? Ich hatte keine Spucke mehr im Mund. Ich hätte alles getrunken, sogar das, was wir in uns hatten. Aber ich wusste, dass man das nicht tun sollte. Ich glitt in einen unruhigen Dämmerschlaf, völlig kraftlos. In mir gab es nur noch Schmerz und Durst. Ich leckte an einem Eisenring. Er war fast ein bisschen kühl und gab mir die Illusion von Wasser, obwohl er strohtrocken war. Ich stellte mir Tautropfen vor, ich stellte mir Bäche und Wasserhähne und Plastikflaschen mit eiskaltem Wasser vor. Davon wurde es nicht besser.

»Didi, ich schaffe das nicht – wenn wir das nächste Mal anhalten, steige ich vom Laster, klopfe an irgendeinem Haus und bitte um Wasser ...«

»Das tust du nicht, du schaffst das. Wir schaffen das. Bald sind wir bei den Schiffen. Das Meer, Dawn, das Meer, die kleine Pfütze ...«

Der Laster blieb stehen.

»Wir sind da«, rief jemand.

»Halt's Maul. Das ist eine rote Ampel ...«

Ich blieb liegen. Der Laster fuhr an. Blieb im Verkehr wieder stehen. Fuhr weiter. Dann verging eine ganze Zeit, an die ich keine Erinnerungen mehr habe. Hinterher erzählte Didi mir, dass sie Angst hatte, mir würde es ergehen wie der Frau mit dem Zopf.

Ich kam wieder zu mir. Da waren laute Stimmen und Autoscheinwerfer aus mehreren Richtungen.

»Alle bleiben liegen, ganz still«, sagte John.

Niemand rührte sich. Es war klar, dass uns jemand angehalten hatte. Hatte Lucky nicht gesagt, er würde eine sichere Route in den Hafen kennen? Zu einem Lagerhaus, wo wir in aller Ruhe warten konnten, bis unser Schiff bereit war?

Jemand löste an einer Stelle die Plane, Hände rissen sie beiseite, und Männer redeten in einer Sprache, die ich nicht verstand. Mit dem, was sie dann zu sehen bekamen, hatten sie wohl nicht gerechnet. Das konnte man ihnen anhören. Ein Auto wurde bewegt und das Licht seiner Scheinwerfer blendete mich. Da standen vier bewaffnete Männer, und ich hörte, wie Lucky sich irgendwo mit jemandem unterhielt. Dann kam er zu uns, sodass wir ihn sehen konnten.

»Wir hatten so viel Pech, wie man nur haben kann. Bleibt trotzdem ruhig, lauft nicht weg. Ihr habt nichts Ungesetzliches getan. Niemand muss ins Gefängnis. Aber in die Hafenstadt kommen wir jetzt noch nicht. Sie bringen uns zu den Zelten. Da werden wir ein paar Tage bleiben …«

»Die Zelte? Was für Zelte? Und wie geht es dann weiter?«, fragte John aufgebracht.

Lucky antwortete nicht.

Wir wurden aufgefordert, uns so hinzusetzen, wie wir gesessen hatten, bevor die Plane gespannt worden war, und als ich nach Wasser rief, kam ein Polizist und warf uns ein paar Flaschen hoch. Dann fuhren wir los, ein Polizeiauto vor uns, eins hinter uns. Über Kreisverkehre, breite Einfallstraßen und schließlich eine geschotterte Zufahrt entlang.

Wir fuhren durch ein Gittertor, an einer Art Wachstation mit Fenstern vorbei, dann blieben wir stehen. Wir wurden vom Laster gescheucht. Als ich den Boden berührte, war ich so schwach, dass ich zusammensackte. Didi und ein Mann mussten mir aufhelfen, dann wurden wir allesamt an einer langen Reihe großer Zelte vorbeigeführt. Ganz am Ende der Reihe wurde eine Zeltplane beiseitegeschlagen, Menschen mussten zusammenrücken und man wies uns ein paar verschmutzte Schaumstoffmatten auf dem Zeltboden zu.

Einige von uns riefen nach Toiletten und ein Mann zeigte zum Zaun. Dort konnten wir uns erleichtern. Ich tat es, ohne mich zu genieren. Mir war alles egal. Ich trank noch mehr Wasser und ließ mich neben Didi fallen.

»Wir sind da«, sagte sie und umarmte mich, so gut es eben geht, wenn man liegt.

»Wir sind betrogen worden«, sagte ich.

»Wir kommen schon weiter.«

Ich konnte nicht fassen, woher sie diesen Optimismus nahm.

»Morgen ist Lucky über alle Berge«, sagte ich.

»Ist er nicht. Hast du das nicht kapiert? Er will mit uns rüber. Und vor allem will er mit *dir* rüber.«

Naiver Gedanke. Wieso hatte er uns dann nicht vorgewarnt, dass so etwas passieren könnte?

Ich legte mich hin und schloss meine Hand fest um den Henkel meiner Tüte. Formte mit den Lippen jeden Buchstaben des Aufdrucks nach.

Tempo – von der Theke schnell auf den Tisch.

Noch immer hing ein schwacher Duft von Sugartown am Plastik.

7

Das Licht schmerzte. Die Sonne heizte das Zelt kräftig auf, bald würde es hier drinnen wie in einem Ofen sein. Ein Baby weinte, ein paar Kinder stritten sich. Es roch schlecht, meine Zunge war wie Pappe und mir war schwindelig. Ich drehte mich auf die andere Seite, um mich in den Schlaf zurückzuflüchten, aber der Durst zerrte mich in die Wirklichkeit. Ich setzte mich auf und sah mich um. Dicht an dicht lagen Menschen. Ein paar Männer standen in einem unordentlichen Mittelgang zwischen den Matratzen und knöpften ihre Hemden zu. Eine junge Frau stillte ihr Baby. Überall wurde mit Plastiktüten, Taschen und Wasserflaschen geraschelt und geklappert. Ich fuhr mir mit den Händen über das Gesicht, als würde ich mich mit kaltem Wasser waschen. Das machte mich wach genug, um aufzustehen und rauszugehen. Ein Zelt reihte sich ans andere, und ein Stück entfernt entdeckte ich eine Baracke, vor der sich mehrere lange Schlangen gebildet hatten. Überall Menschen. Stehend, gehend, hockend. Schwarze, Braune, Weiße. Glatzköpfige, Kurzgeschorene, mit Zöpfen, mit Haarband, mit Kopftuch, Schleier oder Käppi. Eine einzelne Wollmütze. Hauptsächlich Männer, aber auch Mädchen und Frauen. Ein paar Schwangere. Und Kinder. Sie wuselten durcheinander oder warteten vor der Baracke, redeten, brabbelten oder brüllten.

Jetzt war ich nicht mehr Teil einer kleinen Gruppe Mutiger, die die passive Herde zu Hause verlassen und sich auf den Weg gemacht hatten. Hier waren alle auf dem Weg.

Auch Didi kam aus dem Zelt, rieb sich die Augen. Roch an ihren Achselhöhlen.

»Kann ich mir das Spray noch mal leihen?«

»Was machen wir hier?«, fragte ich und reichte ihr das Deo. »Wo ist Lucky?«

»Er kommt im Laufe des Vormittags.«

Ich machte ein Zeichen mit dem Kopf. Die Baracke. Dort musste es Wasser und Toiletten geben. Sie folgte mir langsam und mit schlurfenden Schritten. Sie hatte furchtbar schlecht geschlafen.

Erst Toilette, dann das Bad. Die Toilettenschlange war natürlich die längste von allen, aber alles war besser als der Eimer. Ein paar Männer stellten sich einfach an den Zaun. Wenn der Wind nachließ und man die Augen schloss, fühlte man sich wie im Raubtierkäfig in Sugartowns kleinem Zoo.

Während wir in der Kloschlange warteten, fingen wir an zu verstehen, wo wir hier gelandet waren.

»Wie kommt man raus?«, war das Einzige, was ich fragen musste, und sofort fingen die Umstehenden an zu erzählen.

Das Land, in dem die Zelte stehen, wird von einem General regiert, und in diesem Land ist man nicht willkommen, wenn man keine Papiere hat. Und Papiere waren genau das, was wir nicht hatten mitnehmen dürfen. Wurde man nämlich in der Weißen Welt mit Papieren aufgegriffen, machte man es ihnen viel zu leicht, einen zurückzuschicken. In City war es besser, papierlos zu sein, aber hier lagen die Dinge anders. Die Soldaten des Generals hielten an der Einfahrt Wache und das Lager war eingezäunt. Zwei Zäune hintereinander mit dicken Stacheldrahtrollen obendrauf.

»Wenn du Papiere hast, kannst du dich in der Stadt frei bewegen und versuchen, Arbeit zu finden«, sagte ein junger Mann. »Leute ohne Papiere können eine Weile hier drinnen bleiben, dann werden sie nach Hause geschickt.«

»Kann man sich nicht Papiere beschaffen?«, fragte Didi.

Er zischte ihr zu, sie solle leise sein. Offenbar gab es zu viele Ohren in der Schlange.

»Gibt es nicht vielleicht eine Möglichkeit, durch den Zaun zu kommen?«, fragte ich leise.

Er kam mit seinem Gesicht ganz nah und nickte. Dann flüsterte er: »Nachts, wenn nur einer Wache hält …«

»Wir müssen runter in den Hafen«, sagte Didi.

»Das könnt ihr vergessen. Da sind überall Überwachungskameras … Aber am Strand …«

Der Laster hatte uns also geradewegs in ein Gefängnis gebracht. Die Fahrt hierher konnte unmöglich meine hundert Dollar Anzahlung aufgefressen haben. Ich wollte mein Geld zurück und mit eigenen Augen sehen, wie Chuck meinen Schuldschein in tausend Stücke zerriss.

»Wenn wir hier fertig sind, suchen wir Lucky«, sagte ich.

Didi nickte. Wir mussten langsam wirklich dringend, aber wir kniffen die Beine zusammen und erreichten die Klos schließlich doch noch rechtzeitig. Als Luxustoilette konnte man die Hockklos mit ihren weißen Porzellanbecken im Boden hier wahrlich nicht bezeichnen. Sagte ich »weiß«? Das waren sie wohl, irgendwo tief unter dem Dreck. Auch die Fußplatten waren weit entfernt von sauber. Das Wasser spülte träge, oder es kam so plötzlich, dass man im ekelhaftesten See stand. Ich muss den Gestank nicht beschreiben, oder?

Danach die Schlange zum Bad. Endlich kam ich an die Reihe und fluchte unter dem kalten Wasser der Dusche. Aber wenigstens sorgte die Kälte für einen klaren Kopf, während ich dafür sorgte, dass überall Wasser hinkam. Dabei spritzte ich mir aus Versehen Seife in die Augen, stieß einen ärgerlichen Schrei aus und versetzte dem Seifenbehälter einen kräftigen Tritt. Das tat so weh, dass ich glaubte, mir den Zeh gebrochen zu haben. Ich war kurz davor loszuheulen. Eine dicke Frau neben mir lachte.

Ich machte der Nächsten Platz, nahm mir mein Handtuch, das ich über ein Rohr gehängt hatte, und trocknete mich ab.

Ich wollte nach Hause.

Natürlich konnte ich lernen, schnell zu nähen.

Schon von Weitem sah ich, dass es vor unserem Zelt Ärger gab. Laute Stimmen. Arme, die wild herumfuchtelten. Didi stand da. John und Chuck diskutierten aufgebracht. Lucky war ebenfalls aufgetaucht.

»Ich mache keine Sekunde länger mit«, sagte John. »Du gibst mir hier und jetzt mein Geld zurück. Und glaub ja nicht, dass ich dir auch nur einen Dollar schulde …!«

Er wagte es, die Worte auszusprechen, die stumm in meinem Kopf herumspukten.

»Wir haben einen Vertrag«, sagte Chuck.

»Den du nicht eingehalten hast … Zerreiß den Schuldschein und gib mir fünfzig Dollar, das ist die Hälfte der Anzahlung, dann hast du immer noch an mir verdient …«

Chuck war ordentlich frisiert, gründlich rasiert und trug saubere Kleidung. Ein gebügeltes Hemd und eine neue Jeansjacke aus der Fabrik, die ich nur zu gut kannte. Ich rechnete damit, dass entweder er oder Lucky jeden Moment mit ihren Schusswaffen herumfuchteln würden. Aber Chuck antwortete mit tiefer, ruhiger Stimme: »Es wurden keine Vereinbarungen gebrochen. Wir verspäten uns lediglich um ein paar Tage.«

»Es war reines Pech, dass wir angehalten wurden«, setzte Lucky hinzu. »Das passiert in einem von zehn Fällen. In einer Woche seid ihr auf dem Meer. In einem Monat verdient ihr Geld!«

Aber wie sollte man jetzt noch darauf vertrauen, dass der Rest der Reise besser lief? Wir ließen uns nicht länger verarschen. Jetzt gab es einen, dem ich mich anschließen konnte. Was Didi machte, war ihre Sache.

»Ich gehe mit John«, sagte ich. »Ich will mein Geld auch zurück.«

»Moment«, sagte Chuck und wirkte plötzlich nervös. »Moment, habe ich gesagt! Jetzt hört mir mal zu … Wie heißt du noch mal – Dawn, nicht wahr? Also, dein Vertrag ist … unkündbar. Hast du nicht gelesen, was da steht? Kannst du überhaupt lesen? Du hast Rabatt bekommen, oder? Du musst für die ganze Sache hier nicht mehr als zwölftausend bezahlen. Achttausend haben wir dir geschenkt. Geschenkt … weil Lucky für dich gebürgt hat. Und den Kredit hast du in dem Moment aufgenommen, als du auf den Laster geklettert bist. Das gilt auch für euch andere …«

Er starrte in die Runde und sein Blick duldete keinen Widerspruch.

Da blitzte ein Messer in Johns Hand auf.

»Wenn ich meine fünfzig nicht bekomme … Und ich meine jetzt …«

Beim Anblick des Messers schrien die Leute auf. Einige versuchten, John zu beruhigen, andere forderten ihn auf, auf Chuck loszugehen. Es herrschte totales Chaos. Ich war mir sicher, dass Lucky gleich seine Pistole ziehen würde, aber vielleicht war es ihm zu riskant, damit durchs Lager zu spazieren. Lucky und Chuck wechselten einen schnellen Blick. Lucky machte einen Schritt zurück, während Chuck stehen blieb. Schließlich gab er nach, aber seine Stimme war eiskalt. »Nach dieser Sache sind wir froh, wenn wir dich los sind. Keinem ist damit gedient, mit einem Irren wie dir auf dem Meer zu sitzen.«

Er zückte seine Brieftasche und warf John fünf Zehndollarscheine vor die Füße.

»Betrüger«, schnaubte John und sammelte das Geld auf. »Glaubt ihr wirklich, ich hätte den Trick nicht durchschaut? Auf der Ladefläche eines Lasters kommt man nirgendwo hin, dazu muss man im Führerhaus sitzen … Dass ich das nicht viel eher kapiert habe …«

Er steckte das Geld in die Hosentasche und klappte das Messer ein. Er spuckte auf die Erde, und im Gehen rief er uns zu: »Ihr solltet nicht dafür bezahlen, auf einer Ladefläche zu sitzen! Ihr seid Idioten, wenn ihr das nicht erkennt!«

Dann war er in der Menge verschwunden, gerade als zwei uniformierte Wachmänner auftauchten, die von dem Geschrei alarmiert worden waren.

»Was ist hier los? Braucht jemand Hilfe?«

»Einem Mann ist in der Hitze schlecht geworden«, sagte Chuck. »Es geht ihm schon wieder besser.«

»Ein Mann hat das Ganze hier durchschaut«, sagte ich zu Didi und ging eilig zum Zelt zurück.

»Was hast du vor?«, rief Didi.

Ich wollte raus. Chucks und Johns Zirkus war etwas für Irre.

»Meine Sachen packen. Ich versuche, mit John nach Hause zu kommen. Das ist mein Ernst.«

»Dawn, jetzt komm her.«

Didis Blick. Ihre Stimme, die meinen Namen rief. Mehr war nicht nötig. Wir hatten uns doch versprochen … Ich wurde schwach. Lucky kam zu uns. Aber ich wollte mich nicht so einfach geschlagen geben.

»Wo ist es, das Schiff?«, fragte ich. »Wo ist das alles, was du uns versprochen hast? Ich sehe nur eine Menge beschissene Zelte …«

Er winkte uns mit sich und wir gingen an den Zelten vorbei bis zu einem Streifen aus hohem Gras direkt am Zaun. Es stank, aber wir setzten uns.

»Ich wollte nie jemanden betrügen«, sagte Lucky. »Schon gar nicht dich. Dawn … Dawn …«

Es war zum Kotzen, wie er die ganze Zeit meinen Namen sagte. Aber auch wenn der letzte Teil der Tour eine Katastrophe gewesen war, hatte er mir immerhin einen Preisnachlass und Schutz verschafft. Und er hatte diese Energie, die mir so gefiel.

»Wie sieht denn der Plan jetzt aus?«, fragte ich.

»Ihr wisst ja, wir kennen hier ein paar Leute … Im Laufe der nächsten Wochen organisieren wir ein Boot. Das ist absolut sicher. Der Typ, dem die Boote gehören, will ja schließlich auch Geld verdienen. Bis dahin versorgen uns die Soldaten des Generals mit Essen. Sie wollen nämlich nicht, dass wir uns in den Straßen rumtreiben und betteln. Du musst einfach Geduld haben, Dawn. Die Zelte sind dicht. Es gibt Wasser. Wir warten auf ein Boot. Es ist kein Problem, nachts unter dem Zaun durchzuschlüpfen. Hattest du nicht mal erwähnt, dass du ganz viel

Englisch lernen willst? Die Universität … Du bist nur noch eine kleine Schiffsreise davon entfernt, dir das nötige Geld dafür zu verdienen. Bleib hier und tu dir selbst etwas Gutes. Dawn …«

Schweigend folgte ich den beiden in unser Zelt.

Im Lager lebten Menschen aus der ganzen Welt. Die meisten waren zwischen zwanzig und vierzig. Verschiedene Sprachen mischten sich zu einem unverständlichen Klangbrei. Alle Farben, alle Arten von Kleidung wirbelten in einem unaufhörlichen Strom an mir vorbei. Alle Arten von Schweißgeruch, viele Arten von Deoduft. Das Essen dagegen war jeden Tag dasselbe: Brot. Eintöpfe mit den billigsten Gemüsesorten und Bohnen. Ein kleiner Brocken Fleisch pro Woche, wenn man Glück hatte. Fischkonserven, wie wir sie kannten. Jeden zweiten Tag Wasser in Flaschen. Mir war oft schwindelig vor Durst.

Es gab drei Baracken im Lager: die Bad- und Klobaracke, die Essensbaracke, die jemand mit einem Schild geschmückt hatte, auf dem »Restaurant« stand, und einen kleinen Schuppen in der Nähe des Zauns, den sie Medizinschrank nannten. Hier konnte man Kopfschmerztabletten bekommen oder riesige Penicillinpillen, wenn man Fieber hatte. Vormittags kam eine Krankenschwester für ein paar Stunden und teilte Medikamente aus. Einen Tag in der Woche kam ein Arzt, aber zu ihm durfte man nur, wenn man schon halb tot war. Man kümmerte sich wirklich gut um uns in der Hafenstadt, der General war ein feiner Mann, da konnte wahrlich keiner etwas anderes behaupten, sagte Lucky grinsend.

Aber was war mit dem Brennen im Magen? Dem pochenden Herzen? Was war mit dem Boot?

Didi und ich richteten uns nach den Warteschlangen, den Baracken und Uhrzeiten. Essensschlange, Badschlange und Kloschlange. Wir luden heimlich unsere Handys an einer Steckdose im Klogebäude und bewachten in dem Gestank abwechselnd unsere Telefone. Meins hatte schon seit Stunden keinen Strom mehr gehabt.

Ich überlebte den beißenden Mief, gewöhnte mich fast daran. Aber durch mein Inneres schwappte eine Säure. Der Weg in mein neues Leben schien weiter entfernt als die fernsten Sterne, die ich manchmal nachts anstarrte.

Es wurde nicht besser, als eine SMS von Tony kam.

Dawn, dein Vater schreibt von meinem Tlf.:

Du gehst nicht ans Handy. C krank, jetzt wieder gut.

Jetzt bin ich es wieder, T. Vermisse dich.

Ich schrieb sofort zurück, um von meinem Vater mehr über Charlie zu erfahren, aber Tonys Sehnsucht kommentierte ich nicht. Keine Antwort. Ich dachte wieder darüber nach, das wenige Geld, das ich hatte, nach Sugartown zu schicken und auf eine kostenlose Mitfahrgelegenheit nach Hause zu warten. Was, wenn er wieder krank wurde?

Oder sollte ich mich einfach unter den Nachthimmel legen und sterben? Hoffen, dass die Sterne mich zu sich holten? Mich mitnahmen, weit weg von der Erde, und mir Frieden schenkten?

Ein Hauch von Freiheit umwehte mich aber dennoch, an dem Abend, als Lucky, Didi und ich zu der Stelle gingen, an der man sich unter dem Zaun durchquetschen und in die Stadt laufen konnte. Lucky sagte, das Risiko, erwischt zu werden, wäre abends sehr gering, solange man sich draußen aufhielt. Versuchte man aber, in irgendwelche Cafés oder einen Kiosk zu kommen, würden die Leute vermutlich die Polizei rufen, und da wir keine Papiere hatten, würde man uns zurück in die Zeltstadt bringen. Vielleicht ein paar Tage einsperren …

Egal, ich war einfach froh, ein paar Stunden rauszukommen. Allein schon durch die Straßen zu gehen! Die Menschen der Hafenstadt zu sehen, mit ihren Einkaufstüten, Kindern und Taschen. Auf Autos achten zu müssen. Die Polizisten im Blick zu behalten.

An einer Straßenecke am Stadtrand saß einer, der aussah, als käme er aus meiner Heimat. Er verkaufte Zigaretten und Schokolade. Lucky kaufte ihm etwas ab und fragte, wieso er hier sitzen konnte.

»Hab meine Papiere in Ordnung gebracht«, sagte der Mann grinsend und wollte nicht sagen, wie viel er dafür bezahlt hatte.

Als wir zu den Zelten zurückgingen, sagte Lucky: »Da verdient er auch nicht mehr, als er in Sugartown verdient hätte …«

»Wie läuft es mit dem Schiff?«, fragte Didi.

»Chuck ist dran. Es klappt. Ganz sicher!«

So erhielt man die Hoffnung am Leben, nicht wahr? Irgendwie war er schleimig und glatt. Aber er gab nicht auf. Das musste man ihm lassen. Komm schon, Lucky, du kleines Arschloch, lass uns in See stechen!

Aber wir stachen nicht in See. Und ich überlegte weiter, nach Hause zurückzugehen.

Eines Tages kam eine Gruppe gut angezogener Menschen in neuen Windjacken, mit festen Taschen und großen Kameras durch das Tor. Sie wurden von hochrangigen Wachmännern herumgeführt, aber schon bald verteilten sie sich im Lager und fingen an, uns vor den Zelten zu fotografieren. Ein paar von ihnen fragten, ob sie von Didi und mir Bilder machen durften, und Didi war frech und verlangte zwanzig Dollar dafür. Da wollten sie nicht mehr, aber ich sagte, ich hätte nichts dagegen, wenn ich sie im Gegenzug mit meinem Handy auch fotografieren dürfte. Eine junge Frau grinste und knipste, während ein älterer, bärtiger Fotograf die Idee überhaupt nicht gut fand. Dabei kann man mit meinem Handy gar keine Bilder machen, aber das musste ich ihnen ja nicht auf die Nase binden.

Zwei jüngere Männer, die Abzeichen einer Hilfsorganisation auf den Jacken hatten, baten um die Erlaubnis, die Toiletten zu filmen und zu fotografieren. Die Wachmänner stimmten zu, und sie suchten sich das Männerklo aus, in dem es am allerschlimmsten war. Sie waren lange da drinnen, und als sie wieder rauskamen, sah der eine von ihnen aus, als müsste er sich jeden Moment übergeben.

Ich tat so, als würde ich ein Foto von ihm machen, bis er mich mit einer Handbewegung verscheuchte.

»Jeder Mensch hat ein Arschloch«, sagte Didi. »Sollen sie doch die Nasen in ihre eigenen Klos stecken, wenn es so wichtig ist …«

Lucky kam zu uns.

»Sie haben das Loch gesucht, wo am meisten danebengegangen ist, und haben die Linse ganz nah drangehalten …«, erzählte er.

Gelächter. Kopfschütteln. Nach ein paar Stunden wurden sie endlich wieder rausbegleitet. Wenn sie sich so sehr für unsere Lebensbedingungen interessieren, dachte ich, sollen sie lieber dafür sorgen, dass wir dorthin kommen, wo wir hinwollen. Übers Meer.

Eines Abends tat sich etwas am Medizinschrank. Ein paar junge Männer aus der Hafenstadt hatten einen Lieferwagen am Zaun geparkt und verkauften Bier. Unter dem Gitter hindurch wurden Sixpacks gegen Dollars getauscht. Ich hatte weder Lust noch Geld, aber Didi ließ nicht locker.

»Jetzt komm schon …«

Ich nahm einen Dollarschein aus meinem Versteck und schob ihn in die Jeanstasche. Wahrscheinlich würden wir sowieso nie auf dieses Boot kommen. Also war es auch egal. Da konnte ich genauso gut ein paar Bier trinken.

Während ich an einem Wasserhahn im Badehaus stand und mich frisch machte, brummte das Handy in meiner Tasche. Es war mein Vater. Er rief bestimmt aus einer der Bars an, in denen er rumhing, sobald er Geld hatte. Ich konnte nicht heraushören, ob er betrunken war, aber seine Stimme klang fern und verwaschen. »Das geht so nicht weiter«, sagte er. »Dawn, kannst du mich hören?«

»Ja. Aber sprich ein bisschen mehr ins Telefon. Bei dir ist es so laut.«

»Du musst bald nach Hause kommen. Ohne dein Geld können wir nicht …«

»Wie geht es Charlie?«

Er klang verärgert, weil ich nicht einfach versprach, morgen nach Hause zu kommen, aber er erzählte, dass Charlie wieder gesund war und nicht mehr im Ziegelwerk arbeitete, sondern auf dem Recyclingplatz. Das ist das schöne Wort für Müllhalde und bedeutet nichts anderes, als dass er jetzt durch Dreckhaufen stapfte und altes Essen oder Sachen sammelte, die man vielleicht noch mal verkaufen konnte. In der Gasbetonfabrik gab es nicht viel Arbeit.

»Du musst nach Hause kommen und nähen. Oder in den nächsten Tagen Geld schicken«, sagte er. »Kannst du das?«

»Ich weiß es nicht, Papa.«

Ich wollte noch »Gib Charlie einen Kuss von mir« sagen, aber da hatte er offenbar keine Münzen mehr für das Telefon. Seine Stimme wurde von rhythmischem Piepen unterbrochen.

Die Hälfte der Zeltbewohner hatte sich nach Sonnenuntergang hinter dem Medizinschrank versammelt. Verzerrte Musik dröhnte aus einem riesigen Ghettoblaster. Der Bass ließ die Fenster des kleinen Arztschuppens klirren. Ein Auto hielt vor dem Zaun und machte die Scheinwerfer als Festbeleuchtung an. Ein Lagerfeuer brannte. Ich stürzte mich in die Menge. Kaufte ein Bier und es schmeckte so gut. Trank noch eins. Ja, das habe ich getan, ich bin nämlich ein großes Mädchen, das sehr wohl Bier trinken kann … Ich tanzte sogar mit ein paar Typen, aber der eine streckte seine Finger ein bisschen zu weit aus, und nach dem dritten Bier entdeckte ich Lucky. Er stand am Zaun und unterhielt sich mit einem kahl rasierten Mann auf der anderen Seite.

Unsere Blicke trafen sich und ich lächelte.

Er verabschiedete sich von dem Mann.

»Dawn. Du siehst glücklich aus, Dawn«, sagte er und sprang mit einem verrückten Satz auf mich zu.

Lucky, Lucky … Alle Rattenfänger müssen manchmal Arschlöcher sein. Mehr oder weniger. Lucky weniger. Wir tanzten. Erst fühlte es sich ganz befreiend an. Aber während wir uns zu Trommeln und Bässen verbogen und wilde Schritte machten, die den Staub aufwirbelten, tauchte ein Bild vor mir auf, immer und immer wieder. Charlie, der in Abfallbergen wühlte.

»Lucky«, sagte ich und führte meinen Mund dicht an sein Ohr, »sag mir die Wahrheit! Kannst du ehrlich zu mir sein?«

»Dawn, zu dir bin ich immer ehrlich … Was ist denn?«

»Werden wir jemals rüberkommen? Noch dieses Jahr? Hast du schon jemals so lange hier gesessen? Mein kleiner Bruder braucht Hilfe. Wenn ich nicht bald Geld schicken kann, muss ich nach Hause zurück. Er … hat angefangen, auf die Müllhalde zu gehen. Er ist zehn, erst zehn!«

Lucky zog mich von der Musik weg, damit wir besser reden konnten. Er zeigte zum Zaun.

»Dawn, hör zu … Ich habe gerade eben eine Abmachung getroffen, mit dem Mann, den wir den Seemann nennen. Der da, der Glatzkopf. Er hat eines der ganz großen Schlauchboote für uns reserviert. Übermorgen Abend. Wenn wir zwanzig Leute zusammenbekommen und das Wetter einigermaßen ist, legen wir ab. In drei Tagen können wir in City sein. Drei Tage …«

»Es ist nur schon so viel schiefgegangen …« Ich schüttelte den Kopf.

Lucky zeigte zum Meer.

»Es hat einen großen Außenbordmotor. 30 PS. Der Seemann hat die Tour schon unzählige Male gemacht … Es sind nur ein paar Hundert Kilometer. Denkst du, ich habe kein eigenes Interesse daran, dass wir rüberkommen? Denkst du, ich verdiene auch nur einen fuckin' Dollar, während wir hier rumsitzen und warten? Mein Vater liegt im Krankenhaus – was denkst du, wer das bezahlen soll? Meine Schwester hat Schulden bei Chuck, genau wie du … Wer soll ihr helfen, wenn nicht ich …? Für mich geht es um alles … Wenn ihr drüben seid und das Geld endlich fließt, kann ich vielleicht was Eigenes anfangen. Chuck ist in Ordnung. Hält sein Wort und so, aber er streicht das meiste für sich selbst ein, das kann ich dir sagen.«

Er schaute sich um, aber Chuck war nirgends zu sehen. Ich hatte nicht gewusst, dass Lucky genauso in der Klemme saß wie wir anderen. Aber das half Charlie auch nicht weiter.

»Mein Vater kriegt das zu Hause nicht hin. Es läuft gar nicht gut.«

Ich war kurz davor loszuheulen, gut möglich, dass das Bier dabei ein bisschen nachhalf, aber da zeigte Lucky seine Heldenseite. Er sah mir tief in die Augen. Legte sich die Hand auf die Brust.

»Ich verspreche es … In ein paar Wochen hast du so viel Geld nach Hause geschickt, dass dein Bruder nicht mehr arbeiten muss. Fahr nicht nach Hause. Du schuldest Chuck einen Haufen Geld, nicht wahr? Was denkst du, wo man am leichtesten so viel verdient?«

»Ich weiß langsam nicht mehr, was ich glauben soll …«

»Die Absprache für das Boot ist bombensicher. Aber da ist leider noch eine Kleinigkeit …«

»Was meinst du jetzt schon wieder?«

»Es ist teuer, das Schlauchboot. Weil es so groß ist. Und sicher. Das Geld, das wir am Anfang bekommen haben, reicht nicht. Ihr müsst noch neunzig drauflegen.«

Das war mehr, als ich hatte.

»Woher soll ich so viel Geld nehmen?«

»Ich kann es dir leihen …«

Er zog mich dicht an sich. Und es war, als würde er im selben Zug auch die Gedanken an das Geld, das man verdienen konnte, in meinen Kopf zurückholen: für richtiges Geld arbeiten. Geld nach Hause schicken. Geld für Charlies Schule. Geld für mich, für ein paar Jahre an der Universität.

Es tat gut, in all dem Durcheinander einen Typen wie Lucky in der Nähe zu haben. Und er hielt mich fest. Sogar ein bisschen zärtlich.

Es gelang mir, Didi von einem Mann loszueisen, mit dem sie seit einer ganzen Weile tanzte, und ich fragte sie, ob sie von dem Boot gehört hatte. Das hatte sie und sie hatte auch schon zugesagt. Zu den Extrakosten sagte sie nur: »So ist das eben … Das schaffe ich.«

»Ich weiß nicht …«

Sie lachte laut und rief: »Weiße Welt, hier kommen wir!«

Wir tanzten und tranken, und irgendwann stand der Mann, der auf dem Laster mit den Augen gesungen hatte, vor uns. Aber jetzt sang er mit seiner Stimme, oh Mann, und wie er sang. Noch nie hatte ich so eine besondere Musik gehört. Er musste das Lied selbst geschrieben haben. Sein Name war Nelson, sagte einer. Nelson ließ seinen Bart von rechts nach links schwingen und schielte, wenn es zur Musik passte. Oder dann, wenn es gerade *nicht* passte. Man konnte gar nicht anders, man musste einfach zuhören, hinschauen und lachen. Er war crazy. Alle starrten ihn an, der Ghettoblaster wurde auf Pause gestellt. Die wildesten Witze flogen aus seinem Mund. Und dann sang er seine seltsamen Lieder und zupfte dabei auf einer kleinen, zerkratzten Gitarre. Der Mann aus dem Lkw, dessen Frau während der Reise gestorben war, erklärte uns, dass es eine Ukulele war. Wir prosteten uns zu und im Schein des Feuers ahnte ich ein Leuchten in seinem Blick.

»Auf die Kinder!«, sagte er.

In dieser Nacht war ich berauscht vom Bier, vor Angst und vor Freude. Vor allem vor Freude. Und in dieser Nacht war ich mit Lucky auf dem Rücksitz eines Autos zusammen. Er hatte es sich irgendwo geliehen, und es parkte in einer dunklen Ecke des Parkplatzes, direkt am Eingang zu den Zelten. Ich war so voll, dass ich mich nicht mehr richtig daran erinnere, was passiert ist, und ich bin mir auch nicht sicher, ob er mit den Zinsen für seine neunzig Dollar zufrieden war.

Am nächsten Morgen schickte ich Tony eine Nachricht.

Tony, tu mir einen großen Gefallen und richte meinem Vater das hier aus:

Lieber Papa. Komme nicht nach Hause. Verdiene in einer Woche Geld. Schicke es, sobald ich kann. Küss Charlie von mir.

Tony, ich habe dich nicht vergessen. Dawn.

Es fiel mir schwer, so an meinen Vater zu schreiben. Und fast noch schwerer, so an Tony zu schreiben. Ich hatte ihn zwar wirklich nicht vergessen, aber der Gedanken an ein Leben mit ihm in Sugartown war ferner und abstoßender als je zuvor.

8

Die Zeltreihen und Wasserpfützen: zum letzten Mal. Kloschlange: zum letzten Mal. Didi und ich bewegten uns schnell. Holten die Wäsche rein, die wir noch gewaschen hatten. Packten unsere Tüten. Die Tempo-Tüte hatte ihre Sache gut gemacht, bislang war nicht mehr als der eine Henkel gerissen. Ich ersetzte ihn durch ein Stück Schnur, das auf irgendeiner anderen Matratze herumlag, und verstärkte das Ganze mit einem alten Pflaster, das ich gefunden hatte. Sobald es dunkel war, würden wir uns unter dem Zaun durchquetschen und dann dem Seemann an den Strand folgen, wo das Boot ablegen sollte.

Es wurde dunkel, und fünfzehn bis zwanzig Menschen machten sich auf zum Zaun, zu einer Stelle, wo bereits jemand eine Kuhle gegraben hatte, damit man leicht unter dem Gitternetz hindurchschlüpfen konnte. Aber da war kein Seemann. Lucky ging weg und tippte etwas in sein Handy. Er kam wieder und sagte, wir sollten ihm einfach folgen.

»Wo ist der Seemann?«, fragte der Witwer.

»Er kommt mit dem Boot. Los jetzt!«

»Kennst du den Weg?«

»Ich helfe nicht zum ersten Mal jemandem rüber, oder? Wir müssen zu einem flachen Wald direkt oberhalb des Strands.«

Wir quetschten uns unter dem Zaun durch und ich zerkratzte mir den Arm an einem abgeknipsten Stahldraht. Didi zerriss sich den Hosenboden. Sie fluchte und wollte sich umziehen, aber dafür war keine Zeit. Wir folgten Lucky auf einen Pfad, der an manchen Stellen gar nicht als Pfad erkennbar war. Ich knickte mit dem Fuß um, aber es war zum Glück nichts Ernstes. Über uns leuchtete der Mond. Kaum jemand sagte etwas. Dann hörten wir das Rauschen des Meeres. Es rauschte auch in meinem Inneren.

Die Bäume des niedrigen Wäldchens waren nicht viel höher als ein Mensch. Sie flüsterten und ihre Wipfel schwankten. Das Rauschen wurde lauter und jetzt konnte ich das Meer sogar schon riechen und das Schlagen einzelner Wellen hören. Kurz darauf sahen wir zwischen den Bäumen, wie sich der Mond im Wasser spiegelte. Beim Anblick dieser großen, glatten Fläche überkam mich ein gewaltiges Gefühl der Hoffnung. Jetzt fehlte nur noch diese kleine Pfütze. Ich rannte zwischen den Bäumen durch, über den breiten Strand zu den kleinen Steinen an der Wasserkante.

Ich wollte das Meer berühren. Aber bevor ich mich bücken konnte, fing Lucky hinter mir an, zu schreien und verrücktzuspielen.

»Stopp, komm zurück!«

Ich wollte doch nur die Hände ins Wasser halten – natürlich würde ich gleich zurückkommen! –, aber er rannte mir nach, fing mich ein und warf mich in den Sand.

»Dawn, spinnst du?«

»Wieso denn?«

»Niemand darf uns sehen. In der Nähe könnten Patrouillenboote sein und Helikopter. Sie haben Infrarot-Kameras ... los, unter die Bäume mit dir.«

Kleinlaut und ohne Meerwasser an den Händen schlich ich zu den anderen zurück. Lucky erklärte, dass uns niemand sehen durfte, solange wir auf das Boot warteten.

»Wisst ihr nichts von der Vereinbarung?«

Laut dieser Vereinbarung hatte der General dafür zu sorgen, dass solche wie wir das Meer nicht überquerten. Im Gegenzug kauften ihm die Länder auf der anderen Seite riesige Mengen Kupfer, Öl und Gas ab.

»Aber sobald wir in internationalem Gewässer sind, sind wir sicher. Bis dorthin sind es nur zwölf Seemeilen.«

»Was?«

»Achtzehn Kilometer. Das dauert ein paar Stunden. Deshalb fahren wir über Nacht. Der Seemann hat einen Freund auf einem der Patrouillenboote. Der meldet ihm, wenn die Bahn frei ist ...«

Wir legten uns hin und warteten. Der Mond wanderte weiter. Es ging auf Mitternacht zu. Ich lauschte nach einem Bootsmotor, aber alles, was ich hörte, war das Rufen einer Möwe.

Dann plötzlich waren da ganz nah Geräusche anderer Menschen. Ich setzte mich auf und sah durch die Bäume, wie sich eine andere Gruppe von derselben Größe wie unsere niederließ.

»Es kommen wohl noch mehr Boote heute Nacht«, sagte ich zu Lucky.

»Mach dir keine Gedanken«, sagte er. »Das klappt schon alles.«

Er legte seinen Arm um meine Schulter, und ich ließ es zu, aber ich kapierte nicht, warum ich mir keine Gedanken machen sollte.

Ich legte mich wieder hin. Zwischen ihn und Didi.

Kurz darauf bekam er eine Nachricht. Er antwortete sofort und rief uns zusammen: »Unser Boot kommt heute nicht mehr. Der Seemann schreibt, dass es zu windig ist. Wir gehen kein Risiko ein. Wir warten hier. Die Wettervorhersage für morgen Nacht ist gut.«

»Bekommen wir Essen und Trinken?«, fragte der Witwer.

»Im Laufe des Tages besorgen wir Brot, Fisch und Wasser. Legt euch jetzt hin und schlaft und haltet euch vom Strand fern. Bleibt zwischen den Bäumen. Legt euch dicht nebeneinander, dann könnt ihr die Wärme besser halten.«

Ich schlief sehr gut. Bis kurz nach Sonnenaufgang, als ein paar Ameisen ihre Straße auf mein Gesicht verlegten.

Der Tag war lang. Im Laufe des Vormittags kamen weder Brot noch Wasser. Nelson nahm seine Ukulele und fing ganz leise an zu spielen, bis Lucky ihm sagte, er solle aufhören. Wir durften uns nur flüsternd unterhalten. Statt einer Toilette gab es einen Klappspaten, aber abgesehen von einer alten Zeitung, die der Witwer sich zum Lesen eingepackt hatte, kein Papier. Viel bekam er nicht zu lesen …

Lucky verließ uns. Um einzukaufen, wie er sagte.

Wir unterhielten uns ein bisschen mit ein paar Leuten der anderen Gruppe. Wer ihr Boot steuern würde, wussten sie nicht. Sie hatten einfach nur bezahlt.

Es wurde warm und ich wäre am liebsten ans Wasser gerannt und hätte mich in die Wellen gestürzt. Als ich unter den vorderen Bäumen lag und übers Meer spähte, war nirgends ein Patrouillenboot zu sehen. Aber ich traute mich nicht. Ich musste mich mit dem Schatten begnügen, den die Bäume warfen.

Lucky kam mit einer Tasche voller Wasserflaschen zurück. Aber es waren zu wenig. Brot gab es gar nicht, sondern nur ein paar Bananen, die offenbar kurz vor Ladenschluss gekauft worden waren. Es wurde dunkel. Auf mysteriöse Weise hatte Lucky sich ein Moped besorgt. Er fuhr weg und tauchte wieder auf. Kam irgendwann endlich mit etwas Brot und ein paar großen Wasserkanistern zurück.

Er wirkte abwesend. Wollte nichts sagen. War nervös.

»Wie oft bist du schon auf so einem Boot rübergefahren?«, fragte Didi.

»Ich vertraue den Leuten, die wir anheuern«, sagte er. »Keiner wagt es, Chuck zu verarschen.«

Dann piepte sein Telefon, und er bediente es so fahrig, dass es ihm in den Sand fiel. Er warf einen Blick aufs Display. Pustete den Sand weg. Schaute noch einmal. Dann sagte er: »Es kommt. Macht euch fertig. In einer Stunde …«

Und dann verschwand er wieder. Was sollte das? Er würde uns doch rüberbegleiten. Wer würde uns sonst den Weg auf der anderen Seite zeigen? War er überhaupt schon mal da gewesen? Wir überprüften unsere Sachen und ich ging mit dem Spaten zwischen die Bäume. Trank, aber nicht zu viel. Würde es im Boot einen Eimer geben?

Gegen Mitternacht versank der Halbmond im Meer und Lucky kam zurück. Sagte nur, dass es bald so weit war. Alles war dunkel und still, abgesehen von leisen Gesprächen der Leute. Das Meer hatte sich beruhigt. So musste das perfekte Wetter für eine Überfahrt sein. Und jetzt hörte ich Motorengeräusche. Sie kamen näher, und ich spähte zwischen den Bäumen aufs Wasser, aber natürlich war das Boot unbeleuchtet.

Kurz darauf schien der Motorenlärm das ganze Universum

zu erfüllen und musste von sämtlichen Patrouillenbooten entlang der Küste gut zu hören sein, aber dann wurde es still und wir ahnten ein paar Schatten am Ufer. Kurz darauf knirschten Schritte im Sand.

Der Seemann und ein großer Junge standen vor uns.

»Wir sind so weit«, sagte er. »Aber da wären noch ein paar Kleinigkeiten …«

»Das Geld habe ich hier«, sagte Lucky und reichte dem Seemann einen Umschlag, den der sofort öffnete. Er zählte nach und nickte.

»Die anderen?«, fragte er dann.

»Ich hole sie«, sagte Lucky und ging.

»Das Wetter ist perfekt«, sagte der Seemann grinsend. »Ihr habt Glück.«

Von der anderen Gruppe drangen Stimmen zu uns herüber. Und jetzt hörte ich auch Lucky: »Kommt her. Er will euch was sagen.«

Sie packten ihre Sachen zusammen und kamen nach und nach zu uns rüber.

»Dann sind es also zwei Boote«, sagte ich zu Didi. »Gut so.«

Wenn das eine Boot Probleme bekam, konnte das andere es in Schlepp nehmen. Wenn es nicht genug Essen und Trinken gab, konnte man teilen. Als sich alle gesetzt hatten, knipste der Seemann eine starke Taschenlampe an und leuchtete in die Runde.

»Das Boot ist bereit. Ihr seid bereit. Ein hübscher Trupp Brenner … Ihr seid achtunddreißig plus Patrick. Das ist mein Sohn. Aber ihr habt zu viel Gepäck.«

»*Brenner?*«, fragte ich.

»Ihr habt eure Papiere doch hoffentlich verbrannt? Einen Namenlosen ohne Heimat kann man schlecht nach Hause schicken, oder? So, und wenn ihr jetzt bitte umpacken würdet. Ich habe ein paar kleinere Tüten dabei. Ihr könnt nur so viel mitnehmen, wie da reinpasst, also los …«

»Ich steige nicht ins Boot, wenn Frauen dabei sind«, sagte einer aus der anderen Gruppe. »Die machen nur Scherereien und wir werden leichter geschnappt …«

»Ich muss meine extra Jeans mitnehmen«, sagte Didi.

»Alle, die sich lieber beschweren wollen, als an Bord zu gehen, können gerne ein paar Tage warten«, sagte der Seemann. »Vielleicht kommt ja eine große Fähre vorbei und legt hier an … und vielleicht werdet ihr sogar in schicken Speedbooten mit Minibar zur Fähre gebracht …«

Er lachte, aber wir waren nicht in der Stimmung für seine Witze.

»In die hier hab ich mir ein Loch gerissen«, flüsterte Didi mir zu.

»Zieh die andere an«, sagte ich.

Sie fing an, sich umzuziehen, und für ein paar Minuten hörte man überall Fluchen, Knistern und Rascheln von Tüten und Kleidern. Wer bekam eigentlich die ganzen Sachen, die wir nicht mitnehmen durften?

»Das wird in den Zelten verteilt«, sagte der Seemann.

Von wem und an wen?, dachte ich, aber ich hielt meinen Mund und versuchte, so viel wie möglich in den kleinen schwarzen Beutel für Küchenabfälle zu stopfen, den er uns gegeben hatte.

Reservejeans? Hierlassen.

Zwei Reserveunterhosen? Mit.

Dicke Socken? An.

Pulli? An, auch wenn die Nacht mild war.

Drei T-Shirts? Eins an.

Geld und Telefon in die Jeanstaschen.

Dünne Jacke? An.

Es wäre praktischer gewesen, Deo und die anderen beiden T-Shirts in den Müllbeutel zu stopfen, aber stattdessen rollte ich die Tempo-Tüte fest zusammen. Ich konnte sie nicht einfach hierlassen, sondern legte sie statt der T-Shirts ganz nach unten.

Nelson packte seine Ukulele ein. Aber sie ragte natürlich aus der Tüte raus.

»Was soll das da?«, fragte der Seemann.

»Vielleicht ein guter Zeitvertreib …«, sagte Lucky.

Der Seemann nickte. Ich ging mit Didi pinkeln. Wir waren bereit.

Wir liefen mit unseren Tüten unterm Arm durch den Sand. Es roch nach Salz und Fischen und ein Hauch von Benzin lag in der Luft. Ich beugte mich nach unten und hielt eine Hand ins Wasser – ein Gebet an die Meeresgötter, für eine sichere Überfahrt. Dann erkannte ich, dass da nur *ein* Schlauchboot war. Und es kam mir nicht sehr groß vor.

»Wann kommt das andere?«, fragte ich.

Der Seemann sagte: »Wer hat von zwei Booten gesprochen? Ihr rückt zusammen und sitzt abwechselnd auf den Seiten und auf dem Boden. Zieht eure Hosen aus, bevor ihr rüberwatet.«

Das Boot lag ein Stück vom Strand entfernt und die Männer zogen sich hastig aus und gingen in Unterhosen durch das flache Wasser. Als Mädchen ist man nicht so schnell dabei, die Hosen fallen zu lassen, aber hier und jetzt, wo es darum ging, sich einen guten Platz im Boot zu sichern, gab es kein Zögern. Runter damit, zusammenrollen, aufpassen, dass Geld und Handy nicht rausfielen, und dann ab ins Wasser, Hose und Tüte fest im Arm.

Patrick war schon im Boot. Saß ganz hinten, mit einem kleinen roten Halstuch über der Windjacke. Er war höflich und half uns hoch. Er schien auch nicht das Geringste dagegen zu haben, Didi dabei behilflich zu sein, ihren Hintern über den dicken Gummiwulst zu schieben. Ich war geschickter und brauchte nur einen kräftigen Zug am Unterarm.

»Danke«, sagte ich.

»Willkommen an Bord«, sagte er, als wären wir beiden Mädchen Ehrenpassagiere.

Es stellte sich heraus, dass wir nicht die einzigen Frauen waren. Eine junge Mutter, die ihren Säugling mit einem Tuch fest an den Körper gebunden hatte, bekam ebenfalls Hilfe, um an Bord zu klettern.

Unglaublich, dass uns die Luft in diesen Gummiwürsten tragen konnte. Ich hatte noch nie so viele Menschen in einem so kleinen Boot gesehen. Alle quetschten und drückten, aber wenn man sich ein bisschen breitmachte, da ein Stück zur Seite, den Arm noch ein bisschen nach hinten, zu dem Typen, der neben einem saß, ja, dann ging es. Durch den Lastwagen waren wir gut trainiert.

»Hier, das Wasser«, sagte Lucky, der eine Kiste mit Plastikflaschen durchs Wasser trug, für die eigentlich kein Platz mehr war. Aber da wir ohne sie verdurstet wären, musste es eben irgendwie gehen. Die Flaschen wurden aus dem Karton genommen und verteilt.

»Und der Eimer?«, fragte ich, und Patrick lachte. Er reichte mir eine große Dose, in der Schmieröl gewesen war.

Das würde gehen. Die Überfahrt würde schließlich nicht wochenlang dauern. Nur einen Tag, hatte Chuck gesagt.

»Chuck?«, fragte Didi.

»Er fliegt«, sagte Lucky, dann plusterte er sich auf: »Ich bleibe die ganze Zeit bei euch. Wenn der Wind mitspielt, sind wir in gut einem Tag da …«

Der Seemann kommentierte das Wetter mit keiner Silbe, sondern fragte stattdessen, wo das Moped war. Lucky erklärte es ihm.

Das Boot lag so nah am Ufer, dass man den Außenbordmotor nicht absenken konnte.

»Wir müssen es ins tiefe Wasser ziehen«, sagte der Seemann vom Strand aus, aber er machte nicht den leisesten Ansatz, selbst etwas zu tun.

Ein junger Mann und der Witwer meldeten sich. Sie waren sowieso noch nicht dazu gekommen, ihre Hosen wieder anzuziehen. Also zogen sie die restlichen Klamotten auch noch aus, sprangen rein und zogen das Boot durch die leichte Brandung ins tiefe Wasser. Jetzt konnte Patrick den Motor runterlassen. Dann zerrte er wie ein Verrückter am Starterseil, aber bevor der Motor ansprang, erwischte eine kräftige Welle das Boot und drehte es, sodass es von der nächsten Welle angehoben und ins flache Wasser zurückgeschubst wurde. Die beiden Männer wiederholten die Schlepperei – dieses Mal hörten sie erst auf, als ihnen das Wasser bis zum Hals stand.

Sie stemmten das Boot gegen die Wellen, bis der Motor abgesenkt war. Jetzt startete er und um ein Haar wäre Patrick vor lauter Begeisterung ohne die beiden losgefahren. Es gab lautes Geschrei, er bremste ab, und der Witwer und der junge Mann wurden an Bord gezogen.

»Was ist mit dem Seemann?«, fragte Didi.

»Mein Vater hat viel zu tun«, sagte Patrick. »Ich bringe euch rüber. Ich mache das nicht zum ersten Mal. Seht zu, dass ihr gut sitzt, wenn es richtig losgeht. Und niemand darf aufstehen, ohne das vorher anzukündigen. Habt ihr gehört? Wenn hier jemand einfach rumläuft, kippen wir am Ende alle ins Meer.«

Wir zogen unsere fast trockenen Sachen wieder an und richteten uns zwischen Benzinkanistern, Körpern, Beinen und Schultern ein. Es wurde schon jetzt kalt und ich zog den Reißverschluss meiner Jacke bis zum Kinn hoch und drückte mich an Didi.

»Jetzt fahr schon los«, rief einer, und Patrick sah sich um, richtete sein Halstuch und gab Gas.

Fast kein Essen. Wenig Wasser. Ohne Reservekleidung. Ohne Pass, ohne Namen. Achtunddreißig Brenner auf dem Weg.

9

Das Boot nahm Fahrt auf und wurde von den Wellen auf und ab geworfen. Erst erschrak ich über die heftigen Bewegungen, aber Patrick sagte, das wäre ganz normal. Didi hatte das Gefühl, sich übergeben zu müssen. Für sie würde es eine lange Überfahrt werden, so, wie unser Boot stieg und fiel und schaukelte.

Eine lange Stange mit ein paar spitzen Metallscheiben lag auf dem Boden und drückte sich in meinen Oberschenkel, was mich schon ziemlich bald nervte. »Können wir das Ding da nicht einfach ins Wasser schmeißen?«

»Spinnst du?«, sagte Patrick. »Das ist unser Radarreflektor. Wir müssen eine Schifffahrtsstraße kreuzen und die ist ganz schön befahren. Wenn wir den oben haben, können die großen Schiffe uns auf ihrem Radar sehen. Es ist nicht lustig, von einem Supertanker überfahren zu werden …«

Er erklärte, dass wir den Reflektor erst aufrichten würden, wenn wir außerhalb der zwölf Seemeilen waren.

»Wieso stellen wir ihn nicht jetzt schon auf?«, fragte der Witwer.

»Dann könnte die Küstenwache uns sehen … Außerdem sind die großen Schiffe normalerweise weiter draußen. Und selbst wenn sie uns nicht sehen, sehen wir sie ja trotzdem. Oder hören sie. Alles in Ordnung.«

Wir stampften weiter vorwärts durch die Dunkelheit, ohne Licht und ohne Reflektor. In der Ferne hörte ich ein tiefes Brummen und entdeckte etwas: ein Stück über dem Wasser ein rotes Licht und weiter oben noch ein weißes. Ich zeigte in die Richtung, aber Patrick schüttelte beruhigend den Kopf.

»Wann sind wir aus diesen zwölf … Seemeilen raus?«, fragte ich.

»Wenn wir nur noch das oberste Licht vom Schornstein des Kraftwerks sehen.«

Er zeigte schräg nach hinten in Richtung der Hafenstadt. Man sah noch immer die Lichter vieler Häuser und auch der Schornstein war eine lange Kette von Lichtern.

Aber die beiden Lichter vor uns machten mich nervös. »Laternen« nannte Patrick sie. Die Höhe der weißen Laterne machte mir wieder bewusst, wie klein unser Schlauchboot war und wie tief wir lagen. Die ganze Zeit wurden wir nass gespritzt. Wir waren schon ziemlich weit draußen, und ich hätte ganz sicher nicht ans Ufer zurückschwimmen können, wenn etwas schiefgegangen wäre.

»Wir müssen ein Stück an der Küste entlang, bevor wir aufs offene Meer können«, sagte Patrick.

Er drehte ein wenig nach rechts.

»So, jetzt liegen wir genau achtern hinter dem da …«

Die Laternen vor uns erhoben sich höher.

»Solltest du nicht stärker abdrehen?«, fragte der Witwer.

»Mit so vielen Leuten an Bord kann ich das Boot nicht ganz quer zu den Wellen stellen.«

Didi musste sich übergeben, aber sie schaffte es nicht mehr rechtzeitig, sich über die Seite zu hängen. Sie riss die Öldose an sich, aber trotzdem landeten ein paar Spritzer auf meinem

Bein. Hätte sie sich die Dose nicht schon nehmen können, als sie merkte, was los war? Ich sagte nichts und hielt ihren Kopf, als der Rest hochkam.

Plötzlich veränderten sich die Lichter des großen Schiffs. Jetzt sah man Grün, Weiß und Rot, und Patrick sagte: »Der dreht in unsere Richtung. Haltet euch fest.«

Dann lenkte er unser Boot scharf nach rechts und ein paar bedrohlich große Wellen schwappten über uns hinweg. Mein Rücken wurde nass und mein Herz hämmerte. Einige schrien auf.

»Was machst du da eigentlich?«

Ein Mann aus der anderen Gruppe versuchte aufzustehen. Er wollte nach hinten, zu Patrick.

»Bleib sitzen, William«, sagte Lucky scharf.

Der Mann murmelte etwas in einer unverständlichen Sprache, es klang verbissen und wütend, und Lucky zog seine Pistole.

»Siehst du die hier?«, brüllte er. »Wir wollen sicher drüben ankommen und einzig und allein Patrick steuert das Boot. Setz dich!«

William gehorchte und ein paar Minuten später waren nur noch die rote und die weiße Laterne des großen Schiffs zu sehen. Ich spürte die Vibrationen seiner Maschine im Magen. Etwas später erahnten wir einen riesigen Rumpf in der Dunkelheit. Er war nicht sehr weit weg, aber doch in sicherem Abstand. Endlich konnte Patrick das Schlauchboot in die Wellen lenken und kurz darauf entfernten wir uns in voller Fahrt von der Küste.

Der Motor brummte und langsam hatte ich mich an das Schlagen der Wellen gewöhnt. Ich legte mich halb auf Didi, der es wieder besser ging, und schlief ein.

Als ich aufwachte, war es zwar hell geworden, aber dafür rollte eine Nebelbank nach der anderen über uns hinweg.

Lucky und Patrick diskutierten miteinander.

»Weil wir sie jetzt nicht mehr *sehen* können«, sagte Patrick. »Wir müssen den Reflektor aufstellen.«

»Er bleibt unten«, sagte Lucky. »Wir sind noch keine zwölf Meilen weg.«

Er stand da und fummelte an einem GPS herum.

»Wo wir jetzt sind, kommen so gut wie nie Patrouillenboote hin«, sagte Patrick. »Aber es ist lebensgefährlich, hier ohne Reflektor zu fahren. Irgendwo in der Nähe ist ein Schiff, hörst du das nicht?«

Er ging mit dem Gas runter, und das Geräusch wurde deutlicher: eine Schiffsmaschine. Der Nebel machte es unmöglich, abzuschätzen, wo es war oder welchen Kurs es nahm. Das ferne Brummen hing überall.

»Stell den Reflektor auf«, sagte Patrick zum Witwer, der sich nach vorne beugte und nach dem langen, dünnen Aluminiummast griff.

»Du rührst ihn nicht an«, sagte Lucky.

Er saß ganz vorne im Boot, hielt die Pistole in der Hand. Sein Blick war panisch. Patrick erschrak. Oder er tat so, als würde er erschrecken. Auf jeden Fall riss er die Lenkung des Motors zu sich, sodass das Boot sich scharf drehte und wir einen Schwapp Meerwasser abbekamen. Einige, die vorne am Rand kauerten und schliefen, wären fast ins Wasser gefallen. Auch Lucky hätte um ein Haar das Gleichgewicht verloren. Er musste sich mit beiden Händen festhalten und ließ dabei die Pistole fallen. Sie rutschte auf den Boden, an einem schlafenden Mann vorbei und landete direkt vor meinen Füßen.

Ich hob sie auf, und für ein paar Sekunden lag es an mir, die Situation zu entscheiden. Ich sah schon vor mir, was wohl auch Patrick befürchtete: ein riesiges Containerschiff, das ein Schlauchboot und achtunddreißig Menschen in die Tiefe drückte, ohne dass jemand etwas davon bemerkte. Aber mir kam auch der Gedanke, dass das Risiko, auf dem Radarschirm eines der Patrouillenboote aufzutauchen, größer war.

Noch nie zuvor hatte ich eine Pistole in der Hand gehalten. Hatte keine Ahnung, ob sie geladen oder gesichert war. Spürte nur, dass ich die Macht in der Hand hielt. Leute schrien auf, ängstlich, wütend, einige riefen, ich solle Patrick die Pistole geben, andere, Lucky solle sie haben. Der Witwer wollte, dass ich sie ins Wasser warf.

»Wenn das Ding losgeht und ein Loch ins Boot schießt, sind wir erledigt!«

Zwei der etwas älteren Männer standen auf.

»Setzt euch!«, brüllte ich und versuchte, möglichst verzweifelt zu klingen. Sie sollten Angst bekommen, ich könnte etwas Irres tun. Und dann fiel mir ein, wie brutal Lucky gewesen war, als wir die tote Frau zurückgelassen hatten. Manchmal waren Brutalität und Entschlossenheit notwendig. Ich gab ihm die Pistole zurück.

»Wir können den Reflektor nicht im Boot behalten«, sagte er. »Schmeiß ihn über Bord.«

Als der Witwer zögerte, nahm ich den Reflektor und schob ihn über den Gummiwulst.

»Ihr seid geisteskrank«, sagte Patrick. »Man merkt, dass du noch nie in einem Schlauchboot rübergefahren bist«, sagte er zu Lucky.

»Bist du nicht?«, fragte ich.

»Es geht niemanden was an, was ich schon gemacht habe und was nicht. Wir wollen rüber, und ich werde dafür sorgen, dass wir ankommen.«

Wir fuhren weiter durch den Nebel, hielten Ausschau, lauschten; das tiefe Brummen der Maschine kam näher. Patrick drosselte das Tempo. Aber jetzt hatte Lucky das Kommando: »Vollgas, und sobald jemand ein Schiff sieht …«

Das Dröhnen übertönte nun fast unseren eigenen Motor. Sie würden uns weder sehen noch hören. Ein Nebelhorn tutete durch die grauen Nebelfetzen. Das Geräusch war so laut, dass ich einen richtigen Satz machte. Adrenalin schoss durch meinen Körper. Lucky zeigte erst in die eine Richtung, dann in die andere, und Patrick folgte seinen Anweisungen und änderte den Kurs. Egal, was er tat, wir kamen nicht von dem Geräusch weg.

»Er fährt im Nebel bestimmt langsamer«, sagte Lucky.

»Das kannst du nicht wissen. Er hat schließlich sein Radar und denkt, er kann alles sehen …«, sagte Patrick.

Und dann war er da. Ein schwarzer Koloss aus Stahl wuchs aus dem Nebel empor. Sein Rumpf schnitt einen weißen Schaumstreifen ins Wasser.

»Festhalten!«, schrie Patrick.

Er wartete nicht auf ein Kommando von Lucky, sondern riss das Boot nach links. Didi, die auf dem luftgefüllten Gummischlauch saß, wäre ins Wasser gefallen, hätte ihr Bein nicht hinter dem Rücken eines Mannes geklemmt. Ihr Oberkörper kippte nach hinten, ihr Kopf berührte fast das Wasser – dann, endlich, bekam William ihre Hand zu fassen und zog sie wieder hoch. Ich rief nach ihr. Lucky zischte uns an, wir sollten leise sein, aber wer hätte uns in diesem Motorenlärm hören sollen?

Nach ein paar Sekunden war klar, dass wir nicht umgefahren worden waren. Aber kaum waren wir dem Stahlkoloss entkommen, ohne zermalmt worden zu sein, da drohten wir, in einem Inferno aus Schaum und gewaltigen Kielwasserwellen zu ertrinken. Die Leute schrien, aber Patrick musste niemanden auffordern, sich festzuhalten. Wir klammerten uns an alles Erreichbare, um unser Leben zu retten. Wäre ich über Bord gegangen, hätte der Sog der Schiffsschrauben mich nach unten gezogen – die Wirbel waren unglaublich stark, und ihre großen Flügel hätten Fischfutter aus mir gemacht. Didi war nach unten gerutscht und lag mehr oder weniger auf mir. Wir hielten uns beide am Bein des Witwers fest. Woran er sich klammerte, weiß ich nicht, nur dass das Boot in der Luft hing, als wir ganz oben auf der Welle waren. Und dass das Wasser in Kaskaden auf uns herunterklatschte, bevor wir den nächsten Wellengipfel erreicht hatten.

Die Männer beteten und fluchten. Die Frau mit dem Säugling tröstete ihr Kind, dessen Schreien in den Ohren schmerzte. Williams Hände zitterten. Er tröstete die Frau.

Ein paar Möwen, die dem großen Schiff folgten, stießen ihre vorlauten, hungrigen Schreie aus, und das Schlauchboot fand in seinen alten Rhythmus zurück. Das Ganze hatte nicht länger als eine Minute gedauert. Mit der Öldose schöpften wir das Wasser aus dem Boot, das über uns hereingebrochen war.

Lucky. Erst dachte ich, es wäre sein Telefon gewesen, und dachte, dass es ganz schön dämlich von ihm war, es nicht in Plastik eingepackt zu haben. Aber es war das GPS.

»Es ist hin«, sagte er.

Jetzt war es Patrick, der fluchte. Der Nebel war so dicht, dass man keinen Sonnenstand mehr ausmachen konnte. Keine Himmelsrichtungen. Und mit ihnen auch keinen Kurs.

Achtunddreißig Menschen, zusammengedrängt zwischen zwei armseligen Gummiwülsten in einer grauen Welt ohne Richtung. Der einzige Kurs, den ich erkennen konnte, führte direkt in einen grauen Tod, den niemand außer uns bemerken würde. Ich malte mir aus, wie Charlie und mein Vater zu Hause saßen und sich fragten, wo ich wohl gerade war. Zum Glück sahen meine Tränen aus wie die Nebeltropfen, die sich überall niederschlugen.

Die meisten von uns waren sowieso längst durchnässt und bei allen anderen erledigte jetzt der eiskalte, schwere Nebel den Rest. Wir pressten uns aneinander, und es war mir egal, ob es Didi war oder ein Mann. Oder zwei Männer. Hauptsache, Körperwärme. Hauptsache, nicht alleine sterben.

»Ich mache den Motor einen Moment aus, um zu sehen, woher der Wind kommt«, sagte Patrick, und Lucky nickte.

Es wehte kaum Wind, aber Patrick hatte trotzdem ein Gefühl dafür, in welche Richtung wir fahren mussten. Er zog sein durchweichtes rotes Halstuch aus, ließ den Motor an und gab Vollgas. Wir hörten keinen Maschinenlärm und konnten nur hoffen, dass wir es rechtzeitig merken würden, falls der nächste Supertanker unseren Weg kreuzte.

Langsam, langsam wurde der Nebel dünner und lichter und irgendwann brach die Sonne durch. Die Wärme war belebend, und schon bald hatten die Leute den Großteil ihrer Kleider ausgezogen und saßen in Unterwäsche im Boot, während die Sonne Jacken, Pullis und Hosen trocknete. Wir hatten inzwischen etwas mehr Platz, nachdem Patrick die leeren Benzinkanister über

Bord geworfen hatte. Ein Mann pinkelte plätschernd über den Rand, dabei stützte er sich auf der Schulter eines anderen ab.

Der Nebel war weg, aber es war immer noch diesig. Man konnte weder den Horizont noch das Land sehen, in das wir unterwegs waren. Es blieb uns nichts anderes übrig, als abzuwarten.

Nelson nahm seine Ukulele. Eine Saite war gerissen, also spielte er auf den dreien, die übrig waren, und sang mit schöner, überraschend hoher Stimme. Er hielt die Ukulele in die Luft und zupfte ein bisschen an der gerissenen Saite, die jetzt nach unten baumelte. »Dreibeinige Katzen können trotzdem pfeifen«, sagte er und sang weiter, die verrücktesten Strophen von Glut im Schnee und Eiszapfen in der Wüste. Und ein freches Spottlied auf den General: Party im Schlauchboot!

Lucky entspannte sich und ein Lächeln breitete sich auf seinem Gesicht aus. Als hätte er alleine uns ins gute Wetter geführt … Aber klar, nachdem rausgekommen war, dass er noch nie im Schlauchboot übers Meer gefahren war, musste er allen etwas beweisen. Er wurde richtiggehend übermütig und zauberte seinen Geheimvorrat aus einer Tüte. Zwei Flaschen Wodka. Geteilt durch achtunddreißig blieb nicht viel für jeden übrig, aber es war trotzdem genau das, was wir jetzt brauchten. Besser als Brot. Besser als Gemecker.

Nelson legte seine Strümpfe zum Trocknen hin, und seine langen, dreckigen Zehen wippten im Takt, während er spielte. Didi machte mich darauf aufmerksam und wir lachten. Ich sang mit und entspannte mich. Meine Sachen trockneten, die Sonne liebkoste mich, es war fast windstill, und auch wenn man in der diesigen Luft nicht sehr weit sehen konnte, waren Himmel und Meer blau. Eigentlich ganz schön.

Charlie, dachte ich, ich tue es für dich, und irgendwann werde ich dir von genau diesem Augenblick erzählen …

Jetzt ist der Zeitpunkt gekommen.

Nelson packte seine dreibeinige Katze zurück in die Plastiktüte und versuchte, sich irgendwie hinzulegen, um zu schlafen. Die Männer machten ihm Platz, so gut es eben ging. Die Hitze und das ruhige Wasser machten uns schläfrig.

Aber Patrick war wach. Und besorgt. Er rief Lucky, der vor sich hin döste.

»Ich würde gerne langsamer fahren, um Benzin zu sparen.«

Lucky war sofort hellwach und reagierte gereizt. Hier würde niemand langsam fahren. Das Brot war aufgegessen und nur noch wenig Wasser übrig. Er zog die Pistole und spielte demonstrativ damit herum, während er eine Schimpftirade auf Patrick abfeuerte. Wir anderen hatten schließlich nicht alles aufgegeben, nur damit sich so ein beschissener Matrose an unseren Dollars bereicherte.

»Patrick hat die Überfahrt schon öfter gemacht«, sagte ich. »Hör auf ihn …«

Aber Lucky blieb stur. Er redete, als ob er selbst ein erfahrener Kapitän wäre.

»Du holst aus dem Ding raus, was geht. Und alle anderen halten nach Land Ausschau.«

Mir warf er einen scharfen Blick zu. »Yes, Sir«, sagte ich.

Er fand es nicht witzig.

Der Anblick der Pistole machte Patrick nervös, er gab Vollgas. Nebenbei tippte er prüfend mit dem Fuß gegen die beiden vollen Kanister, die noch übrig waren. Lucky sicherte die Pistole und schob sie zurück in die Tasche. Dann legte er sich auf den Boden und schlief ein. Ich hätte mich auch gerne hingelegt, aber da war noch eine Kleinigkeit, die ich vorher zu erledigen hatte.

Ich musste nach hinten ins Schlauchboot, nach achtern, wie Patrick es nannte. Dahin, wo die Öldose war. Ich kletterte vorsichtig über den schlafenden William und Didi, die wieder ganz blass geworden war. Ihr Blick war matt und entschuldigend. Als würde sie sich gleich wieder auf meine Beine übergeben.

»Mach mal Platz«, sagte ich und gelangte zu Patrick und der Öldose.

Er schaute höflich weg und hinterher leerte ich die Dose über die Seite aus. Ich setzte mich zu ihm und wir unterhielten uns.

»Wie ernst ist es mit dem Benzin?«, fragte ich.

»Es ist nur noch ein voller Kanister übrig. Und wir wissen nicht, wie weit wir noch von der Küste weg sind. Oder von welcher Küste …«

»Wie viel spart man, wenn man langsamer fährt?«

»Das können leicht zwanzig bis fünfundzwanzig Prozent sein …«

Sein Gesicht hatte etwas Trauriges, während er so dasaß und nach Gefühl in die Richtung steuerte, in der er Land vermutete. Er versuchte, in einem bestimmten Winkel zur Sonne Kurs zu halten. Aber die Sonne bewegte sich ja auch …

»Dein Vater vertraut dir, oder?«, fragte ich.

Er beugte sich zu mir, und ich hoffte, dass er nicht riechen konnte, wie sehr ich geschwitzt hatte.

»Er ist nicht mein Vater«, sagte er.

Und dann erzählte er, wie er schon vier Mal versucht hatte,

rüberzukommen, wie er sich jedes Mal Geld vom Seemann geliehen hatte und wie er jedes Mal erwischt und zurückgeschickt worden war.

»Alle, die aussehen wie Kinder, werden sofort nach Hause verfrachtet. So war es die ersten Male. Jetzt bin ich zwanzig. Und sehe aus wie fünfundzwanzig, wenn ich mich nicht rasiere …«

»Wie praktisch, dann kannst du dir die Rasierklingen sparen.«

Er grinste, aber er wurde schnell wieder ernst. Seine Schulden waren inzwischen so angewachsen, dass er sie wohl nie würde zurückzahlen können. Da hatte der Seemann ihm das Angebot gemacht, ihm drei Viertel des Kredits zu erlassen, wenn er ein Boot mit Brennern übers Meer bringen würde.

»Mein Onkel war Fischer, sein Boot habe ich oft gesteuert. Aber noch nie ein Schlauchboot«, flüsterte er. »Und dann so viele Menschen an Bord … Aber ich will jetzt rüber. Es *muss* einfach klappen …«

Der Motor fing zu einem Zeitpunkt an zu husten, als das Achterende auf einem Wellengipfel lag, und Patrick griff nach dem letzten Kanister. Ich schraubte den Tankdeckel ab und hielt ihn fest, während er das Benzin einfüllte.

»Versuch, ein bisschen langsamer zu fahren«, sagte ich. »Das merkt er gar nicht …«

Aber er merkte es doch. Ruckartig setzte Lucky sich auf.

»Wieso fahren wir nicht schneller? Bremst du? Bist du schwer von Begriff?«

»Lucky, Schatz, hör zu«, sagte ich.

Ich turnte über Liegende und Sitzende, bis ich bei ihm war. Er wirkte verschlafen und wirr. Ich legte meine Hand auf seine Schulter.

»Das Boot, nicht wahr? Es verbraucht dreißig Prozent mehr Benzin, wenn man Vollgas fährt. Und wir haben eben den letzten Kanister eingefüllt. Lucky, du hast uns schon so weit gebracht. Lass uns auch noch das letzte Stück gemeinsam schaffen, auch wenn es ein bisschen länger dauert, als du gedacht hast. Lucky, Süßer …«

Er richtete sich auf. Sah sich im Boot um. Kam zu sich.

»Dein Vater hat dir schließlich beigebracht, wie man ein Boot lenkt«, sagte er zu Patrick. »Also okay … Fahr ein bisschen langsamer und lass uns da rüberschleichen. Besser spät als nie, was? Oh, gib mir ein bisschen Wasser, Dawn …«

William reichte uns eine Wasserflasche. Sie war noch halb voll.

»Wie viele von denen haben wir noch?«, fragte ich.

»Scheint wohl die letzte gewesen zu sein«, sagte William und schaute sich suchend um. Tastete unter schlafenden Leuten. Unter Tüten. Davon wurde Didi wach.

»Ich bin so durstig«, sagte sie. »Und so komisch … schwach.«

Lucky trank noch einen Schluck und reichte mir die Flasche, aber ich trank nicht, sondern wollte sie Didi geben.

»Patrick soll den Rest trinken«, sagte Lucky. »Er darf nicht … schlappmachen.«

Patrick gab die Flasche trotzdem an Didi weiter.

»Trink, Schwester«, sagte er, aber damit war Lucky gar nicht einverstanden.

»Habt ihr vergessen, wer hier das Sagen hat? Hier ist nur einer der Kapitän. Und der Kapitän will nicht, dass sein Steuermann krank wird vor Durst. Trink, Patrick, verdammt, trink, wenn ich es sage!«

Patrick wagte es nicht, sich ihm zu widersetzen, und leerte die Flasche.

Die Nachmittagssonne brannte auf uns herunter. Patrick zog sein rotes Halstuch aus der Tasche, machte es nass, wrang es aus und band es sich um die Stirn.

Hielt man einen Finger ins Wasser, spürte man die angenehme Kühle und bekam sofort Lust, ein wenig davon zu trinken. Aber ich wusste, dass das keine gute Idee war. Auch William steckte eine Hand ins Wasser, als Lucky gerade nicht in seine Richtung sah, und leckte sich dann die salzigen Tropfen von der Haut. Ich war neidisch, bis ich sah, wie viel elender er kurz danach aussah.

Nur das Baby, das gierig saugte, bekam jetzt noch etwas zu trinken. Der Gedanke war eklig, aber irgendwann war ich so weit, dass ich mich am liebsten zu der jungen Mutter gelegt hätte. Ein paar Tropfen warmer Milch hätten mir schon genügt. Man hätte meinen können, dass sie meine Gedanken lesen konnte, denn sie versteckte ihr Kind noch tiefer in ihren Gewändern.

Williams Augen glühten, auch er schaute zu der Frau, die jetzt ihre Augen schloss und still ihr Kind wiegte. So, wie das Boot uns wiegte, langsam, in Richtung einer unbekannten Küste.

10

Starker Durst macht etwas mit dem Gehirn. Während sich die Sonne dem Horizont näherte, wurde mein Kopf immer wirrer. Mir war schwindelig. Alles, was um mich herum geschah, erlebte ich wie unscharfe, unzusammenhängende Fetzen eines Films. Vielleicht sah ich auch Dinge, die es gar nicht gab …

Solange der Motor lief, waren wir auf dem Weg. Und in dem Gedanken, dass wir unserem Ziel näher kamen, konnten die meisten von uns den Durst ertragen, auch wenn viele immer teilnahmsloser wurden und ihre Blicke seltsam flackerten.

Der Wind flaute schließlich ganz ab, es wurde wärmer und zugleich wurden die Wellen länger. Das Schlauchboot begann, auf eine ganz neue Art im Wasser zu schaukeln. Patrick nannte es die »Dünung eines alten Sturms«. Immer wenn diese Dünung das Achterende kräftig anhob, hustete der Motor und drohte auszugehen, und sobald wir das Wellental erreicht hatten, lief er weiter. Ich versuchte, Patricks Blick aufzufangen. Er sah ernst aus. Waren das die letzten Tropfen Benzin, die da im Tank hin und her schwappten?

Didi musste sich wieder übergeben. Ich setzte mich auf ihre Beine, während sie sich mit dem Oberkörper über die Seite hängen ließ. Komisch, dass ich die Starke war; dass ich diejenige war, die *sie* über Wasser halten musste. Und sie war wirklich völlig fertig, jammerte und zitterte.

»Nur noch Galle ... In mir ist nichts mehr drin. Es tut so weh ... Gleich springe ich ...«

»Didi, reiß dich zusammen ... Morgen ist es geschafft. Der Strand schwankt nicht. Denk an den Sand zwischen den Zehen!«

»Yeah«, sagte Patrick und grinste. »An der Seekrankheit sterben nur die, die durchdrehen und reinspringen ...«

Didi wischte sich mit dem Arm über den Mund und legte sich auf den Boden. Schweißperlen tropften von ihrer Stirn und seltsame Laute drangen aus ihrem Mund. »Wasser«, sagte sie mit heiserer, schwacher Stimme. »Dawn, ich brauche Wasser ...«

Ich schaute mich um. Es gab ja keins. Da sah ich die Mutter mit dem Kind. Sie hatte ihren Blick die ganze Zeit unbeirrt nach unten gerichtet, aber jetzt hob sie den Kopf.

»Einen Becher«, sagte sie.

Bislang hatte ich nur mitbekommen, wie sie ihr Baby mit Lauten tröstete, jetzt hörte ich sie zum ersten Mal seit unserem Aufbruch sprechen. Auch William hob den Kopf und war plötzlich ganz aufmerksam.

»Nein«, sagte er.

Aber ich nahm einen der Plastikbecher, aus denen wir Wodka getrunken hatten. Er war leer und trocken. Ich reichte ihn der Frau, und ehe ich mich versah, hatte sie ihn genommen und sich zum Wasser umgedreht. Sie schlug ihr Gewand zur Seite und füllte den Becher zu einem Viertel mit Milch. Ich gab ihn Didi. Ihre Augen brannten vor Dankbarkeit. Sie trank mit einem gierigen Schluck.

William wurde wütend: »Das macht ihr nicht noch mal. Die Milch ist für das Kind. Seid ihr wahnsinnig?«

Im selben Moment ging der Motor aus.

»Das war's«, sagte Patrick.

Für einen Augenblick war es still, dann fingen die Leute an, wild durcheinanderzureden. Konnte das wirklich sein? Lucky befahl allen, sich nach dem letzten Kanister umzusehen, der doch noch irgendwo liegen *musste*. Aber da war keiner.

Etliche wütende Augenpaare richteten sich auf Lucky.

»Ruhig bleiben. Nur darauf kommt es jetzt an«, sagte Lucky. »Ihr müsst Geduld haben.«

Er beeindruckte mich wirklich, weil er erkannt hatte, dass in diesem Moment die größte Gefahr von uns selbst ausging. So weit konnte ich gerade noch denken, trotz meines ausgetrockneten Zustands.

Patrick fügte hinzu: »Wir sind nicht weit vom Land entfernt. Bald kommen Schiffe. Fischer ...«

»Ihr habt doch keine Ahnung, wo wir sind. Wenn überhaupt jemand kommt, dann die Küstenwache«, sagte William.

Was er sagte und wie er dabei aussah, nahm mir jeden Mut. Ich war im Begriff, mich mitreißen zu lassen. Hatte er nicht recht? Waren nicht schon viele ertrunken oder auf See verdurstet? Aber da stellte der Witwer eine Frage. Von uns allen war er seit dem Aufbruch in Sugartown dem Tod wohl am nächsten gekommen.

»Gibt es denn kein Paddel?«

Es machte mir Mut, dass er, gerade er, von einem Paddel sprach. Und wir hatten *tatsächlich* eins an Bord. Ein Plastikpaddel.

Ein junger Mann legte sofort los. Ich bot ihm an, ihn abzulösen, und versuchte es auch, aber das Boot schien sich kaum vorwärtszubewegen. Lag es an der Strömung? Würde das Meer uns doch verschlingen?

Das Baby, ein kleiner Junge, fing an zu weinen und hörte nicht mehr auf. Seine Mutter konnte ihn nicht trösten. Auch nicht, indem sie ihn an die Brust legte.

Das lächerliche Platschen des Paddels. Das Weinen. Der Gedanke, dass wir auf diesem schönen Meer sterben würden, gewann wieder die Oberhand und nahm mir die Kraft. Das Wasser und der Himmel, eiskalt blau, sengend orange. Die Tapete des Korridors, der in den Tod führte.

William kam mit der Situation nicht mehr zurecht. Er sprang auf, brüllte, trampelte, machte einen Schritt auf Lucky zu, der zurückwich und seine Pistole zog.

»Setz dich hin. Sie finden uns. Rudert weiter!«

William hatte die Kontrolle über sich verloren. Es war unmöglich zu verstehen, was er wollte. Er stand nur da und brüllte wie ein Verrückter.

Andere richteten lächerliche Forderungen an Lucky. Also lächerlich, wenn man die Situation bedenkt. Sie nannten Geldbeträge, die sie bezahlt hatten – für die sie sich verschuldet hatten. Geld, das sie hier und jetzt zurückhaben wollten. Noch ein Mann stand auf. Das Schlauchboot schwankte unruhig im Wasser. Würde das hier in einer Hölle aus kämpfenden Männern enden, die sich gegenseitig in die Tiefe rissen? Würden wir wirklich so sterben?

Da schoss Lucky in die Luft. Seine Stimme bebte.

»Wo die herkommt, sind noch mehr«, rief er. »Und wenn ich danebenschieße, trifft die Kugel das Gummi. Dann sind wir alle erledigt, kapiert? Bin ich der Einzige hier, der noch klar denken kann?«

Er und Patrick hatten in den letzten Stunden als Einzige noch Wasser bekommen. Die meisten beruhigten sich. Aber William nicht. Er machte einen Schritt auf Lucky zu, die Hände ausgestreckt, als wollte er ihm an die Kehle. Da schoss Lucky. William kippte zur Seite, knapp an Didi vorbei, er wollte sich aufrappeln, aber er verlor das Gleichgewicht und stürzte über Bord, als eine große Dünungswelle das Boot anhob. Wir schauten ins Wasser, aber er versuchte nicht mal mehr, die Hand hochzuhalten oder zu schwimmen. Der Schuss musste ihn getötet haben. Die Frau brach fassungslos in Tränen aus, und in meinem dumpfen Gehirn formte sich der Gedanke, dass sie sich wohl gekannt haben mussten. Vielleicht waren sie einander vertrauter gewesen, als ich geahnt hatte.

»Vater?«, fragte ich. »War er der Vater?«

»Mein Bruder.«

»Ich hatte keine Wahl«, sagte Lucky.

Die Leute blickten mit starren, ängstlichen Augen vor sich hin. Niemand rührte sich. Die meisten sanken langsam zurück in ihren Dämmerzustand aus Durst und Erschöpfung, an der Grenze zur Bewusstlosigkeit. Patrick, der so viele Stunden am Motor gesessen hatte, fiel in einen tiefen Schlaf. Endlich brachte die Frau das Baby dazu, ein paar Tropfen zu trinken. Das Kind beruhigte sich. Der letzte leere Benzinkanister wurde über Bord geworfen. Ein paar der jungen Männer wechselten sich mit Paddeln ab, um wenigstens irgendetwas zu tun, aber es sah nicht so aus, als würden wir vorankommen. Die Sonne ging unter und die einsetzende Kühle lullte mich in den Schlaf.

Dann fing einer an, zu rufen. Ich öffnete die Augen. Alles war jetzt klar. Der Horizont eine scharfe Linie, die weit vor uns von dunklen Hügeln unterbrochen wurde.

»Land!«, rief Patrick.

Es war, als würde klares Quellwasser über das Schlauchboot regnen: die Weiße Welt in Sichtweite! Alle setzten sich auf und das Paddel wechselte immer schneller die Hände. Langsam erhob sich das Land. Hügel, flache Berge. Und da: Licht von einem hohen Gebäude. Aber danach war es, als würden wir weggetrieben. Führte die Strömung entlang der Küste? Patrick zuckte die Schultern.

»Das musst du doch wissen«, sagte Lucky.

»Die anderen Male … konnten wir die ganze Strecke mit Motor fahren. Mein Vater hat gesagt …«

»Hör auf mit deinem Vater«, sagte Lucky. »Er ist schuld an dem ganzen Scheiß hier …«

Patrick sagte nichts mehr. Die Sonne ging unter und die Küstenlinie verschwand wieder. Nur die fernen Lichter waren noch da.

Etwas später kniete sich der Witwer hin.

»Ich schwimme rüber«, sagte er. »Ich kann nicht hier liegen bleiben und verhungern. Ich bin ein guter Schwimmer. Ich bin schließlich … wir sind doch … aufgebrochen, um unserem Kind zu helfen.«

»Das sind mehrere Kilometer«, sagte Patrick.

»Ich kann mehrere Kilometer schwimmen.«

»Deine Chancen stehen besser, wenn du bleibst, aber ich kann dich nicht daran hindern.«

»Will jemand mitkommen?«, fragte der Witwer. »Zwei können sich gegenseitig unterstützen.«

Ich bin eine ziemlich gute Schwimmerin. Hatte mehrmals den See im Norden von Sugartown durchquert. Ertrinken oder verdursten? Einerseits wollte ich es versuchen und mit dem Witwer losschwimmen. Aber war ich stark genug, nachdem ich so lange kein Wasser mehr getrunken hatte? Was war mit der Strömung? Mit Didi? Konnte ich sie jetzt im Stich lassen?

»Und die Strömung?«, fragte ich laut.

»Damit werde ich fertig«, sagte der Witwer.

Aber ich war mir zu unsicher, ob ich das auch schaffen würde. Ich blieb im Boot, während er sich bis auf die Unterwäsche auszog und ins Wasser sprang. Er kraulte weg von uns, mit langen, kräftigen Zügen, und war bald nur noch ein schwarzer Strich. Ich schaute zu den Lichtern. Waren es mehr geworden? Ich ließ mich auf die Seite des Schlauchboots sinken.

»He, schaut mal«, sagte ein Mann.

Und da, versteckt unter der Plastiktüte des Witwers, lag eine halb volle Wasserflasche. Er hatte Wasser getrunken, bevor er ins Meer gesprungen war. Er musste es im Liegen getan haben, ohne dass es jemand gesehen hatte. Sofort meldeten sich drei, die diese Flasche haben wollten, aber Lucky mischte sich mit müder Stimme ein und wedelte wieder mit der Pistole.

»Gib sie mir.«

Er bekam die Flasche und war im Begriff, selbst einen Schluck trinken, aber dann ließ er sie sinken. Er sah sich um. Wer brauchte das Wasser am dringendsten? Er reichte die Flasche der Frau mit dem Kind. Sie trank einen Schluck und gab die Flasche dann an mich weiter, aber mit Land in Sicht wollte ich nichts davon haben, und deshalb gab ich das Wasser dem, der es gefunden hatte. Er trank erst ein paar Tropfen, griff dann nach dem T-Shirt, das der Witwer weggeworfen hatte, und goss das Wasser auf den Stoff. Wir ließen das Shirt herumwandern. Saugten alle ein paar Tropfen, bis nur noch unsere eigene Spucke übrig war.

Es war inzwischen dunkler geworden, aber waren da Geräusche zu hören? Wir entdeckten ein Schiff oder Boot. Eine weiße und eine grüne Laterne.

»Es entfernt sich von uns«, sagte Patrick.

»Wo sind die Klamotten? Das Zeug von dem Typen, der geschwommen ist?«, fragte Lucky.

Die Männer, die neben ihm gesessen hatten, hatten die Sachen an sich genommen, aber sie gaben Lucky eine Jeans, eine Jacke und ein paar Socken. Lucky sorgte dafür, dass die Leute in der Mitte des Bootes, so gut es ging, Platz machten.

»Haltet euch bereit, um zu löschen, falls das Feuer sich ausbreitet. Jetzt sorgen wir dafür, dass sie was zu sehen bekommen.«

Ich füllte die Öldose mit Wasser. Lucky zog ein Feuerzeug aus der Tasche und zündete die Kleider an. Die Socken waren im Laufe des Tages so trocken geworden, dass sie schnell Feuer fingen, und kurz darauf stiegen Flammen und Rauch in den Himmel. Außerdem schrien wir, so laut wir konnten, aber natürlich konnte man uns aus der Entfernung nicht hören.

Doch dann: Die fernen Laternen wechselten den Platz. Da war eine rote …

»Sie haben gewendet!«, rief Patrick.

Ich weiß nicht, wie lange es dauerte, aber sie kamen, und wir löschten die brennenden Kleider. Wir brüllten und winkten. Das Fischerboot kam näher, sie fuhren im Kreis um uns herum und leuchteten uns mit ihrem Scheinwerfer an. Einer der Fischer rief, dass ein größeres Schiff zu uns unterwegs war und dass sie solange bei uns bleiben würden. Lucky wollte sich lieber von den Fischern an Land schleppen lassen. Vom Fischereihafen hätten wir in die Stadt und damit direkt in die Freiheit gelangen können, sagte er. Aber die Fischer wollten keine Schlepptrosse zu uns herüberwerfen.

»Wasser!«, riefen wir ihnen zu.

Sie hatten nicht viel an Bord, aber sie drehten bei und ließen eine Kiste Bier zu uns runter. Dann gingen sie schnell wieder auf Abstand, als hätten wir eine ansteckende Krankheit. Trotzdem blieben sie an Deck stehen und sahen uns beim Biertrinken zu.

»Woohow!«, riefen ein paar junge Männer im Schlauchboot und hoben die Flaschen.

»Woohow!«, antwortete einer der Fischer.

Schon nach den ersten Schlucken wurde mir so schwindelig, dass ich um ein Haar ins Wasser gefallen wäre. Aber dann schien sich die Flüssigkeit in meinem Körper zu verteilen und der Freude Platz zu machen. Wir hatten es geschafft. Didi streckte mir ihre schlaffe Hand entgegen und lächelte.

Eine Stunde später kam das Patrouillenboot der Küstenwache von City an. Lucky war immer noch wütend auf die Fischer und erinnerte uns daran, dass die Küstenwache auf keinen Fall Papiere bei uns finden durfte. Ich ging in Gedanken den Inhalt meiner Tüte durch: Da war nichts mit meinem richtigen Namen. Der einzige Name, den sie bei mir finden würden, stand auf meiner alten Plastiktüte: *TEMPO*. Die haben auf der ganzen Welt Filialen. Mich konnten sie nicht zurückschicken. Zurück gab es nicht.

Die Leute prüften ihre Sachen. Eine Plastikkarte landete im Wasser. Patrick faltete und glättete sein Halstuch und band es um. Es saß ein bisschen schief, und ich hätte es ihm am liebsten gerade gezupft, aber ich ließ es bleiben.

Das Patrouillenboot drehte bei. Sie ließen eine Strickleiter an der Schiffsseite runter, damit wir an Bord kommen konnten. Die

Mutter mit dem Kind zuerst. Sie warfen ein Tauende runter und Patrick knotete es unter ihren Armen fest. Zwei uniformierte Matrosen halfen ihr hoch. Dann uns anderen. Jedem Einzelnen. Die Besatzung des Patrouillenbootes trug Schwimmwesten, in ihren Gürteln steckten Pistolen und Schlagstöcke. Alle trugen Handschuhe und Mundschutz.

»Als hätten wir die Pest«, sagte Patrick.

Wir wankten an Bord und bekamen wie die anderen vor uns Schwimmwesten ausgehändigt. Die meisten von uns wurden unter Deck gescheucht; Didi, ich und fünf der Jungs durften auf dem Achterdeck des Patrouillenboots sitzen, während wir auf die Lichter zufuhren.

»Ist das City?«, fragte Didi einen der Matrosen.

»Das ist City. Und wie heißt du?«

Sie schwieg. Eine weitere Gruppe Namenloser war in der Weißen Welt angekommen.

11

Wir wurden von einem großen grünen Bus im Hafen abgeholt. Es gab nicht für alle einen Sitzplatz, also setzte ich mich auf den Boden. Allein schon während der Fahrt die Wange an den Polsterstoff zu legen, war ein herrliches Gefühl. Ich war kurz davor einzuschlafen.

Didi saß neben mir auf einem Sitz. Als wir an einer roten Ampel hielten, zog sie mich zu sich. Ich sollte mir etwas ansehen. Ich rutschte auf die Knie und schaute aus dem Fenster. Eine Gruppe Jugendlicher stand an einer Straßenecke. Mit Handys. Genau wie wir. Mit Jeans. Genau wie wir. Die meisten rauchten. Einer hatte ein Skateboard. Zwei Jungs schubsten sich und ein Mädchen rannte schreiend vor einem der Typen weg. Sie hatten hellere Haut als wir und andere Frisuren. Zum Beispiel oben lang, an den Seiten kurz. Komische Mode. Gerade als wir wieder anfuhren, bemerkten sie den Bus, und zwei von ihnen machten eine hässliche Geste mit dem Finger. Dann hatten wir die Kreuzung hinter uns gelassen.

Wir erreichten die Pforte eines großen Lagers: *Containerpark* stand auf einem großen Schild. Eine Schranke öffnete sich, und der Bus rollte auf einen Parkplatz, hielt an und die Türen gingen auf.

Es ist nicht verboten, sich in ein Schlauchboot zu setzen und aufs Meer zu fahren. Es ist auch nicht verboten, um Hilfe zu rufen, wenn einem Benzin oder Wasser ausgehen. Trotzdem fühlte ich mich fast wie eine Kriegsgefangene. Wir bekamen den Befehl, uns in zwei Reihen aufzustellen. Wurden einen langen Gang zwischen endlosen Häuserreihen hinuntergescheucht. Das heißt, nein, es waren eben *keine* Häuser, es waren Container mit Fenstern und Türen. Lucky blieb stehen, um sich eine Zigarette anzustecken, aber ein uniformierter Mann schlug ihm mit seinem Schlagstock auf die Schulter.

»Go, go …«

Wir kamen an Containern vorbei, die sich ein bisschen von den anderen unterschieden. Sie waren höher und ein übler Geruch umwehte sie wie eine Wolke.

»Toilet, men. Toilet, women …«

Wir gingen noch ein paar Schritte weiter, dann bekamen wir den Befehl, uns auf den Boden zu setzen. Ich war so müde und meine Beine so steif, dass ich nicht das Geringste dagegen hatte. Aber Patrick bewegte sich zu langsam, die Wachmänner brüllten ihn an und einer zeigte ihm seinen Schlagstock.

Dann saßen wir da. Der Boden war seltsam feucht. Und der Gestank war hier fast noch schlimmer als vor den Klocontainern. Als meine Augen sich an das schwache Licht der Außenbeleuchtung gewöhnt hatten, sah ich mehrere Rinnsale, die aus den Toilettencontainern über den Boden rannen. Genau dahin, wo wir saßen.

Ich sprang auf: »Wir sitzen in Pisse!«

Eine Wache deutete zur Seite. Wer wollte, konnte ein Stück rutschen, wenn es zu schlimm war. Ich ging zu einer kleinen Stahltreppe vor einer Containertür, um mich dort hinzusetzen. Das durfte ich nicht. Sie waren sofort mit ihren Schlagstöcken zur Stelle, und einer der Wachmänner brüllte mich an, ich solle zurück auf den Boden. Ich sah mich nach einer trockenen Stelle um, aber das dauerte offenbar zu lange, denn jetzt traf mich ein Stockhieb am Oberarm. Nicht besonders fest, aber er deutete warnend an, was noch kommen konnte. Ich setzte mich sofort hin, an eine Stelle, wo gerade noch einer der Stinkbäche entlanggeflossen war.

Die Wachen waren auch müde. Wir sollten aufgeteilt werden und es sollte schnell gehen. Didi, ich und die Frau mit dem Kind wurden als Erste aufgefordert, unsere Tüten zu nehmen und einer jungen Frau in Uniform zu folgen. Zwei Container weiter öffnete sie eine Tür und drückte einen Lichtschalter. Eine Röhre unter der Decke beleuchtete einen lang gestreckten Raum mit Stockbetten. In allen lagen Frauen. Die, die wir sehen konnten, blinzelten irritiert mit den Augen. Die Wache forderte uns auf, zu warten, und kam kurz darauf mit ein paar Schaumstoffmatten zurück. Die wurden auf den Boden geworfen, es wurde gezeigt und mitgeteilt, dass sie morgen mit uns reden wollten, wenn wir geschlafen und uns gewaschen hatten.

»Eine Decke?«, fragte Didi.

»Ist es nicht warm genug? Nimm deine Jacke«, sagte die Frau, und dann ging sie.

Wir ließen uns fallen, und ich freute mich darauf zu schlafen. Ich zog meine Jeans aus und benutzte sie als Kopfkissen. Deckte mich mit meiner Jacke zu. Aber ich lag noch nicht lange, da spürte ich schon die ersten Stiche. Die Matratze war voller kleiner, angriffslustiger Insekten. Dass die sich hier wohlfühlten, war klar. Die Matratze stank nach Pisse. Ich erwischte ein paar von ihnen, aber es kamen immer noch mehr nach, von den Stechmücken im Raum ganz zu schweigen. Ich fluchte wütend, und eine der Frauen, die an der Tür lag, streckte einen Arm aus, bat uns, um der Kinder willen leise zu sein, und machte das Licht aus.

Ich konnte nichts mehr denken. Keinen Eindruck verarbeiten. Ich schlief ein, trotz der Blutsauger und trotz des Gestanks. Meine erste Nacht in der Weißen Welt.

Am nächsten Morgen wurden wir rausgerufen und mussten uns dort auf den Boden setzen, wo wir schon am Abend zuvor gesessen hatten. Die Sonne schimmerte durch den Dunst. Didi und ich kratzten uns wie verrückt. Meine Arme waren rot gepunktet. Die Brühe aus dem Toilettencontainer war getrocknet, aber der Gestank war immer noch da.

Ich ließ den Blick wandern. Das Lager bestand aus sieben langen Containerreihen. Leinen, an denen Wäsche hing, verbanden die Reihen miteinander. Satellitenschüsseln waren angebracht worden. Zwischen zwei Containern saß ein dicker Mann auf einem Gartenstuhl, in der Hand sein Mobiltelefon. Ein Stück weiter vergnügten sich zwei junge Mädchen damit, sich gegenseitig die Haare zu flechten. Und dann gab es noch eine ganze Menge Menschen, die mit bunten Plastikmappen in den Händen herumliefen und sehr beschäftigt und wichtig aussahen.

Es war schön, die anderen vom Boot wiederzusehen. Alle lächelten, auch wenn die meisten von uns miserabel geschlafen hatten. Didi war immer wieder vom Geschrei der Kinder geweckt worden, sagte sie. Ich hatte davon nichts mitbekommen, und auch Lucky hatte in der Männerbaracke, in die man ihn und Patrick gesteckt hatte, gut geschlafen. Sie lachten, als ich mich wie wahnsinnig an Bauch und Oberschenkeln kratzte. Wir hatten alle Insektenbesuch gehabt.

»Wann lassen sie uns raus?«, fragte ich Lucky, aber noch bevor er sich fertig geräuspert hatte, erschien ein ganzer Trupp von Wachleuten und rief uns zu sich. Wir wurden in zwei Reihen zur Wachstation geführt, und für einen Moment dachte ich tatsächlich, man würde uns in die Stadt entlassen. Wie naiv …

Neben der Wachstation, die sich in einem Gebäude aus Beton befand, stand ein blau gestrichener Container. An beiden Enden waren Türen, wir wurden in Gruppen aufgeteilt und einzeln zum Verhör geholt. Drinnen saßen drei Männer. Sie beherrschten meine Sprache ganz ausgezeichnet. Einer von ihnen schrieb mit. Ihre Blicke waren widerlich. Ich wünschte, es wäre auch eine der weiblichen Wachen dabei gewesen.

»Und du kannst dich wohl auch nicht daran erinnern, wie du heißt?«, sagte der in der Mitte.

»Dawn.«

»Glaubt ihr, dass sie morgen noch genauso heißt?«, fragte einer der anderen.

»Nachname?«

»Dawn.«

»Also Dawn Dawn … Pass? Führerschein? Papiere mit Bild? Nein, oder?«

»Ist mir ins Wasser gefallen …«

»Unglaublich, wie viele dieser Plastikkarten und Pässe schon auf dem Meeresgrund liegen …«

»Ist das hier ein Gefängnis?«, fragte ich. »Habe ich etwas Ungesetzliches getan?«

Sie lachten und sahen mich überrascht an, weil ich mich getraut hatte zu fragen. »Nein«, sagte der in der Mitte.

Das hier war kein Gefängnis, aber es war illegal, sich ohne Papiere in der Stadt aufzuhalten oder irgendwohin zu reisen.

Solange ich nicht nachweisen konnte, wer ich war, musste ich im Containerpark bleiben.

»Das ist ein offenes Lager. Du bekommst Essen, Wasser und eine Matratze. Kannst dein Telefon benutzen. Oder ist das etwa auch ins Wasser gefallen? Und während du zu Hause anrufst und deine Papiere organisierst, kannst du mit diesem Formular hier eine vorläufige Aufenthaltsgenehmigung beantragen.«

Er zog eine rosafarbene Mappe aus einer Plastiktüte neben seinem Stuhl.

»Bin ich jetzt frei ...?«

»Frei wie ein Vogel. Hier im Park. Aber wenn du außerhalb des Geländes ohne Papiere erwischt wirst, bringen wir dich rüber in die Festung. Und da sind Schlösser vor den Türen! Wir müssen schließlich wissen, wer in unserem Land so rumläuft, nicht wahr? Wenn du eine vorläufige Aufenthaltsgenehmigung bekommst, kannst du noch eine Zeit lang hier im Park wohnen, bis du Arbeit gefunden hast. Wenn du nichts findest und auch keine Wohnung bekommst, wirst du nach Hause geschickt. Essen gibt es in drei Stunden. Äh ... sagtest du, dass du Arbeit suchst?«

Der Wachmann sah die beiden anderen grinsend an. Mir wurde schwindelig. War es etwa möglich, hier zu arbeiten? Jetzt schon? War es hier womöglich doch nicht so schlimm, wie es roch?

»Ja, natürlich.«

»Kannst du lesen?«

»Ja. Auch ein bisschen Englisch.«

»Du kannst mir hier drinnen mit ein paar Unterlagen helfen. Sind alle auf Englisch. Guter Stundenlohn. Dann können wir deinen Antrag auch ein bisschen schneller durch das System schleusen ...«

»Geh ruhig mit«, sagte der Mann in der Mitte. »Er ist in Ordnung.«

Ihr Grinsen verriet mir alles.

»Darf ich bitte meinen Antrag haben!«

Er lachte laut und warf mir die Mappe rüber. Sie trudelte durch die Luft und landete auf dem Boden, sodass mir nichts anderes übrig blieb, als mich zu bücken und sie aufzuheben.

»Guter Arsch«, sagte der in der Mitte.

Ich nahm die Mappe und ging raus.

»Pass auf«, sagte ich zu Didi. »Das sind notgeile Schweine.«

Sie wurde reingerufen, und ich konnte mich hinsetzen und in der Zwischenzeit die Container, Pfützen und den doppelten Stacheldrahtzaun betrachten, der nur dazu diente, *uns* zu beschützen, wie einer der Wachmänner gesagt hatte.

Das Einzige, was hübsch und neu aussah, war meine rosafarbene Plastikmappe. Darin lag ein Papier, das mich verführen sollte, ihnen meinen richtigen Namen zu nennen. Ich ließ meine Hand immer wieder über die raue Oberfläche der Mappe gleiten. Hob sie an die Nase. Kunststoffgeruch.

Besser als der Pissegestank.

Reihen und Stapel. Menschen in der Essensschlange, in der Waschschlange und der Kloschlange, in der Schlange, um Anträge abzugeben. Container in nummerierten Reihen. Nr. 22 in Reihe 5, das war Didis und mein Zuhause.

Wir nutzten die ersten Tage, um uns zwischen Reihen und Schlangen zurechtzufinden. Waren gut im Training von unserer Zeit in den Zelten. Wussten, wie wichtig es war zu wissen, wie die Dinge hier liefen. Es ist nämlich nicht witzig, wenn man kacken muss, während die Kloschlange gerade am allerlängsten ist. Wir fanden heraus, dass man nachmittags schneller drankam.

Eigentlich bleibe ich gerne lange auf, aber hier waren die beiden Stunden vor Mitternacht für den Schlaf Gold wert, weil die meisten Kinder um diese Zeit still waren.

Eine Schlange, die ich erst im Laufe unseres zweiten Tages im Containerpark entdeckte, schlängelte sich ganz hinten im Lager vorwärts, weit entfernt von den Wachen und der Einfahrt. Hier stand in der Stunde nach dem Mittagessen ein Mann und verkaufte Telefonkarten. Sie kosteten doppelt so viel wie in Sugartown. Didi hatte sich ein bisschen Geld von Lucky geliehen. Ich lieh mir etwas bei ihr. Mir blieb nichts anderes übrig, als eine zu kaufen. Erst, als ich vor dem Mann stand, erkannte ich, dass er einer der drei war, die mich verhört hatten. Nur ohne Uniform. Er erkannte mich auch und erinnerte mich grinsend daran, dass die Stelle immer noch frei war. Ich verzichtete darauf, ihm in die Augen zu sehen, bezahlte so schnell wie möglich und legte die Karte in mein Handy.

Sie funktionierte, aber mein Vater sollte einen richtigen Brief bekommen. Ich fand einen einigermaßen sauberen Zettel in der Nähe des Wachpostens und kaufte bei einem Typen, der alles Mögliche anbot, ein Kuvert und eine Briefmarke für einen Dollar.

Lieber Papa. Bin drüben. Ein kleines Stück außerhalb von City. Alles gut nach einer harten Reise. Bekomme schon bald Arbeit. Ich höre immer nur, dass die Löhne hier top sind. Halte durch und gib Charlie einen Kuss von mir.

Ich ging in die Wachstation, um zu fragen, wo ich den Brief aufgeben konnte. Ein Wachmann sagte, für einen Dollar würde er ihn mit in die Stadt nehmen und dort für mich einwerfen, aber ein anderer hatte offenbar Mitleid mit mir und zeigte aus dem Fenster: An einem Pfosten am Zaun, direkt neben der Pforte, hing ganz offiziell ein Briefkasten.

Sogar unter den Wachleuten gab es anständige Menschen.

»Danke«, sagte ich und ging raus. Ich warf den Brief ein, und nur eine Sekunde später wurde mir bewusst, wie leichtsinnig ich gewesen war: Wäre einer dieser Männer auch bei meinem Verhör dabei gewesen, dann hätten sie meinen Namen und meine Anschrift jetzt sogar schriftlich bekommen, auf dem Kuvert. Aber in Wirklichkeit waren wir ihnen natürlich total egal.

Am Nachmittag kam eine Nachricht von Tony.

Dein Bruder hat gefragt, ob ich für ihn schreiben kann. Ich will euch ja immer helfen. C bittet mich zu schreiben:

Papa schläft. Sieben Bier. Sammle Flaschen und Kabel. Schick Brot.

Schick Brot … Ich sah ihn vor mir. Vater schnarchend, Charlie in der Küche. Der Brotkorb leer. Gab es noch Dosenfisch? Limonade? Oder hatte Tony sich alles nur ausgedacht? Ich schrieb sofort zurück:

Denke an dich. Schicke bald Geld. Geh in die Schule, wenn du kannst.

Und danke, Tony, dass du geholfen hast.

Die Antwort kam postwendend.

Vermisse dich. T

Ich schaltete das Handy aus, um Strom zu sparen.

Am dritten Abend hörte ich Nelsons Stimme und seine Ukulele. Er saß auf einer Plastikkiste an einen Baum gelehnt. Sang. Er lockte Zuschauer an. Vor allem viele von uns, die mit ihm übers Meer gekommen waren.

Aber wo war Lucky? Und wo war Chuck, der mit dem Flugzeug hergekommen war? Unsere Unterschriften hatten sie. Aber eine Wohnung? Arbeit? Papiere, falls man kontrolliert wurde? Lucky war in den letzten Tagen nicht aufzufinden gewesen. Hatte er sich einfach aus dem Staub gemacht und uns im Stich gelassen? Später am Abend tauchte er aus der Dunkelheit auf. Ich saß zusammen mit Didi und Patrick in der Gruppe, die Nelson zuhörte, und er kam und setzte sich dazu. Drückte sich dicht an mich. Ein bisschen zu dicht, ein bisschen zu schnell.

Es dauerte nicht lange, da prasselten die Fragen auf ihn ein. Um uns herum wurde gezischt, wir sollten leise sein. Wir dämpften die Stimmen, während einer Luckys Arm packte und ein anderer ihm die Faust zeigte. Lucky hob beide Hände, wollte erklären: Chuck hatte ein kleines Büro in der Stadt. Und jede Menge Kontakte. Wir mussten unsere Raten ja erst bezahlen, wenn wir Arbeit hatten. Das Ganze lief genau so, wie man uns versprochen hatte. Kein Grund zur Panik. Hatte bislang nicht alles geklappt? Wir mussten einfach noch im Containerpark bleiben, es würde ein paar Tage dauern, aber dann bekämen wir unsere Papiere. Er brauchte nur noch ein gutes Foto von jedem.

»Macht es mit dem Telefon«, sagte er. »Weißer oder heller einfarbiger Hintergrund. Und überlegt euch einen Namen, der euch gefällt!«

Auf *keinen* Fall sollten wir unsere richtigen Namen angeben oder die Formulare ausfüllen, die wir von den Wachmännern bekommen hatten.

»Wieso sollen wir das nicht auch versuchen?«, fragte Patrick. »Vielleicht sagen sie Ja?«

»In der Sekunde, in der du ein Nein bekommst, wirst du zum Flughafen gekarrt und in den Flieger nach Hause gesetzt. Und benehmt euch anständig. Bei der kleinsten Kleinigkeit lauft ihr sonst Gefahr, in der Festung zu landen. Die Namenlosen sitzen da jahrelang …«

Am nächsten Tag sollten wir mit einem Foto auf dem Handy und dem Namen, der in unseren Papieren stehen sollte, in Container 41 kommen.

»Wo werden wir wohnen, wenn wir hier raus sind?«, fragte Didi, aber da war Lucky schon aufgestanden.

»Und was ist mit dir?«, fragte Patrick ihn.

Lucky zog zwei kleine Plastikarten aus der Tasche: »Es ist unglaublich, was Chuck alles besorgen kann, wenn die Kohle stimmt.«

Dann drängelte er sich durch die Umstehenden und verschwand. Wir blieben zurück. Papiere oder keine Papiere? Wurden wir mit einem Ausweis erwischt, auf dem zu lesen war, wo wir herkamen, riskierten wir, umgehend nach Hause geschickt zu werden. Aber wurden wir in der Stadt *ohne* Papiere kontrolliert, würden wir zurück in den Containerpark verfrachtet. Oder in die Festung. Und wollte man arbeiten, musste man natürlich ordentliche Papiere haben.

»Kein Arbeitgeber stellt jemanden ohne Ausweis ein«, sagte Patrick. »Absolut keiner …«

Nein, natürlich nicht, auf die Idee würde keiner kommen.

Fragen und halbe Antworten surrten mit den Mücken um die Wette. Wie lange würde es dauern, Papiere zu beschaffen? Liefen wir Gefahr, in der Festung zu landen?

Didi glaubte an Lucky: »Hat er uns etwa nicht die ganze Zeit geholfen? Obwohl jede Menge Scheiße passiert ist, hat er immer das Richtige gemacht. Lass uns einfach tun, was er sagt. Er hätte unterwegs schon x-mal abhauen können, denkt mal drüber nach … Wir machen morgen die Fotos, Dawn …«

»Ja, dieser Lucky könnte sich sicher das eine oder andere mit euch Mädchen vorstellen«, sagte Nelson.

Didi lachte und sagte: »Was hast du eigentlich vor?«

»Ich glaube, ich bleibe noch ein bisschen hier. Die Leute brauchen Musik. Und es sind immer die Ärmsten, die mir am meisten dafür geben, lustig, was?«

Was mich aber mehr wunderte als Nelsons Plan, im Containerpark zu bleiben, war, dass Patrick beschlossen hatte, mit dem offiziellen Formular eine Aufenthaltsgenehmigung zu beantragen.

»Ich kann arbeiten«, sagte er. »Sie brauchen Leute für ihre Ausflugsschiffe. Ich kenne mich mit Schiffen aus.«

»Das tun andere auch«, sagte ich. »Komm mit uns. Wir bekommen doch Papiere. Und Jobs …«

»Aber das sind keine echten Papiere. Und wenn sie das rausfinden …«

Es war seltsam mit Patrick – im Schlauchboot war er doch so mutig und stark gewesen. Als wir nach Mitternacht zu unseren Containern zurückgingen, nahm er meine Hand.

»Oder gehörst du Lucky?«

»Ich gehöre niemandem«, sagte ich und fragte ihn, was seine Träume für die Weiße Welt waren.

Es ging um sicheres Geld. Er schuldete dem Seemann immer noch ein kleineres Vermögen, und wenn seine Mutter nicht krank war, trank sie zu viel. Die Behandlung war teuer.

»Kannst du den Seemann nicht einfach vergessen?«, fragte ich.

»Du kennst ihn nicht. Ich kann dir die Namen der letzten zehn Männer nennen, die er ins Meer geworfen hat, weil sie oder ihre Kinder nicht bezahlt haben.«

Er wollte mich küssen, als sich unsere Wege trennten, aber das wollte ich nicht.

»Aber … danke für deine Hilfsbereitschaft … da draußen …«

Er zeigte zum Meer. Wir verabschiedeten uns. Süßer Typ. Und vielleicht hatte er recht: Vielleicht war es besser, den legalen Weg zu gehen. Vielleicht würde ich schnell Arbeit finden. In der Baracke tastete ich unter meiner Matratze. Die raue Mappe mit dem Formular lag noch da, wo ich sie hingelegt hatte.

12

Am nächsten Vormittag fotografierten Didi und ich uns gegenseitig mit Didis Telefon vor einer Containerwand. Mir war ziemlich flau im Magen.

»Das ist doch total illegal. Ich will nicht in der Festung enden. Wäre es nicht viel besser, legal hier zu sein? Jetzt, wo wir schon so weit gekommen sind? Didi, ehrlich, ich kann mich nicht entscheiden. In mir dreht sich alles. Ich bin so seekrank wie du auf der Überfahrt …«

Sie lachte. Diesmal war sie es, die *mir* den Kopf halten musste: »Jetzt hör schon auf. Man muss auch mal was riskieren, um im Lotto zu gewinnen, oder?«

Sie streckte beide Daumen in die Luft und lächelte.

Wir hörten Schritte und sie ließ hastig ihr Handy verschwinden. Hatten die Wachen uns gesehen? Nein, da waren nur ein paar Typen, die in der Baracke wohnten. Einer von ihnen hatte sich die Schmutzwäsche über die Schulter geworfen, alles vollkommen normal. Wovor hatten wir eigentlich Angst?

Wir liefen ein bisschen herum, bis am Ende der Baracke niemand mehr zu sehen war, dann machte ich noch ein Foto von Didi und wir gingen rüber zu Container 41.

Ich hatte mich immer noch nicht entschieden. Allein das Bild abzugeben, machte mich ja zur Verbrecherin. *Dokumentenfäl-*

schung. Schon in Sugartown hatte ich davon in den Nachrichten gehört. Didi bemerkte meine Zweifel. Wie lächerlich, sagte sie, dass ich auf dem Meer mein Leben riskiert hatte, mich jetzt aber davor fürchtete, ein Foto auf ein Blatt Papier kleben zu lassen …

»An dem Tag, an dem du in der Festung landest, siehst du das anders«, sagte ich.

»Alle, die mit Lucky und Chuck rübergekommen sind, haben jetzt Jobs, und keiner von denen sitzt im Gefängnis. Und die klauen auch nicht. Sie gehen einfach ihrer Arbeit nach, *come on* …«

Sie hatte wohl mehr aus Luckys Mund gehört, als mir klar gewesen war. Der Gedanke versetzte mir einen kleinen Stich, als ich ihr in den Container folgte, in dem es inzwischen heiß wie im Backofen war. Die Luft war zum Schneiden. Es roch nach Wäsche und vollen Windeln. Auf den Metallwänden hätte man Brot toasten können.

Lucky saß auf einem Bett, neben sich einen Stapel Papier. Er brauchte nicht nur ein Foto, sondern auch eine Unterschrift. Dawn, und dann noch irgendwas, das klang wie ein Nachname. Denke, den sollte ich hier vielleicht besser nicht erwähnen …

Als wir gehen wollten, stand Lucky auf und griff nach meinem Arm: »Können wir uns heute Abend treffen, Dawn? Ich würde gerne … mal wieder richtig mit dir reden.«

Auch wenn ich ihn mir ein bisschen mit Didi teilen musste – scheiße, ja, es war eine gute Sache, einen Typen wie ihn in der Nähe zu wissen, selbst wenn ich mir gar nicht so sicher war, ob ich ihn überhaupt mochte. Aber er war ja auch nicht der einzige Kerl auf der Welt, mit dem ich mich unterhielt.

Ich war nah daran, vor lauter Unentschlossenheit zu platzen. Wusste ich noch, wer ich selbst war? Was ich wollte? Vielleicht würde ich zur Ruhe kommen, wenn ich mich endlich für einen Kurs entschied und dem dann auch folgte.

»In Ordnung. Wie wäre es auf dem Parkplatz vor der Wachstation, um neun Uhr?«, fragte ich.

»Guter Platz für den Anfang«, sagte er.

Nur weil man in einem Containerlager wohnt, mit Pisse auf dem Schotterweg und zerkochten Nudeln auf der Speisekarte, hört man ja nicht auf, davon zu träumen, mit einem Jungen zusammen zu sein. In meinem Kopf waren zwei:

Lucky, der mich am Abend auf dem Parkplatz traf, weil er küssen wollte und mehr als das, und der von einer Wohnung erzählte, die er und Chuck so gut wie sicher hatten. In City. Wo wir ein Zimmer ganz für uns alleine haben würden. Wir küssten uns – weiter gingen wir nicht, nicht so wie damals im Auto. Aber ich sagte ihm, dass er süß war und dass er sich auf der Reise gut um mich gekümmert hatte. Danke, Lucky, danke.

Papiere, Wohnung und Job waren in Arbeit und ich hatte weniger bezahlt als die meisten. Er machte auch keinen Druck, als er zu viel fummelte und ich das nicht wollte. Stattdessen wurde er romantisch. Er zeigte in den Sternenhimmel und redete davon, wie viele Sterne da oben leuchteten und wie klein wir dagegen waren und all solche Sachen, die ich gerne höre.

Mit Patrick war es anders. Mit ihm war ich tagsüber zusammen, wenn Lucky in der Stadt war, um seine Sachen zu regeln. Patrick und ich redeten über das Meer und die Touristen. Er lachte, wenn ich sie nachmachte. Ihre Art zu gehen. Ihre Art einzukaufen. Ihr Englisch. Auch wenn mein eigenes Englisch noch lange nicht perfekt war, gelang es mir trotzdem, den Gedanken in Patrick zu wecken, dass ich ihm vielleicht auf dem Boot helfen konnte, wenn er Touristen herumschipperte.

»Dann kann ich mich ans Mikrofon setzen, so, schau …«

Und ich tat so, als wäre ich ein cooler Fremdenführer: »Hier sehen Sie die berühmte Brücke, die 1313 errichtet wurde, und dahinter die Festung, die noch aus dem Mittelalter stammt. Wozu sie heute dient? Eine Art Hotel, zwar ziemlich teuer, aber es gibt Pläne, sie in ein historisches Zentrum umzuwandeln, wo man in den feuchten Verliesen übernachten kann …«

Es machte mich froh, ihn lachen zu sehen. Ich zupfte sein rotes Halstuch zurecht und dachte, dass es bestimmt in Ordnung war, zwei Eisen gleichzeitig im Feuer zu haben. Falls Patrick eine vorläufige Aufenthaltsgenehmigung und einen Job als Schiffsführer bekam, würde ich das Formular in der rosafarbenen Mappe auch ausfüllen. Auch wenn sie dann meinen richtigen Namen erfuhren. Auch wenn ich dann meinen Vater dazu bringen musste, mir eine Kopie meiner Geburtsurkunde zu besorgen. Und auch wenn es bedeutete, dass man mich nach Hause schicken konnte. Aber wenn man ein bisschen weiter in die Zukunft blickte, würde es vielleicht sehr schön sein, einen richtigen Namen zu haben. Den eigenen.

Es zog sich. Sowohl Patricks Antrag als auch die Sache mit den Papieren, die Lucky und Chuck besorgen sollten. Die Tage waren eine lange Folge von Kindergeschrei und Schmutzwäsche und beinahe identischen Mahlzeiten, bestehend aus zerkochten Nudeln und Joghurt. Ganz selten organisierten ein paar Sozialarbeiter ein Volleyball-Spiel, und ab und an gab Nelson eine kleine Vorstellung.

Die Nächte waren warm und oft wurde irgendwo gefeiert. Dann übernahmen die Jungs, der Lärm und ihr Wodka die Herrschaft unter dem Mond, während verzerrte Bässe aus den Boxen pumpten.

Wir waren nicht so viele Frauen und Mädchen hier, und jede von uns brauchte jemanden, der sie beschützte, denn für die Männer, die aufgebrochen und hier gestrandet waren, war der Weg in die Verzweiflung vorgezeichnet: kein Job. Keine Frau. Monatelanges Warten. Wenn sie dann auch noch voll waren, konnten manche von ihnen wirklich gefährlich werden. Tagsüber beschützte mich Patrick und Lucky am Abend. Das fanden sie beide wohl ziemlich praktisch. Nachts dagegen passten wir Mädchen gut aufeinander auf und ließen niemanden in unseren Container.

Didi regelte alles auf ihre eigene Weise. Sie hatte angefangen, sich dazuzugesellen, wenn die Wachen feierten und in einer Ecke des Parkplatzes um ihr Lagerfeuer herumsaßen. Wir durften zwischen den Containern kein Feuer machen.

Es gab einen Wachmann, den Didi gern hatte. Sie nannte ihn Joseph, obwohl die anderen ihn immer nur »Joe« riefen. Er machte ihr Geschenke; Schmuck, den außer mir niemand sehen durfte. Und Zigaretten. Und Alkohol.

Eines Morgens erzählte sie mir in der Kloschlange: »Vorgestern Abend, da saßen wir da, ja? Und da kam ein Typ mit einem großen Stück Rindfleisch. Filet. Das haben sie in Folie eingepackt und in die Glut geworfen.«

Es hatte Rotwein zum Fleisch gegeben und hinterher Wodka-Shots, und in dieser Nacht war sie nicht nach Hause gekommen.

»Joseph? Dieser Joe?«, fragte ich, und sie kicherte und wurde rot.

Es gehörte eine Menge dazu, bis Didi rot wurde.

»Dann wirst du wohl bald Frau Wachmann«, sagte ich. »Die junge, smarte Soldatenfrau.«

»*Come on*, natürlich komme ich mit euch in die Wohnung. Er hat doch gar kein Geld. Nur seine Knarre ... Frei sein, das wollen wir.«

»Bist du frei mit ... Joe?«

»Joseph! Natürlich. Er ist der freieste Mensch, dem ich je begegnet bin. Morgen kann ich einfach einen anderen nehmen ... Ich gehe davon aus, dass er es genauso macht ...«

»Du hast einen Knall«, sagte ich.

Täglich gab es Jubelszenen im Containerpark, aber viele schrien auch ihren Zorn heraus oder weinten, wenn sie Antwort bekamen. Ich war mir inzwischen sicher, einen legalen Antrag zu stellen, sobald Patrick seine Aufenthaltsgenehmigung bekommen hatte. Als ich ihm von meinem Plan erzählte, freute er sich. Aber er hatte keine Zeit, sich lange darüber zu unterhalten. Er musste lesen.

»Lesen?«

Er hatte Kontakt zu einem Sozialarbeiter bekommen, der ihm ein paar Bücher über die Regeln der Küsten- und Seeschifffahrt für kleine Boote besorgt hatte. Die Regeln waren ein bisschen anders als die, die er von zu Hause kannte. Jetzt hatte er drei Bücher unter seinem Hochbett liegen und verbrachte viele Stunden am Tag damit, sie auswendig zu lernen. Er interessierte sich inzwischen mehr für die Schifffahrtsregeln als dafür, sich mit mir zu unterhalten. Und wenn er endlich Zeit hatte, nämlich abends, wenn das Licht zum Lesen nicht mehr reichte, war ich in aller Regel mit Didi und Lucky und einer kleinen Gruppe vom Schlauchboot zusammen.

»Will der kleine Matrose nicht auch einen Schluck?«, fragte Lucky mehrmals in freundlichem Tonfall, aber Patrick hatte keine Lust, den Abend mit uns zu verbringen. Er wanderte zwischen den Containern herum und suchte nach einer Taschenlampe, die er sich als Leselampe ausleihen konnte. Eines Vormittags fragte ich ihn, ob sein Streit mit Lucky – damals auf dem Boot – der Grund dafür war, dass er nicht mit uns zusammen sein wollte. Er sagte, damit hätte es nichts zu tun, und ich verstand einfach nicht, was mit ihm los war. Er wirkte so bedrückt, dabei hatte er von uns allen wohl die besten Chancen, es zu schaffen.

Ich selbst hatte das Antragsformular immer wieder aus der Mappe genommen und mir Gedanken gemacht, ob ich es überhaupt schaffen würde, alle Felder auszufüllen. Am schwierigsten war Punkt 11: *Zweck des Aufenthalts.*

Es war sehr wichtig, hier das Richtige zu schreiben. Und es war schwierig, jemanden zu finden, der wusste, wie eine schlaue Antwort aussehen musste. Oder bereit war, es zu verraten. Lucky wollte ich nicht fragen, Didi auch nicht; sie sollten nicht zu viel über meine wirren Pläne wissen. Vielleicht könnte ich ja »*Kinder von viel beschäftigten Familien betreuen*« schreiben.

Eines Nachmittags sah ich Patrick mit seiner grünen Plastikmappe unter dem Arm. Er ging langsam, mit erhobenem Kopf. Das Halstuch saß genau, wie es sollte. Er kam aus Richtung der Wachstation und war auf dem Weg zu seinem Container.

Er musste mich auch gesehen haben, aber er ging weiter, ohne mich zu beachten. Komisch. Ich lief ihm nach.

»Hast du was gehört?«

Er ging weiter. Ich nebenher. Mit einem Mal drehte er den Kopf in meine Richtung.

»Absage.«

»Aber Patrick … Warte doch. Wir finden bestimmt eine Lösung.«

Am Container blieb er stehen und legte seine Hand auf die Klinke.

»Es gibt keine Lösung.«

»Doch, hol mich heute Abend ab. Zwanzig Uhr. Dann kommst du mit zu den anderen. Hast du ein Foto? Ich kann jetzt gleich eins machen. Sie können dir bestimmt auch noch Papiere besorgen.«

»Wenn ich erwischt werde … Die kennen mich. Es ist das fünfte Mal. Die schicken mich sowieso zurück.«

»Nein, komm schon. Hol mich am Container ab. Ich warte auf dich. Lucky will dich gerne dabeihaben. Wovor hast du Angst?«

Er gab mir keine Antwort.

Am späten Nachmittag sah ich ihn am Zaun entlanggehen, als würde er etwas suchen. Ich schaute zu ihm. Er musste mich doch bemerken. Ich winkte, so richtig lieb und freundlich, wie ich fand. Aber seine Augen sahen nichts.

»Heute Abend …«, rief ich ihm zu.

Es machte nicht den Eindruck, als würde er etwas hören, und er kam auch nicht, um mich abzuholen. Ich war sehr still, als ich gegen einundzwanzig Uhr bei den anderen ankam. Wir tranken Bier.

Nelson war da, aber an diesem Abend wollte er lieber reden als singen. Er hatte beschlossen zu bleiben: »Hier kommen die Lieder zu mir. Und es gibt viele, die sie hören wollen, nicht wahr?«

Er pfiff eine seiner Melodien.

Es wurde Zeit, schlafen zu gehen. Als ich nicht wollte, dass Lucky mich zum Container begleitete, wie er es so oft getan hatte, wurde er sauer.

»Morgen«, sagte ich, und er murmelte, was er doch alles für mich getan hätte und solche Dinge.

Dann ging er. Ich nahm meinen Mut zusammen und ging zu Patricks Container. Ich hatte mich noch nie getraut, dort reinzugehen. Jetzt öffnete ich vorsichtig die Tür und spähte ins Innere.

»Oh, wer kommt denn da«, sagte ein junger Mann, der auf dem Bett direkt neben der Tür lag.

»Ich suche Patrick«, sagte ich. »Er hat immer ein rotes Halstuch an.«

»Ich habe ihn seit dem Abendessen nicht mehr gesehen. Aber komm doch her, Schwester …«

Ich verschwand hastig nach draußen, wanderte durch die Dunkelheit, die langen Gänge zwischen den Containern auf und ab. Ich wollte ihn trösten, mit ihm reden, überlegen, ob wir nicht doch irgendetwas tun konnten. Aber nirgends entdeckte ich eine dunkle, einsame Gestalt, und schließlich war ich so müde, dass ich zu meinem Stockbett wankte. Ich grübelte weiter, wo er wohl war und wie es ihm ging. War er geflohen? Jenseits des Zauns hatte er bestimmt gute Chancen. Trotzdem machte der Gedanke mich traurig.

Am nächsten Morgen kam die junge Frau, die mit uns auf dem Boot gewesen war, weinend in den Container, ihr Baby im Arm.

»Was ist los?«, fragte ich und setzte mich auf.

Sie blieb stehen und fuhr sich über die Augen.

»Wir waren draußen spazieren. Der Kleine konnte nicht schlafen. Und da … Wir haben einen Toten gefunden. Ich wollte nicht so genau hinsehen, aber … Es ist … schrecklich.«

»Was hast du getan? Hast du es gemeldet?«

»Natürlich. Sie sind auf dem Weg.«

»Aber es war hoffentlich niemand, den du kanntest?«

»Er hatte … ein rotes Halstuch um …«

»Wo lag er?« Ich war schon aus dem Bett gesprungen.

Sie erklärte mir, wo sie den Toten gefunden hatte, und ich zog mich an, während Didi langsam aufwachte. »Was ist los?«

»Patrick.«

Dann war ich schon aus der Tür und rannte los. Aus Versehen trat ich gegen einen Plastikeimer, der krachend an eine Wand flog. Drinnen fluchte jemand.

Ich sah sie sofort: sechs uniformierte Wachen und einen dunklen Umriss auf dem Boden. Ich ging davon aus, dass sie nicht wollten, dass irgendwelche Bewohner den Toten anstarrten, also schlich ich das letzte Stück näher. Zwischen zwei Wachen erkannte ich jetzt ganz deutlich Patrick und eine Menge Blut. Ich versuchte, mich zu ihm durchzudrängeln.

»Er ist nicht tot«, sagte ich.

»Was hast du hier zu suchen?«

»Schafft sie weg!«

»Ich kenne ihn …«

Einer der Männer war ziemlich sauer, dass ich mich durchgedrängelt hatte. Er packte meinen Arm und zerrte mich weg. Zehn, zwanzig Meter.

»Du hast hier nichts verloren.«

Ich holte ein paarmal tief Luft.

»Entschuldigung, aber ich glaube wirklich, ich kenne ihn … Könnt ihr sehen, was passiert ist?«

»Okay … Er hat sich die Pulsadern aufgeschnitten. Irgendwann heute Nacht. Er ist schon fast kalt. Du solltest dich fernhalten, solange wir den Fundort untersuchen …«

Ich zog mich ein Stück zurück, aber ihre Untersuchung dauerte nicht lange. Kurz darauf kamen ein paar Männer und brachten eine Bahre. Sie hoben Patrick hoch. Einer von ihnen legte ihm das Halstuch über die Augen. Dann rollten sie die Bahre auf den Weg und hoch zur Wachstation. Ich wollte näher herangehen, aber zwei Wachen hielten mich davon ab.

»Geh weiter, das hier ist kein schöner Anblick«, sagte ein junger Mann, der mit einem Maschinengewehr bewaffnet war.

Später kamen sie mit Schaufeln zurück, und als sie fertig waren, war von dem Blut nichts mehr zu sehen. Nur ein kleiner Fleck weicher, umgegrabener Erde ohne Gras verriet, wo Patricks Leben zerronnen war.

Eine halbe Stunde später bog ein Krankenwagen ohne Blaulicht auf den Parkplatz. Ich wollte nicht sehen, wie sie ihn in den Wagen brachten. Ging zum Container und legte mich auf mein Bett. Weinte lange.

Den Rest des Tages irrte ich wie ein Zombie durch das Lager, wenn ich nicht gerade auf meinem Bett lag. Bei jedem Schritt wirbelte ich gelben Staub auf. Selbst wenn ich in einer Schlange stand, trat ich in den Boden, ohne darauf zu achten, wohin der Staub flog.

»Halt die Füße still, Mädchen«, sagte ein Mann und rieb sich die Augen.

»Entschuldigung«, sagte ich, und vielleicht war es der Ernst in meiner Stimme, der die anderen davon abhielt, die kranken Kommentare loszulassen, wie sie viele der Männer sonst so oft machten.

Später ging ich an die Stelle zurück, wo sie ihn gefunden hatten. Starrte auf die lockere Erde. Hätte ich sein Halstuch gehabt, hätte ich es dort begraben. Aber dann kam mir eine andere Idee und ich ging zu Patricks Container. Die würden sein Bett ja wohl kaum so schnell an jemand anderen vergeben haben …

Ich ging rein und der Typ von letzten Mal erkannte mich. Bevor er auch nur den Mund aufmachen konnte, kam ich ihm zuvor und sagte: »Ich soll Patricks Bücher abgeben.«

Er zeigte träge unter das Bett und ich zog sie raus und klemmte sie mir unter den Arm.

Unter meinem eigenen Bett, in meiner Tempo-Tüte, fand ich das Messer und ging damit zu der Stelle am Zaun. Dort, wo sie das Blut zugedeckt hatten, war die Erde noch locker. Ich grub ein Loch und legte die Bücher hinein, schaufelte alles wieder zu, küsste den Boden und stand auf. Zwei Frauen standen hinter mir und gafften.

»Was machst du da?«

»Kannte den Toten.«

»Aber die Bücher?«

Ich ging hastig weg.

Die Versuchung, eine legale Aufenthaltserlaubnis zu beantragen, war mit dem Staub verflogen, in dem Patrick gelegen hatte. Jetzt wartete ich wie die anderen darauf, dass Lucky uns mit den versprochenen Papieren in die Stadt bringen würde.

Es konnte mir gar nicht schnell genug gehen und das machte mich ihm gegenüber hart. Mehrere Abende in Folge traf ich ihn nur kurz. Aber dann kam mir der Gedanke, dass ich nicht so viel Abstand zwischen uns legen sollte, dass er auf die Idee kommen könnte, mich dafür bestrafen zu wollen. Oder Chuck dazu anzustiften. So was taten die Rattenfänger, wenn sie es für notwendig hielten. Oder Lust dazu hatten.

»Was ist mit Dawn los?«, fragte er Didi, als ich es hören konnte.

»Deprimiert wegen Patrick.«

Er hatte nicht kapiert, was Patrick mir bedeutet hatte. Und er ahnte nichts von meinen lächerlichen, unerreichbaren Touristenführer-Plänen.

»Er war ein guter Kumpel«, murmelte ich. »Wir konnten gut miteinander reden. Er hat es getan, weil er keine Aufenthaltsgenehmigung bekommen hat.«

Natürlich hatte Lucky längst alles darüber erfahren. »Ich habe ihm gleich gesagt, er soll sich lieber uns anschließen.«

»Das ewige Warten hier macht einen verrückt«, sagte ich.

Sein Blick verdüsterte sich.

»Wir machen doch alles für euch«, sagte er und verschwand eilig im Nachtwind.

Komischer Typ. Die Toten waren ihm gleichgültig, aber für die Lebenden setzte er sich ein.

Und versuchte, mit ihnen Kasse zu machen.

Zwei Tage später war es so weit. Zum Mittagessen tauchte Lucky mit einem breiten Grinsen im Gesicht auf. Nach dem Essen waren wir in der hintersten Ecke des Parkplatzes mit ihm verabredet.

Wir versammelten uns wie besprochen. Warteten. Und warteten. Lucky kam nach einer halben Stunde. Chuck war dabei. Lucky redete. Chuck blickte in die Runde. Jetzt würden wir rauskommen. Aber auch wenn die Kontrolleure keine Lust hatten, jeden Einzelnen zu überprüfen, der aus dem Lager ging, war es für eine Gruppe wie unsere zu riskant. Ein Teil der Leute vom Schlauchboot hatte andere Wege nach draußen gefunden oder beschlossen, es auf dem legalen Weg zu versuchen, aber wir waren immer noch so viele, dass wir nicht einfach unbemerkt rausmarschieren konnten. Zwanzig Menschen …

Deshalb sollten wir nachts unter dem Zaun durch. Sie würden ihn mit einem Bolzenschneider aufschneiden. Danach mussten wir nur noch ein paar Kilometer bis zu einer Straße laufen, wo Minibusse auf uns warten würden.

»Dann bringen wir euch in die Wohnung«, sagte Chuck. »Und dann seid ihr da!«

Im Laufe des Nachmittags sollten wir unsere Sachen packen, ohne Aufsehen zu erregen. Aber ich erregte Aufsehen – war normalerweise ziemlich unordentlich, und jetzt fing ich an, meine Klamotten vom Bett aus der Tüte und von der Wäscheleine zu sammeln und alles ordentlich zusammenzulegen.

»Willst du heute Abend in die Disco?«, fragte eins der Mädchen grinsend.

»Es ist mal wieder nötig.«

Ich fühlte mich stark. Bald hatten wir unser Ziel erreicht.

Ich linderte meine Trauer um Patrick, indem ich daran dachte, dass ich mir gleich am nächsten Tag eine Arbeit in City suchen würde. Einen angemessenen Lohn verdienen würde.

Hoffentlich war es noch nicht zu spät. Mein Vater rief erst spätabends an, die Verbindung war schlechter als beim letzten Mal. Durch eine Mischung aus Knistern und Kneipenlärm verstand ich gerade so viel, dass Charlie eingeliefert worden war. Es war der Magen.

»Und wenn ich nicht bald Geld auftreiben kann, müssen wir uns ein anderes Zuhause suchen.«

»Papa, ich bin zwölf Stunden von einem Job entfernt. Hörst du? *Zwölf Stunden!* Was haben sie im Krankenhaus gesagt?«

»Sie sagen, dass ich die Medizin, die er bekommt, bald bezahlen muss.«

»Papa, ich schicke doch … Und, Papa, wenn du das Geld bekommst, kannst du dir dann ein Telefon besorgen? Das hier …«

Dann brach die Verbindung ab. Ich bürstete mir den Staub von der Bluse, klopfte die Erde von den Schuhsohlen, dehnte meine Beine, als wollte ich in einem Sportwettkampf antreten. Spannte die Bauchmuskeln. Ließ wieder locker. Spannte sie wieder. Ballte die Fäuste. Strich mir die Haare aus der Stirn.

Wir sollten nicht weit von Patricks Platz unter dem Zaun durch. Lucky hatte keinen Bolzenschneider dabei, sondern eine Eisenstange, die er unter den Stahldraht schob, um das Gitternetz ein Stück nach oben zu biegen. Gerade so weit, dass man darunter durchkriechen konnte. Ich küsste die Erde für Patrick und wischte mir erst viel später die Lippen ab.

»Sind hier nicht Kameras?«, fragte einer der Männer.

Lucky rieb nur vielsagend die Finger aneinander …

Es kamen keine Wachen. In Windeseile krochen wir alle zwanzig unter dem Zaun durch, klopften uns den Staub ab und hasteten auf einem Pfad weiter, der uns im klaren Mondlicht an verlassenen Lagerhallen und Bäumen vorbeiführte. Der Weg war ein bisschen weiter, als sie uns angekündigt hatten, und für einen Moment hatte ich Angst, dass am Ende des Pfades gar keine Minibusse auf uns warten würden. Aber ich vertraute darauf, dass die energische Art, mit der Lucky sich fortbewegte, bedeutete, dass alles in Ordnung war.

»Du hast einen großartigen Job gemacht«, sagte ich und legte die Hand auf seine Schulter.

»Danke«, sagte er, und nur einen Augenblick später sahen wir die Minibusse.

Ich glaube nicht, dass ich die Einzige war, die am liebsten laut geschrien hätte, aber die Dunkelheit und Lucky, der einen Finger an die Lippen legte, hielten uns davon ab.

Ich nahm Didi in den Arm, sog die frische Nachtluft ein und fühlte mich zum ersten Mal auf dieser Reise frei.

TEIL 3

13

Mein Zuhause war in Sugartown, aber im Laufe der Wochen, in denen wir unterwegs gewesen waren, hatte ich mir kleine Nischen geschaffen. Auf dem Lastwagen, in den Zelten, auf dem Boot und auch im Containerpark. Man braucht etwas Eigenes, ganz egal, wo man ist; man muss seine Fußspuren hinterlassen, wenn man rein- und rausgeht. Man muss es wiedererkennen.

Selbst ein Ort wie dieser kann sich wie ein Zuhause anfühlen. Nach und nach kennt man die Lichter und Geräusche, nicht wahr?

Als wir in dieser Nacht auf den Parkplatz bogen, zeigte Lucky auf eines der Hochhäuser und sagte: »Euer neues Zuhause!«

Die Leute klatschten. Ich tastete meine Tüte ab, um sicherzugehen, dass meine Sachen noch alle da waren.

Wir stiegen aus, und als Lucky die Schiebetür mit einem rollenden Laut und einem Knall geschlossen hatte, wurden wir still. Wie dunkle Betonbäume ragten die Hochhäuser fast bis zu den Sternen. Nur in wenigen Wohnungen brannte Licht.

»Es ist die Nummer 32, merkt euch das gut, man kann sich hier leicht verlaufen«, sagte Lucky. »Und jetzt lasst uns hochgehen.«

Wir sollten im achten Stock wohnen, in der Mitte. Ein Fahrstuhl brachte uns in zwei Gruppen hoch.

»Im Fahrstuhl dürft ihr nicht rauchen«, sagte Lucky. »Feuermelder …«

Er sagte, dass wir in den nächsten Tagen alle einen eigenen Schlüssel bekommen würden, und schloss die Tür zu einer Diele auf, in der sich schon unzählige Schuhe türmten. Dreckige Schuhe, zerschlissene Schuhe. Schuhe aus Plastik und Synthetik. Abgerissene Schnürsenkel, die mit plumpen Knoten zusammengebunden waren.

Zigarettenrauch und Essensgeruch hingen drückend in der ganzen Wohnung. »Neue Mieter«, rief er.

Wir trampelten durch die Diele und landeten in der Küche. Sie war ziemlich groß. Hier gab es offenbar keine Feuermelder – der ganze Raum war völlig verqualmt. Vier Männer saßen rauchend am Tisch und spielten Karten. Als wir reinkamen, hoben sie den Blick.

»Na, seid ihr neu?«, fragte einer von ihnen und grinste.

Sie glotzten noch ein bisschen, dann spielten sie weiter. Niemand sagte Hallo oder Willkommen. Bis auf einen, der mit nacktem Oberkörper dasaß, hatten sie T-Shirts an. Es war warm. Tätowierungen, Bartstoppeln, Ringe unter den Augen, ein junger Mann mit einem auffälligen Ohrpiercing. Sie unterhielten sich über ihr Spiel und das Geld, das ihr Einsatz war. Lucky rief uns ins Wohnzimmer. Der Boden war weitgehend von Matratzen bedeckt. Keine Kissen, keine Laken, nur zusammengerollte Decken. Eine Birne ohne Lampenschirm baumelte unter der Decke.

»Hier schlaft ihr heute Nacht. Ja, und ihr beide bekommt das kleine Zimmer.«

Er zeigte auf Didi und mich und machte eine Kopfbewegung in Richtung der Tür.

»Hier drinnen wird auch nicht geraucht. Nur in der Küche. Es gibt ein paar Leute, die nicht schlafen können, wenn es zu verraucht ist. Niemand geht jetzt duschen. Und morgen: zwei Minuten max auf dem Klo. Duschzeit sechs Minuten max. Morgen Vormittag kommt Chuck und sagt euch, wo ihr arbeiten werdet.«

Alle legten sich sofort hin, Didi und ich folgten Lucky in das kleine Zimmer, das fast komplett von einem riesigen Doppelbett ausgefüllt wurde.

»Hier sollen wir schlafen?«, fragte Didi.

»So wie ich«, sagte er. »Hier ist Platz genug.«

»Ähh …?« Obwohl ich müde war, und obwohl ich überhaupt keine Lust hatte, mich jetzt wegen so was zu streiten, sah ich ihn ungläubig an.

»Es ist die beste Matratze im Haus«, sagte Lucky.

Ich nahm Didi am Arm.

»Ich will im Wohnzimmer liegen. Wir finden einen Platz. Komm.«

Ein Ausdruck huschte über Luckys Gesicht, ein Ausdruck, den ich unterwegs öfter bemerkt hatte, nämlich immer dann, wenn ihm etwas gegen den Strich ging. Als hätte er Messer in den Augen. Aber dieses Mal zog er wenigstens nicht die Pistole.

»Ich gebe mir hier alle Mühe, anständig zu sein und euch den besten Schlafplatz anzubieten …«

Wir fanden zwei Matratzen direkt vor der Balkontür. Es zog. Lucky knallte die Tür zu dem kleinen Schlafzimmer zu.

Didi sah sauer aus. »Wir sollten doch nur schlafen.«

Das sah ihr gar nicht ähnlich, sie war doch sonst nicht so naiv? Hatte die Seekrankheit ihr das Hirn vernebelt?

Nächster Vormittag. Alles zog sich. Fahles Licht fiel durch die Fenster, die wohl seit Jahren nicht mehr geputzt worden waren. Didi und ich gingen gemeinsam ins Bad, auf diese Weise hatten wir zwölf Minuten zur Verfügung. Eine Frau, die von allen Madame genannt wurde, saß auf einem Plastikstuhl und bewachte die Badezimmertür. Sechs Minuten pro Kopf und die Männer durften nicht zusammen rein. Aber Didi und ich, das war in Ordnung.

Unsere Körper im Dampf der heißen Dusche; ihr breiter, kompakter, üppiger; mein langer, schlaksiger. Wir kannten uns nackt, seit wir fünf waren. Hatten geklatscht und gekniffen. Hatten gegrinst, als die Wölbungen kamen. Und Witze gemacht, als sie größer wurden. Uns gegenseitig Spitznamen gegeben. Hatten »Dawn und Didi« einen Spitznamen gegeben: Besen und Kloß. Das durfte niemals jemand hören. Ich hatte das Versprechen gehalten.

Hier mit Didi unter der Dusche, auf den Fliesen und sogar auf der Toilette entspannte ich mich. Überall waren ständig Menschen, und wir waren schon lange nicht mehr ganz alleine gewesen, aber jetzt hatten wir zwölf Minuten in einem Raum. Und es gab viel, worüber wir in letzter Zeit nicht gesprochen hatten.

»Gib mir bitte das Shampoo«, sagte sie.

Ich reichte es ihr und hielt dabei ihre Hand fest. Drehte sie. Drückte ihr Handgelenk.

»Was machst du da?«

Ich ließ einen Finger über ihre Pulsader gleiten.

»Du würdest das nie tun?«, fragte ich. »Nicht wahr?«

Ich war plötzlich kurz davor loszuheulen. Mama, Patrick, wer kam als Nächstes? Didi nahm mich tröstend in den Arm und fuhr mir mit der Hand durch die Haare. Ihr Seifenwasser rann mir übers Gesicht.

»Süße, so was passt nicht zu mir. Außerdem wollten wir doch ein paar Dollars verdienen, oder nicht? Verdammt … Ich brauche endlich Geld in der Kasse. Meine Mutter …«

Sie stockte. Starrte auf die Fliesen. Verteilte das Shampoo in ihren Haaren.

»Ja?«

»Ihr Hirn hat so viele Dämpfe abbekommen, dass sie neulich angefangen hat, die falschen Knöpfe zu drücken. Mein Vater hat geschrieben, dass sie gefeuert worden ist. Noch mehr Chancen geben sie ihr nicht.«

Sie spülte das Shampoo aus. Ich riss mich zusammen. Patrick war weg, es war seine Entscheidung gewesen und ich trug keine Schuld. Es gab nichts, was ich jetzt noch tun konnte.

»Du hast recht. Was jetzt zählt, sind Dollars.«

Sie schrubbte mir den Rücken mit einer langstieligen Badebürste, die an der Wand hing. Ziemlich fest.

»Au.«

»Und wir werden sie verdienen, das schwöre ich dir. Wir haben es rübergeschafft. Verdammt, wir haben es rübergeschafft. Das war das Schwierigste.«

Sie hatte recht, die Welt lag offen vor uns, aber trotzdem bekam ich Patrick nicht aus dem Kopf. Ich hatte ihn gerngehabt und dann hatte er einfach alles verlassen.

»Ich kapiere einfach nicht, wie er so was tun konnte. Patrick. Er mochte mich. Aber die letzten Tage war er schon so abweisend. Als hätte er es schon gewusst …«

Dann erzählte ich ihr, dass ich mit ihm gegangen wäre, wenn er seine Aufenthaltsgenehmigung bekommen hätte.

»Du hättest mich im Stich gelassen?«

Sie sagte es, als wäre es etwas Lustiges, aber ich spürte den Ernst dahinter.

»So groß ist City jetzt auch wieder nicht … Wir hätten uns doch einfach ab und zu treffen können.«

»Aber jetzt ziehen wir das hier zusammen durch …«, sang sie spöttisch.

»Natürlich«, sagte ich.

Sie schlug mir freundschaftlich, aber nicht unbedingt zart mit der Bürste auf den Hintern.

»Und du bist für diese elendigen Schaumstoffmatratzen heute Nacht verantwortlich …«

»Kapierst du nicht, was er eigentlich will?«, fragte ich.

»Ehrlich gesagt, nicht so richtig. Will er dich oder mich?«

»Didi!«

Es würde mir überhaupt nicht passen, wenn Lucky etwas mit Didi laufen hätte. Ich war nämlich eigentlich überzeugt davon, dass er an mir interessiert war. Er sollte sich seiner Sache nur nicht zu sicher sein. Ich war absolut noch nicht bereit, bis zum Äußersten zu gehen, schon gar nicht nach der Sache mit Patrick.

»Letzte Woche … Da ist er ein paarmal aufgetaucht …«, sagte Didi. »Kannst du mich da schrubben, wo ich nicht rankomme?«

Ich bürstete ihr Rücken und Schultern und dachte, dass ich genauso gut gleich auf den Punkt kommen konnte. Normalerweise hatte sie kein Problem mit direkten Fragen.

»Habt ihr euch geküsst?«

Im selben Moment hämmerte Madame gegen die Tür.

»Eine Minute, Mädchen. Macht das Wasser aus und seht zu, dass ihr euch abtrocknet!«

»Diese alte Hexe«, flüsterte ich und schrubbte Didi ein letztes Mal mit der Bürste.

»Ich dachte, du wärst nicht mehr scharf auf ihn«, sagte Didi. »Ich dachte, du willst Patrick.«

»Bist *du* scharf auf ihn?«

Sie zuckte lächelnd mit den Schultern. Ich schnipste ihr mit dem Fingernagel an den Oberarm und musste selbst grinsen.

Jetzt brüllte Madame. »Wenn ihr nicht draußen seid, bevor ich bis zehn gezählt habe, lasse ich die Männer zu euch rein …«

Sie klang, als wäre sie dazu wirklich imstande. Wir zogen das Nötigste an, knüllten unsere Schmutzwäsche zusammen, strichen unsere Haare zurück und entließen eine Dampfwolke auf den Flur, als wir die Badezimmertür öffneten und ins Wohnzimmer gingen, wo ein paar Männer hockten und glotzten.

»Habt ihr vergessen, wie man in die andere Richtung schaut?«, fragte ich, und die Männer, die wir vom Schlauchboot kannten, grinsten und drehten sich weg, während wir uns anzogen.

Chuck saß falsch rum auf einem Stuhl, mit schwarzen Schuhen und einer schicken, leicht abgetragenen Jacke über dem Sweatshirt. Wir anderen saßen oder lagen auf den Matratzen. Die Gardinen vor den Fenstern, die zum Balkon und den Nachbarhäusern zeigten, waren zugezogen, die Glühbirne unter der Decke brannte.

»Die Nachbarn müssen ja nicht unbedingt alles sehen«, sagte er, als einer der Männer die Vorhänge aufziehen und etwas Licht ins Zimmer lassen wollte. »Hier sieht es ja aus wie bei einer Gebetsversammlung. Was glaubt ihr, was die Leute dann denken? Nein, ihr solltet am besten wirken … wie eine Gruppe Gaststudenten beim Kursus. Das antwortet ihr, wenn jemand fragt, kapiert?«

Gaststudenten. Ich drehte mich schnell weg, denn wenn ich Didi angeschaut hätte, hätte ich laut losgeprustet. Lucky sah so ruhig aus. Er hatte das alles ja auch schon mal gehört. Er saß da und starrte auf Didis frisch gewaschene Haare.

Chuck war sehr bestimmt. Wir sollten wissen, wie wir uns verhalten mussten. Hier galt sein Gesetz. Chucks Regeln:

Sprich nie mit den Nachbarn. Sag nur Guten Tag, Guten Morgen, Guten Abend und Danke.

Nicht vor dem Aufzug rumlungern.

Nicht in Gruppen rausgehen, maximal zu zweit. Und was Didi und mich betraf: nie alleine rausgehen.

Immer pünktlich auf dem Parkplatz erscheinen, damit der Minibus nicht warten muss.

Maximal sechs Minuten im Bad. Keine Handys im Bad.

Nicht auf dem Balkon telefonieren.

Nur in der Küche rauchen.

Madame gehorchen und ihr bei Einkäufen und beim Putzen zur Hand gehen.

Und das Wichtigste: bis spätestens Freitagabend, zweiundzwanzig Uhr, die Miete bei Madame bezahlen. Und für die, die noch Schulden via Heimat abbezahlen mussten: Das Geld war freitags vor Ladenschluss zu überweisen. Der Centerkiosk hatte *WorldPay* und verlangte nie einen Ausweis. Zuletzt gab Chuck uns noch eine seiner Handynummern.

»Nur für den Fall, dass ihr wirklich in Schwierigkeiten geratet …«

Wir speicherten die Nummer, Klickgeräusche erfüllten den Raum.

»Wo können wir arbeiten?«, fragte einer.

»Wann kommen wir in die Wohnung, in der wir wohnen sollen, also langfristig?«, fragte ein anderer.

»Wohnen?«, sagte Chuck grinsend. »Ihr wohnt hier. Arbeit: Dazu kommen wir gleich.«

Nicht alle hatten heute Morgen ihre sechs Minuten bekommen, die Luft erinnerte langsam an die Zeit auf dem Laster, wenn es windstill war. Der Zigarettenrauch aus der Küche überdeckte das Schlimmste.

Alle Augen ruhten auf Chuck und seiner Liste. Bevor er die Jobs verteilte, sagte er: »Sobald ihr euren ersten Job antretet, haben wir unseren Teil erledigt, und ihr habt bekommen, wofür ihr bezahlt habt: eine riesige Chance im Leben. Herzlichen Glückwunsch! Von dem Moment an treten die Regeln für die Rückzahlung in Kraft. Ihr schickt die Raten pünktlich nach Hause und eure Leute zahlen meinen Leuten das Geld. Wird nicht bezahlt, bekommen sie Besuch … Und beschwert euch nicht, wenn sich die Arbeit anfangs ein bisschen ungewohnt anfühlt. Das ist schlechter Stil.«

Er blickte lächelnd in die Runde. Wir saßen mit offenen Augen und Ohren da. Jetzt kam es: Namen, Firmen, Abfahrtszeiten. Aber kein Wort darüber, wann wir wieder in der Wohnung sein würden.

Geflügelschlachterei, *Brust und Flügel*, Abfahrt um 4:30 Uhr auf dem Parkplatz; *Steinbruch*, Abfahrt 3:30 Uhr; *Restaurant Sommer*, Abfahrt 10:15 Uhr; *Café Latte*, Abfahrt 7:30 Uhr und so weiter und so fort. Ein freier Tag pro Woche, falls man uns entbehren konnte. Er grinste über seine eigene Formulierung. In der Flut von Namen und Uhrzeiten vergaßen viele, was ihnen gegolten hatte, und er musste es wiederholen. Schließlich waren nur noch Didi und ich übrig. »Für euch habe ich natürlich auch noch was«, sagte er und ließ den Blick über seine Liste schweifen. »Salatanbau, *Naturgarten*, Abfahrt um 6:15 Uhr. Ihr kommt jetzt gleich mit. Ihr anderen schrubbt euch und wascht eure Klamotten, damit ihr am ersten Arbeitstag einigermaßen ausseht. Madame hilft euch mit der Waschmaschine.«

Die Leute fingen an, ihre Kleider zusammenzusuchen, tippten Weckzeiten in ihre Handys ein und zählten die Zigaretten, die sie noch hatten. Mehrere gingen zum Rauchen in die Küche.

Chuck winkte Didi und mich zu sich und sagte uns, wir sollten unsere Jacken anziehen. Dann verließen wir hinter ihm und Lucky die Wohnung und fuhren mit dem Fahrstuhl nach unten.

14

Die Gärtnerei lag am anderen Ende von City. Wir fuhren im Minibus durch die Stadt, stumm vor Anspannung, die Augen gebannt nach draußen gerichtet. Häuser. Riesige Werbung. Die Busse länger, schöner und nicht so verrostet wie zu Hause in Sugartown. Viele Männer hatten Laptops dabei, trugen Hemden und dunkle Jacketts. Die Frauen führten ihre schicken Kostüme aus, standen draußen vor den Geschäftsgebäuden und rauchten, während sie gleichzeitig auf ihren Smartphones und Tablets herumtippten. Und die Hunde: Hier führten die Leute Hunde an Lederbändern durch die Gegend und redeten mit ihnen, wenn sie am Fußgängerüberweg warteten. Ja, eine Dame erzog ihren Hund mitten auf dem Bürgersteig. Er musste sich setzen und wieder aufstehen. Sitzen bleiben, während sie vier Schritte von ihm wegging. Ein Hund! Wir wären fast geplatzt vor Lachen.

Wir hielten an einer roten Ampel.

»Schaut mal, da«, sagte Chuck. »Das ist eins meiner Mädchen. Ich sage euch, die verdient richtig Geld.«

Ein ziemlich hübsches Mädchen stand mit einer großen Leinentasche auf dem Markt und hielt ein paar DVDs in der ausgestreckten Hand.

»Können wir das auch mal machen?«, fragte Didi.

»Vielleicht, wenn sie irgendwann aufsteigt«, sagte Chuck. Er zeigte auf mich. »Du könntest ganz gut geeignet sein.«

»Didi wäre besser, sie redet wie ein Wasserfall.«

»Du hast dafür was anderes.«

Es wurde grün, und Chuck gab Gas, während ein paar Männer auf das Verkaufsmädchen zugingen.

»Wie viel bekommt man für so was?«, fragte Didi.

»Eine DVD kostet acht Dollar. Vier davon behält man«, sagte Lucky.

»Dann muss man aber einige verkaufen«, sagte ich.

»Im Augenblick solltet ihr euch auf anderes konzentrieren«, sagte Chuck und machte einen gewagten Spurwechsel, wofür er lautes Hupen kassierte. »Für euch geht es jetzt erst mal ins Grüne zum Ernten, dann sehen wir ja, was ihr taugt.«

Das Grüne, wie Chuck es nannte, lag eine Stunde südlich der Stadt. Wir waren für die Nachmittagsschicht eingeteilt. Als wir im Naturgarten ankamen, der fast schon einer Salatwüste glich, mussten wir uns an der Warteschlange vor dem Büro anstellen: Registrierung. Wir zeigten jede unsere Arbeitserlaubnis und den Pass vor. Beides auf Luckys Empfehlung hin zerknickt und ein bisschen verdreckt, damit die Papiere nicht zu neu aussahen. Wir hatten sie ja gerade erst bekommen. Als ich an den Tisch trat, schaute der Mann nicht mal auf, sondern sagte nur: »Dawn?«

»Das bin ich.«

»Hier unterschreiben.«

»Ja. Was unterschreibe ich da?«

»Dass du bei der Zeitarbeitsfirma *Hände* angestellt bist. Wir sind hier für alles zuständig. Gehalt. Organisation. Der Naturgarten hat damit nichts zu tun.«

Mit etwas Mühe konnte ich ihre Sprache lesen, aber der Vertrag umfasste drei Seiten, also unterschrieb ich einfach.

Jetzt ging es los. Wir hatten Arbeit. Ernteten gesunden grünen Salat für die Menschen. Verdienten gutes Geld. Jetzt wendete sich das Blatt, jetzt kam die Sonne hinter den Wolken hervor.

Wir bekamen jeder eine kleine Schere ausgehändigt. Draußen auf dem Feld waren wir zu zwölft. Das Team sollte das Tagesziel von fünfzehn Stapeln erreichen. Ein Stapel bestand aus zehn Kisten, und in jeder Kiste waren zwanzig Tüten, in denen jeweils zehn Salatköpfe waren. Wir bekamen sieben Cent pro Kopf. Ich zählte und multiplizierte. Kam auf fünfundfünfzig Dollar pro Tag. Über dreihundert Dollar die Woche. Didi war im Rechnen nicht so gut. Aber sie grinste breit, als sie die Zahl hörte.

Der Nachmittag dauerte von elf Uhr bis einundzwanzig Uhr, als man die Hand vor Augen nicht mehr sehen konnte. Vor meiner Zeit im Salat mochte ich Grün. In Sugartown sah man diese Farbe nicht allzu oft. Hier war es, als würde man in einem grünen Meer treiben. Ab und zu musste ich deswegen ein bisschen in den Himmel gucken oder auf die orangefarbenen Streifen meiner Plastikschuhe. Als ich daran dachte, wie es gewesen war, zu Hause die Wand anzustarren und für einen Hungerlohn Knopflöcher zu nähen, fühlte ich mich wie … ja, wie eine Gewinnerin.

Es gab ein paar Pflücker im Team, die schon länger dabei waren. Sie waren sauer, weil sie wussten, dass neue Arbeiter langsamer waren. Sie meckerten und die Sonne brannte. An diesem Tag hatte ich nichts für den Kopf mitgebracht. Nur meine Handschuhe hatte ich dabei, und die nützten mir auch nichts, denn mit denen konnte man die Schere nicht benutzen. Wir schnitten wie wahnsinnig. Das ging auf die Finger. Und der Rücken fing an zu schmerzen, weil man sich die ganze Zeit bücken musste. Pflücken, pflücken, schneiden, schneiden. Einpacken. Abzählen. Aufkleber dranmachen. Pflücken, pflücken … *Ist nicht bald Pause?*

Aber über dreihundert Dollar … das verlieh einem Kraft.

Die erste Pause gab es nach zwei Stunden. Einer der Veteranen steckte sich eine Zigarette an und sagte, wir könnten zum Büro zurück, falls wir mal aufs Klo müssten. Oder uns hier irgendwo einen Platz suchen. Ein paar Männer standen schon da und pinkelten an den Rand einer Salatreihe. Das Büro war weit weg.

Ich beschloss, lieber einzuhalten, und legte mich auf den Boden. Ich musste meinen Rücken wenigstens kurz ausstrecken. Für ein paar Minuten war die Sonne angenehm warm. Dann brannte sie wieder. Mir wurde schwindelig. Ich setzte mich auf und trank Wasser. Davon gab es genug. In großen Kanistern. Hätte die Pause eine halbe Stunde gedauert, hätte man genüsslich in den Himmel starren können, aber nach zehn Minuten ging es schon weiter. Einer der Männer, ein stiller Typ namens Bob, lieh mir sein Halstuch, damit ich mir etwas um den Kopf binden konnte. Er brauchte es nicht, er hatte sein Käppi dabei. Am späten Nachmittag sah ich, dass sein Nacken rot verbrannt war.

Langsam gewöhnte ich mich an die Sonne und den Schmerz, ich pflückte mich in einen Zustand, in dem ich nichts mehr spürte, während die Zahl »300« ununterbrochen vor meinem inneren Auge schwebte.

Ich bemerkte, dass einer der Alten im Team sich beim Schneiden der Salatköpfe die ganze Zeit ein wenig nach hinten lehnte. Komisch, sie rochen doch nicht schlecht? Ich fragte ihn, warum.

»Die kleinen Biester triefen richtig. Merkst du das nicht? Pass auf, davon kriegt man Husten …«

Ich hatte die Tropfen bislang nur als kühle Erfrischung auf der Haut wahrgenommen, aber als ich die Hand zur Nase hob, um an der Flüssigkeit zu riechen, musste ich auch husten.

Uns fehlten immer noch drei Stapel und die Sonne ging schon unter. Es wurde immer stiller. Irgendwann setzte Didi sich hin und fing an zu weinen.

»Das geht nicht …«, sagte der mit dem Husten. »Los, komm. Noch eine halbe Stunde …«

»Los, Didi«, sagte ich, »dreihundert in der Woche …«

Als sie sich wieder nach unten beugte, um weiterzuschneiden, konnte man regelrecht hören, wie der Schmerz durch ihre Nerven in Schulter und Rücken kroch.

Endlich war der fünfzehnte Stapel voll und wir wankten zum Minibus.

Auf dem Heimweg hingen die meisten erschöpft in ihren Sitzen und schliefen mit offenem Mund ein.

Als mich mein Handy am nächsten Morgen weckte, kam ich fast nicht von der Matratze hoch und wäre auf dem Klo beinahe wieder eingeschlafen. An diesem Tag sollten wir früher kommen und länger arbeiten. Heute musste keine Zeit mehr auf die Registrierung verschwendet werden. Aber so verdienten wir ja auch mehr. Salat von morgens bis abends. Unsere neue grüne Welt.

»Wir werden noch zu Kaninchen«, sagte Didi grinsend, als wir wieder über das Salatfeld blickten.

Scherze wie diese brachten einen durch den Tag. Trotzdem ist mir immer noch schleierhaft, wie ich damals diesen zweiten Tag überlebt habe. Oder den dritten. Aber irgendwann spürte ich eine neue Stärke in Schultern und Rücken. Und ich investierte acht Dollar in eine Kappe, die mir passte, damit mein Hirn nicht länger von der Sonne geröstet wurde. Ich kaufte sie in einem Kiosk bei den Hochhäusern, der den ganzen Abend geöffnet hatte. Außerdem ging ich in ein Lebensmittelgeschäft und kaufte mir ein bisschen Schokolade, die ich am nächsten Tag mitnehmen wollte. Auf dem Weg durch die Regale fiel mein Blick plötzlich auf einen Berg grüner Tüten. Salat von Naturgarten. Zwei Dollar pro Kopf. Wer strich die restlichen 1,93 ein? Ich hätte durchdrehen und schreien müssen, aber ich lachte nur laut. Die Leute glotzten mich an und ich lief eilig weiter. Die Kassiererin musterte mich misstrauisch und sagte nicht einmal Danke, als ich bezahlte. Dabei sah sie selbst so aus, als käme sie von der anderen Seite des Meers.

Freitag: *Pay Day*, klingt gut, nicht wahr? Da standen wir also wieder in der Schlange. Ich kam an die Reihe, aber der Betrag, den ich quittieren sollte, waren keine dreihundert Dollar.

»Wie kann es sein, dass es nur 228 sind?«

»Hier!«

Er zeigte auf den Lohnzettel. Sie hatten fünfzig für die Registrierung abgezogen, zwanzig als Gebühr für die Schere und zehn für die Sandwiches oder Suppenportionen, mit denen wir versorgt worden waren. Ich war immer noch der Ansicht, dass das nicht aufging, und da zeigte er nach ganz unten: *Administration Lohnausgabe: 12 Dollar*.

Es blitzte hinter meinen Augen, aber ich glaube nicht, dass er es bemerkte.

»Unterschreiben.«

Ich bekam ein Kuvert. Darin waren 228. Und wir sollten uns schließlich nicht beklagen. Ich versuchte, Didis Blick aufzufangen, aber sie schaute in die andere Richtung. Offenbar zu müde, um zu denken oder zu reden.

Auf dem Weg zurück zum Hochhaus fuhr der Minibus wieder am Marktplatz vorbei und das DVD-Mädchen stand an derselben Stelle wie letztes Mal. Vielleicht lag es daran, dass Freitag war, aber es standen ganze drei Männer und eine Frau vor ihr Schlange. Ja, für die, die Samstags freihaben, ist es bestimmt schön, einen Film einzulegen und sich aufs Sofa fallen zu lassen. Ich dagegen würde am nächsten Tag arbeiten.

»Der Salat schläft nie«, sagte Lucky.

Kaum waren wir zurück in der Wohnung, stand Madame schon im Wohnzimmer. Sie hatte zwei Stühle mitgeschleppt. Auf den einen setzte sie sich, auf den anderen legte sie eine Liste mit Namen: »Es ist so weit! Miete!«

Sie nahm hundert Dollar; fünfundsiebzig für die Miete, fünfzehn für Essen und zehn für Wasser und Strom. Außerdem legte sie zwanzig für Chuck auf die Seite.

»Wofür bekommt er die?«

»Benzin, meine Lieben, das kostet alles …«

Tränen standen mir in den Augen. Hatte ich wirklich auf dem Meer mein Leben riskiert, um am Ende zusammen mit zwölf Menschen auf dem Wohnzimmerboden zu schlafen? Obwohl ich so erschöpft war, brodelte es in mir. Vielleicht lag es daran, dass Chuck nicht da und Madame eine Frau war, dass ich die Kontrolle verlor.

»Das ist … Diebstahl! Du alte … Kröte … denkst du, ich zahle fünfundachtzig Dollar, um in dieser vergammelten Bruchbude zu hausen …«

Didi fasste nach meinem Arm, aber ich machte weiter, jetzt auch noch auf Englisch: *»Rot in hell, fuck in hell …«*

Da richtete Madame sich auf und sagte: »Mike.«

Mike war einer der rauchenden Kartenspieler, der an dem Tag, als wir angekommen waren, in der Küche saß. Er stand ein bisschen weiter hinten in der Miete-Schlange. Jetzt kam er auf mich zu und verpasste mir die gewaltigste Ohrfeige, die ich je bekommen hatte. Sein Ring riss mir die Wange blutig. Mein Herz setzte für einen Schlag aus, der nächste donnerte in meiner Brust.

»Pass auf«, sagte er zu mir. »Du kannst *so* dankbar sein, dass Madame mich gebeten hat, dich zu warnen. Chuck mag es nämlich nicht, wenn jemand sie beleidigt. Schon gar nicht … so eine räudige Drecksfotze wie du. Wer Madame beleidigt, beleidigt *ihn*. Und du weißt, was passiert, wenn man Chuck beleidigt, nicht wahr?«

Er ließ mir keine Zeit zu antworten, sondern redete weiter: »Du fliegst auf der Stelle aus der Wohnung. Und sei dir nicht zu sicher, dass du noch in Ruhe deinen Kram packen kannst. Chuck kennt die Leute von *Hände* sehr, sehr gut. Kein Salat mehr für dich. Du wirst auf der Straße verrotten. Anschaffen, für die größten Schweine der Stadt. Falls du das nicht sowieso schon tust …«

Ich sagte nichts, nickte nur, um ihm zu zeigen, dass ich verstanden hatte. Ich schaute weg, als Madame mich auf ihrer Liste abhakte. So was wie eine Quittung gab es hier nicht. Ich ging zu meiner Matratze. Schob die Hand in die Hosentasche. Nicht mal neunzig Dollar waren übrig, nächste Woche würde ich einen Teil davon brauchen. Konnte wohl fünfzig nach Hause schicken. Und davon ging mindestens die Hälfte für die Schulden bei Chuck drauf.

Didi kam und setzte sich. Ich schüttelte den Kopf. Die Ohrfeige klingelte mir immer noch in den Ohren.

»Wir sind betrogen worden«, flüsterte ich. »Siehst du das nicht?«

»Kann sein, dass wir bald befördert werden.«

Ich kapierte nicht, was sie meinte, aber ich hatte keine Kraft, um nachzufragen.

Die Tage vergingen, und es wurde immer offensichtlicher, wer hier an allem verdiente. Aber wie sollten wir Chuck unter Druck setzen? Wie die Dollars zurückholen, die uns zustanden?

»Wir müssen mitspielen«, sagte Didi. »Tun, was er sagt. Wie hat er das Mädchen mit den DVDs genannt? *Eins meiner Mädchen*. Genau das müssen wir sein … Wenn du schreist und tobst, funktioniert es nicht. Du bist ein siebzehnjähriges Mädchen, was meinst du, wofür die dich halten?«

Das DVD-Mädchen. Ihre Arbeit sah wesentlich angenehmer aus. So ganz anders als ein Acker, wo man vom Salat Husten bekam und die Sonne Stunde um Stunde auf einen herunterbrannte. Dagegen mit einer Tasche durch die Gegend zu laufen und Leute anzusprechen: »DVDs?« …

15

Obwohl ich fast ununterbrochen von Menschen umgeben war, fühlte ich mich immer öfter einsam. Ich wollte, wie jeder andere auch, gesehen werden, bemerkt werden, nette Worte hören. Ich war schon fast so weit, Tony zu vermissen. Didi nahm mich ab und zu in den Arm, aber das war ja nur Didi. Wir sagten uns immer wieder dieselben Sachen. Munterten uns gegenseitig auf. Aber die Tage ertranken in einem dreckigen Strom von Arbeit. Sollte das alles sein? Waren wir nur menschliche Arbeitstiere, die abends in den Stall zurückgetrieben wurden? Schlafen und scheißen. Wieder los. Ein schwarzes Gefühl wuchs in mir.

»Ich will nicht mehr wie … eine Kuh behandelt werden«, sagte ich zu Didi.

Sie dachte, ich würde einen Witz machen.

»Du *bist* eine Kuh«, sagte sie grinsend.

Eines Abends tauchte Lucky in der Wohnung auf. Wir waren gerade vom Salatpflücken nach Hause gekommen und saßen in der Warteschlange vor dem Bad. Er setzte sich in die Küche und rauchte, aber als ich mit nassen Haaren in den Flur kam, sah er mich an und gab mir ein Zeichen mit den Augen. Dann ging er in das kleine Zimmer, in dem Didi und ich die letzten Nächte geschlafen hatten. Er selbst wohnte in letzter Zeit in der, wie er es nannte, »anderen Wohnung«. Didi war gerade mit Deospray und Haarlack zugange. Lucky schloss die Tür und machte Musik auf seinem Handy an.

Wir saßen zu dritt auf dem Doppelbett. Lucky gab uns Wodka aus. Wir lachten und legten uns kreuz und quer nebeneinander. Ich stand auf und zog die Gardine ein kleines Stück auf. Ein Schwarm Krähen kreiste in dem schmalen Streifen aus Licht. Wir unterhielten uns und redeten dummes Zeug, vor Müdigkeit und auch, weil wir einen sitzen hatten. Lucky schraubte die Flasche noch mal auf, aber ich wollte nichts mehr. Morgen war wieder ein Tag.

Außerdem hatten wir noch etwas Ernstes zu besprechen, was vielleicht ein bisschen leichter wurde, jetzt, wo er Schnaps intus hatte.

»Lucky, wir kriegen hier nicht das Geld, von dem du geredet hast«, sagte ich.

»Am Anfang ist es immer hart«, sagte er. »Dreh dich um, ich werde …«

Er massierte mir die Schultern.

Für einen Moment schien Didi sauer zu sein. Dann sagte sie: »Ich brauche das dringender als sie. Meine rechte Schulter ist total im Eimer. Total, echt …«

Da wurde auch ihre Schulter geknetet, aber er wandte sich schnell wieder mir zu. Es tat ihm leid, dass wir nur so wenige Dollars nach Hause schicken konnten. Darauf hatte er nur leider keinen Einfluss.

»Dafür ist Chuck zuständig … Aber es *gibt* Jobs, die mehr bringen …«

»Kannst du nicht mit ihm reden?«, fragte ich.

»Ich will Direktorin werden«, sagte Didi, wir lachten und Lucky massierte mich weiter.

Ich ließ mich fallen. Ließ mich verwöhnen. Müdigkeit und Wodka machten mich gleichgültig. Ich entspannte mich. Als er mich auf den Nacken küsste, ging Didi. Sie sagte, sie müsse aufs Klo, aber sie kam nicht zurück.

»Ist sie jetzt eingeschnappt?«, fragte er. Ich konnte nur mit den schmerzenden Schultern zucken.

Dann lagen wir da und fingen an, uns anzufassen. Wärme! Nähe! Ein Mann, der sich um mich kümmerte, wenigstens für einen kurzen Moment.

»Du glaubst mir das vielleicht nicht, aber ich bin so fuckin' einsam hier«, murmelte er und küsste mich. »Nicht nur, dass ich Chuck in den Arsch kriechen muss … nein, also nicht so, aber, du weißt schon … Ich muss dafür sorgen, dass es bei euch läuft, und das Auto fahren und …«

Ich küsste ihn, zog ihn an mich und fiel später in einen tiefen Schlaf. Ich glitt in Träume, an die ich mich nicht erinnerte, als ich aufwachte, nur dass sie wild gewesen waren, warm und voller Farben. Als ich zu mir kam, fühlte ich mich, als wäre ich aus einer anderen Welt gestoßen worden und mit einem heftigen Aufprall hier in der Wohnung gelandet.

»Ich rede nachher mit Chuck, vielleicht könnt ihr schon heute wechseln«, sagte Lucky im Morgenlicht, bevor er seine Hose anzog und aus der Tür schlüpfte.

Minuten später piepte mein Telefon mich raus in den Salat. Im Minibus war Didi nicht sehr gesprächig.

Mitten im Salat rief mein Vater an. Die Männer warfen mir böse Blicke zu, als ich das Telefon rauszog, aufstand und ein Stück wegging. Wenn ich für mehrere Minuten wegblieb, hieß das für sie: mehr pflücken, schneller pflücken. Das Team musste seine fünfzehn Stapel schaffen. Didi sah besorgt aus. Und neugierig. Ich streckte meinen Rücken und presste das Telefon ans Ohr.

»Papa?«

»Kannst du mich hören?«

»Ich höre dich gut.«

»Es ist etwas Schlimmes passiert.«

»Ist was mit Charlie?«

»Die haben ihn abgeholt. Sagen, ich sorge nicht gut für ihn.«

»Wer *die*?«

»Ein Sozialamts … idiot und zwei von der Fürsorge. Zwei von der Polizei. Du musst nach Hause kommen. Es geht um unser Leben. Deins, meins und Charlies.«

»Was sollte das bringen? Das Geld ist hier.«

»Sie sagen ›eine Frau im Haus‹. Oder ich muss mich mit Geld bei ihnen melden, als Garantie, dass ich Essen kaufen kann. Tausend Dollar soll ich ihnen zeigen. Liebste, kleine Dawn, weißt du, wie viel tausend Dollar sind?«

»Ich schicke dir das Geld, sobald ich kann. Das geht schneller, als wenn ich selbst komme …«

»Ich weiß mir nicht mehr zu helfen. Seit deine Mutter … Es ist nicht …«

»Kannst du Charlie besuchen?«

»Einmal pro Woche. Er ist im ›Heim‹, du weißt schon …«

»Ich bin dabei, den Job zu wechseln. Es wird jetzt viel besser.«

»Ich halte es nicht mehr aus. Was hätte sie dazu gesagt?«

»Ich muss zurück. Sie rufen mich. Gib Charlie einen Kuss von mir.«

Ich drückte das Gespräch weg und wischte mir eine Träne aus dem Gesicht.

»Mein Bruder ist von ein paar Fürsorgeärschen zu Hause abgeholt worden«, sagte ich zu den Männern, als eine Art Erklärung.

»Man sollte ihnen die Eier abschneiden«, sagte einer von ihnen.

In der Mittagspause, während wir auf dem Boden saßen oder lagen und uns Sandwiches in den Mund schoben, kam Chuck.

Er kniete sich neben mich und sagte ganz leise: »Lucky sagt, ihr wollt richtiges Geld verdienen …?«

Ich nickte, Didi wollte schon losjubeln, aber er legte einen Finger an die Lippen.

»Kommt mit.«

Er hatte uns einen freien Nachmittag verschafft. Ein paar Männer übernahmen unsere Arbeit.

»Nur heute Nachmittag. Wenn das andere nicht läuft, seid ihr morgen zurück.«

Der Minibus gab ordentlich Gas in Richtung Stadtmitte. Lucky saß am Steuer, Chuck daneben und Didi und ich auf den Sitzen dahinter. Wir fuhren auf der äußersten Fahrspur.

»Höchstens zehn Prozent über Höchstgeschwindigkeit! Ich will nicht in eine Kontrolle geraten!«

Lucky nahm den Fuß vom Gas und wechselte auf die mittlere Spur. Wir hielten in einer kleinen Nebenstraße in der Nähe des

Marktplatzes. Bevor wir ausstiegen, drehte sich Chuck zu uns um. Er schaute uns tief in die Augen.

»Ich glaube, ihr könnt gute Verkäuferinnen werden«, sagte er und schaute mich an. »Vor allem bei *dir* kann ich mir das vorstellen.«

Es war schon das zweite Mal, dass er das sagte. Sein Vertrauen in meine Fähigkeiten war beunruhigend. Aber sowohl Didi als auch ich wussten, dass dieser Moment entscheidend war. Ich konnte es ihr ansehen. Jetzt ging es um alles. Jetzt konnten wir wirklich am Ziel ankommen. Chucks Gesicht war ernst.

»Was ihr gleich seht, dürft ihr *niemals* jemandem erzählen. Falls ihr erwischt werdet, habt ihr die DVDs einem Typen abgekauft, der zufällig vorbeigekommen ist. Ihr könnt euch nicht daran erinnern, wie er aussah, er hat mit Akzent gesprochen. Mittelgroß. Strickmütze, die die Haare verdeckte. Gewöhnliche Turnschuhe. Und die Adresse, die ihr in Kürze erfahrt, gibt es nicht. Kapiert? Es gibt sie nicht! Solltet ihr euch je verplappern, seid ihr tot. Beide. Ihr seid füreinander verantwortlich. Ich kenne ein paar Jungs, die solche wie euch für sehr wenig Geld erledigen. Habt ihr mich verstanden? Zu hundert Prozent?«

Wir nickten, aber ich war total überrumpelt davon, so bedroht zu werden, nur weil ich einen Job annehmen wollte. Bestimmt lag es daran, dass hier wirklich was zu holen war. Eine geheime Goldmine. Unser Nicken war ihm nicht genug, er wollte das Wort »Ja« hören, deutlich ausgesprochen von jeder von uns. Das konnte er haben.

»In dem Moment, in dem ihr mir über den Bürgersteig folgt, seid ihr Verkäuferinnen. Dann habt ihr den Job angenommen. Für mindestens ein Jahr. Dann seid *ihr* sicher. Und *wir* auch … Es kostet tausend Dollar, wenn jemand die Absprache bricht.

Ihr. Oder wir. Wir können es uns nicht leisten, dauernd neue Leute einzuarbeiten. Das Risiko, dass sich einer verplappert, wächst mit jedem Mal … Das bedeutet auch, dass ihr nicht länger in der Wohnung wohnt, in der ihr bis jetzt wart.«

»Wo denn dann?«, fragte Didi.

»In der anderen. Da wohnen nicht so viele. Die Miete ist ein bisschen höher, aber ich denke nicht, dass euch das stören wird …«

Er gab Lucky ein Zeichen, dass er den Motor abstellen sollte. Dann stieg er aus. Ich spürte den Ernst der Situation. Ich sah Charlie vor mir. Und meinen Vater. Dann zog ich die Schiebetür auf und stieg aus. Didi folgte mir. Sie legte eine Hand auf meine Schulter. Nur kurz. Ich drehte mich um. Sah ihr in die Augen. Wir folgten Chuck durch ein Labyrinth aus kleinen Straßen, über Höfe, an einem Supermarkt vorbei, in den Keller eines vierstöckigen Gebäudes.

Hier unten hing ein Moped an Ketten unter der Decke. Es roch nach Benzin und Öl. Aber wir gingen weiter, durch einen Vorhang, der den Raum hinter dem Moped teilte. Dahinter gab es zwar keine Fenster, aber an allen drei Wänden Regale, die vom Boden bis zur Decke reichten.

Ein paar Typen, einer von ihnen hatte einen kleinen Oberlippenbart, saßen auf einem alten Sofa und begrüßten Chuck mit einer trägen Handbewegung.

»Neue Verkäuferinnen?«

»Frisch reingekommen …«

»Gib ihnen lieber nicht zu viel mit raus.«

»Ihr könnt euch auf uns verlassen …«, hob Didi an.

»Du hältst jetzt erst mal den Mund«, sagte Chuck. »Hört zu.«

Man musste die DVDs im Voraus bezahlen, vier Dollar das Stück. Und dann für acht weiterverkaufen. Nicht für mehr und nicht für weniger.

»Die Scheiben gehören uns, bis ihr sie verkauft habt. Und wir bestimmen die Preise.«

Wir sollten extrem freundlich zu den Kunden sein und wir sollten uns wirklich vor der Polizei hüten. Wir mussten unsere Papiere dabeihaben, ganz egal, ob sie nun echt oder gefälscht waren.

»Wenn du ohne Papiere unterwegs bist und sie dich erwischen, wanderst du auf direktem Weg in die Festung«, sagte der Typ mit Bart. »Lasst euch nicht schnappen. Lasst nie …«

Wir bekamen ein paar Tricks erklärt. Woran man Zivilbeamte erkennen konnte. Einmal am Tag, nicht mehr und nicht weniger, wie zufällig Informationen mit den anderen Verkäuferinnen austauschen. Davon abgesehen nicht miteinander reden. Nicht zu dicht beieinanderstehen. Niemals Nein zu einem Kunden sagen, sondern seinen Wunsch aufschreiben und das dann bis zum nächsten Tag beschaffen. Niemals auf dem Markt klauen.

»Wenn die Marktleute was gegen euch haben, habt ihr keine Chance. Und ich sage es noch mal: Solltet ihr jemals gegenüber irgendeiner Menschenseele erwähnen, wo dieses Lager ist, stellt sich nur noch eine Frage: Wollt ihr hier beerdigt werden oder zu Hause in eurer kleinen Heimatstadt …?«

Mitten in der Angst, wohin das hier führen würde, kam mir der Gedanke, dass dieses Lager offenbar ihr wunder Punkt war. Dass sie selbst die Hosen nicht weniger voll hatten. Didi und ich bezahlten jeweils zehn DVDs. Dann gingen wir zurück zum Auto und verabredeten auf der Fahrt, an welchem Ende des Markplatzes wir uns jeweils aufstellen wollten. Lucky gab uns kleine gezeichnete Lagepläne, auf denen eingetragen war, wo sich das Lager befand. Wir stiegen mit unseren Taschen aus.

»Ich glaube, du wirst auf eine ganz neue Art glücklich sein, wenn wir uns wiedersehen«, sagte er zu mir und sah stolz aus.

Offenbar hatte er Chuck dazu überredet, uns diese Chance zu geben. Ich küsste ihn kurz auf den Mund, dann verschwanden wir mit unseren großen Schultertaschen in der Menge, während sich hinter uns die Schiebetür des Minibusses schloss.

Wir hielten einen deutlichen Abstand zueinander und verständigten uns wortlos darüber, welche Ecke Didi und welche Ecke ich nehmen würde. Jetzt hieß es nur noch, Filme verkaufen. Auf Luckys Rat hin hatte ich einen Liebesfilm, einen Thriller und einen Kriegsfilm in jeder Hand. Hielt sie wie einen Fächer und bewegte sie, sodass das Plastik über den ausgedruckten Covern die Sonne reflektierte. In der Tasche hatte ich außerdem noch ein paar Pornofilme, mit denen ich auf gar keinen Fall wedeln durfte. Klar.

Die erste halbe Stunde fühlte ich mich frei. Ich entschied selbst, wohin ich meine Füße setzte und in welche Richtung ich ging. Noch dazu tat ich etwas, das mir schon bald Geld für meinen Vater und Charlie einbringen würde. Und mit der Zeit auch mir selbst. Ich hatte mir die englischen Texte auf einigen Covern durchgelesen, sodass ich wusste, wer mitspielte und worum es in den Filmen ging. Ich schwamm in der Menschenmenge, mit meinem Fächer aus Filmen, und war glücklich. Die Kunden konnten kommen.

Es kamen auch welche und fragten, was so ein Film kostete. Aber sie gingen wieder. Und ich wollte und durfte den Preis nicht senken. Wenn rauskam, dass man über die Preise miteinander konkurrierte, war man den Job auf der Stelle los. Ein kleiner dürrer Mann mit Jeansjacke interessierte sich sehr für einen der Kriegsfilme und die acht Dollar schienen ihn auch nicht im Geringsten abzuschrecken. Stattdessen machte er sich Sorgen um die Qualität.

»Woher weiß ich, dass die DVD einwandfrei läuft?«

Auf diese Frage war ich nicht vorbereitet. Ich antwortete nur: »Die sind alle okay. Ich habe den Film vorgestern selbst gesehen.«

Er hatte eine Sonnenbrille auf, die er sich jetzt in die Stirn schob. Er nahm den Film, drehte und wendete ihn. Erst betrachtete er das Cover, dann nahm er die DVD raus und hielt sie hoch, sodass das Sonnenlicht darin blitzte.

»Können wir sie nicht testen?«

»Ich denke nicht. Wo …?«

»Eben, das meine ich …«

In diesem Moment wuchs mein Misstrauen. Er war Zivilpolizist, das war offensichtlich. Ich tat so, als hätte ich im Gewühl jemanden entdeckt.

»Entschuldigung«, sagte ich, nahm ihm die DVD aus der Hand und rannte los, direkt in die Menge. »Entschuldigung, Entschuldigung«, rief ich ununterbrochen, während die Leute fluchten, weil ich sie angerempelt hatte. Schnell hatte ich den Markt hinter mir gelassen und lief eine Seitenstraße herunter, bog in eine Seitenstraße der Seitenstraße. Schließlich setzte ich mich auf einen hohen Poller, der als Parkplatzmarkierung diente. Langsam bekam ich wieder Luft und sah mich um. Niemand war mir gefolgt.

Was sollte das mit der Qualität?

Als ich aufstand, wurde mir bewusst, dass mir doch jemand

gefolgt war. Zwei Jungen, vielleicht dreizehn, vierzehn Jahre alt. Sie kamen auf mich zu und grinsten irgendwie unangenehm. Ich stand auf, ging langsam zurück in Richtung Markplatz und wedelte dabei mit meinen DVDs. Sie schlossen neben mir auf. Der eine, er war ungefähr so groß wie ich, formte einen Ring aus Daumen und Zeigefinger. Stieß den anderen Zeigefinger immer wieder in das Loch.

»Porno?«, fragte er, und die beiden platzten fast vor Lachen.

Kunden, dachte ich und winkte sie in eine geschützte Ecke zwischen zwei Häusern. Ich holte die drei Pornofilme raus und sagte:

»Acht Dollar pro Stück.«

Sie zogen ein paar zerknüllte, feuchte Geldscheine aus ihren Taschen.

»Zwei«, sagte der Große, ich kassierte sechzehn Dollar und gab ihnen die Filme.

»Bitte sehr.«

»Sau«, sagte der andere, und dann rannten sie weg.

Als ich wieder auf dem Markt stand, tauchte der nächste Mann auf, der nicht kaufen wollte, weil ich keine Garantie für die Qualität geben konnte. Ein Tourist versuchte kurz, mit mir zu verhandeln, und kaufte schließlich einen Thriller, während er sich die ganze Zeit nervös umdrehte.

Ich stellte mich neben einen Marktstand mit Schmuck. Aber kaum dass ich dort stand, machte der Verkäufer eine diskrete, aber aggressive Geste mit der Hand. Als würde er eine Fliege verscheuchen.

Wollte er mir etwa vorschreiben, wann ich zu verschwinden hatte?

Er zeigte auf eine Nummer mit Strichcode, die an seinem Wagen klebte. Eine Genehmigung, für die er bezahlt hatte. Da hatte ich nicht hier herumzustehen, um seinen Kunden das Geld aus der Tasche zu ziehen. Ich zog weiter. Irgendwann sah ich Didi, die mit einem Mann redete. Sie sah mich auch. Aber wie vereinbart winkte ich nicht.

Eine Stunde vor Sonnenuntergang packten die Händler ihre Waren ein und ich machte mich auf den Weg zum Keller.

Vierundzwanzig Dollar und ich hatte ihnen zwölf dafür gegeben.

In der kleinen Wohnung waren wir nur zu acht und es gab keine Madame. Man konnte mit etwas Glück volle zehn Minuten im Bad bleiben, ohne dass jemand rumbrüllte. Abgesehen von Didi und mir waren die anderen Bewohner sehr ruhig. Es waren Männer, die an die Kartenspieler aus der großen Wohnung erinnerten. Schweigsam, rauchend. Es kam uns vor, als würden sie niemals schlafen.

Hatten wir in der großen Wohnung immer wieder Witze über Salatköpfe gerissen, wurde hier nicht viel über die Arbeit gesprochen. Das taten nur Lucky, Didi und ich, und auch nur, wenn wir in unserem Schlafzimmer waren, denn niemand durfte etwas von den DVDs erfahren.

Ich hatte keine Ahnung, was die fünf Männer machten, aber das lag auch daran, dass manche von ihnen eine Sprache sprachen, von der ich kein Wort verstand. Wenn wir miteinander redeten, dann übers Essen. Auf Englisch. *Boil. Cook. Fry. Pan. Fish. Soup.* Wir kochten abwechselnd, es gab Nudeln oder Dosenfisch. Oder wir schütteten Suppenpulver in kochendes Wasser.

Lucky fuhr uns morgens zum Marktplatz oder begleitete uns zu Fuß – es war ja nicht weit. Danach verschwand er, und er erzählte nicht viel darüber, was er tat, während wir Filme verkauften. Er deutete nur an, dass er und Chuck dabei waren, die Reise für eine neue Gruppe Brenner aus Sugartown und Umgebung vorzubereiten. Ich brachte es nicht über mich, ihn zu fragen, welche Summe er an uns verdient hatte. Wenn es zu viel war, wäre ich sauer geworden, und hätte er zu wenig verdient, hätte er mir vielleicht noch leidgetan. Und ich wollte nicht, dass Lucky mir leidtat. Mit Patrick hatte ich irgendwann Mitleid gehabt. Lucky sollte einfach nur stark und *tough* sein.

Nachts lagen wir zusammen, Didi, Lucky und ich. Didi und ich waren in aller Regel so müde, dass wir wie tot umfielen, sobald unsere Körper das Bett berührten. Aber ab und zu, wenn ich wach war und wir davon ausgingen, dass Didi schlief, kuschelten Lucky und ich ein bisschen. Er war lieb zu mir. Wirklich. Ich mochte es, wie er meinen Nacken festhielt. Für ihn spielte sich nicht alles nur unter der Gürtellinie ab. Aber auch da. Ich tat ihm einen Gefallen, leise, ganz leise, damit Didi nicht aufwachte. Und er streichelte meine Wange und meine Stirn, sodass ich spürte, dass ich ihm etwas bedeutete; eine arme, aber fröhliche Straßenverkäuferin in City.

Eines Tages auf dem Weg im Minibus sagte er, dass er bald nach Sugartown musste, um eine neue Gruppe zu holen. Ob er etwas für mich mit nach Hause nehmen sollte.

»Was sollte das sein?«

»Geld. Du sparst die Gebühr.«

Das würde mehr Dollars für meinen Vater und Charlie bedeuten. Aber ich zögerte.

»Was ist, wenn ihr erwischt werdet ...«

»Werden wir nicht.«

»Das ist total nett von dir. Aber ich glaube, ich mache es lieber so wie immer.«

Er fuhr weiter, aber er bremste so hart ab, dass der Minibus ruckte, und machte ein paar gewagte Spurwechsel. Hätte er das Geld einfach eingesackt? Sicher nicht. Aber was hätte er von einem Besuch bei meinem Vater gehabt?

»Ich wollte nur helfen«, sagte er und parkte mit den Reifen auf dem Bürgersteig in der Nähe des Markts.

Ich gab ihm einen Kuss auf die Wange.

16

Der Marktplatz, das Menschenmeer, der kleine Fächer aus DVDs in meiner Hand. Gesichter, die vorübergingen. Die vielen Sprachen und Tauben. Das Kopfweh, das ich eigentlich spätestens gegen Mittag vom vielen Herumgehen und Lächeln bekam. Die Leute kauften ihren Piratenfilm lieber bei jemandem, der lächelte; das hatte ich schnell herausgefunden. Trotzdem kam ich selten mit mehr als dreißig, vierzig Dollar nach Hause. Eigentlich nur an dem Tag, an dem eine Busladung junger Sportler, die an einem Wettkampf in City teilnahmen, auf dem Markt auftauchte, um Filme zu kaufen. Ich hatte in Windeseile alles verkauft und musste schnell zum Lager, nachdem ich den Jungs versichert hatte, dass es höchstens eine Viertelstunde dauern würde, bis es neue Filme gab. Ich kaufte fünfzig Filme für das Geld, das ich schon eingenommen hatte, und rannte zurück. Sie waren noch da und rissen mir die DVDs förmlich aus der Hand. Die Pornofilme waren zuerst ausverkauft, aber Thriller und Kriegsfilme liefen auch gut. 128 Dollar an einem Tag. Das beruhigte und gab Selbstvertrauen. Und Mut, sich nicht auf Erklärungen über die Qualität der Filme einzulassen, nach denen einige Männer jedes Mal fragten.

»Beste Qualität«, sagte ich dann und wollte nicht mehr darüber reden.

Wenn sie nicht aufhörten, lächelte ich und ging. Bestimmt kam bald ein anderer Bus mit Sportlern.

Aber es kam keiner.

Nach ein paar Tagen kam Didi mit einem ordentlichen Batzen Geld und einem seltsamen Ausdruck im Gesicht nach Hause. Sie roch nach Alkohol, ohne betrunken zu wirken. Ihr Blick war abwesend.

»Was hast du gemacht?«

»Du hast schließlich Lucky«, sagte sie.

»Was …?«

»Ich gehe mich ein bisschen ausruhen.«

Ich ging in die Küche und machte eine Fischkonserve auf, die ich mit einer Plastikgabel aß. Am Tisch saßen zwei Männer. Beißender Zigarettenrauch würzte den Fischgeschmack. Ich ging ins Zimmer zu Didi.

»Warst du in einer Bar, mitten am Tag?«

Sie streckte sich und lächelte.

»Du musst nur Ja sagen, wenn sie die Qualität kontrollieren wollen. Sie wollen Qualität. Es ist gar nicht so schwer …«

Sie grinste albern. Konnte es nicht geradeheraus sagen. Aber natürlich hatte ich kapiert, worum es hier ging.

»Didi, verdammt …«

»Natürlich sollen sie Qualität bekommen … Ha, ha. Ich bin hundemüde.«

»Wie viel?«

»Zweihundert. Ein Kunde. Weißt du, wie lange mein Vater Taxi fahren muss, um so viel nach Hause zu bringen? Ich werde jetzt gut schlafen.«

Als Lucky nach Hause kam, sagte ich: »Didi hat heute gut verdient.«

Er wusste sofort Bescheid. Lächelte. Als wäre genau das passiert, worauf er die ganze Zeit gewartet hatte.

»Das könntest du auch«, sagte er. »Ich glaube sogar, du könntest mehr verdienen als sie. Und es gibt eine Menge Dinge, die in City *so* viel einfacher sind, wenn man Geld hat. Die ganze Geschichte mit deinem kleinen Bruder … Du brauchst mehr Kohle, oder etwa nicht? Für mich wäre das okay.«

Er zog mich an sich und wollte plötzlich knutschen. Ich speiste ihn mit einem schnellen Kuss auf die Wange ab.

Zweihundert Dollar an einem Tag. Und ich könnte noch mehr verdienen? Weil ich vielleicht hübscher aussah als Didi, die ein bisschen dick war? Das waren über tausend in der Woche. Mein Herz klopfte und hämmerte. Ich fühlte mich so nah am Ziel und zugleich so nah am Abgrund.

Als ich am nächsten Tag ein paar Stunden herumgelaufen war und nicht mehr als einen Film verkauft hatte, grub ich tief in der Tasche, fand einen der Pornos und steckte ihn ganz hinten in den kleinen Fächer, den ich in der Hand hielt. Man konnte das Cover nicht sehen, nur die lila Farbe ahnen. Es dauerte nicht lange, da stand schon ein Mann vor mir. Nicht besonders alt, vielleicht vierzig. Fast kahl. Sportlich.

»Darf ich mal sehen, was du da hast?«

Ich senkte den Fächer und ließ die Filme schnell von Hand zu Hand wandern. Das lila Cover zuletzt.

»Wie viel?«, fragte er.

Ich lächelte.

»Acht.«

»Für alle fünf?«

Ich lächelte erneut. »Pro Stück.«

Er lächelte auch. Humor ist die beste Verbindung zwischen Händler und Käufer. Ich glaube, es war Chuck, der das irgendwann mal gesagt hatte.

»Hast du noch mehr davon?«

Meine Hand angelte blitzschnell einen lilafarbenen Stapel mit sieben DVDs aus der Tasche.

»Ich möchte gerne … fünf davon kaufen. Kannst du mir nicht sagen, welche am besten sind?«

»Geschmackssache … Aber die sind alle richtig gut.«

Er winkte mich mit, wir gingen ein Stück, und die Geräusche der Buden waren nur noch leise zu hören, als wir uns vom Markt entfernt hatten.

»Hör mal«, sagte er, »ich habe schon mal solche Filme für meinen Bruder gekauft. Aber da war die Qualität so schlecht. Die Filme haben … immer wieder gestockt. Und der Ton war verzerrt und ist immer wieder ausgefallen. Sehr störend. Ich kenne jemanden hier in der Nähe, der hat einen DVD-Player. Könnten wir nicht hingehen und in die Filme reinschauen, damit ich sicher sein kann, dass er ein paar ordentliche DVDs bekommt? Mein Bruder ist alleine, du weißt schon …«

Er zeigte in eine der Seitenstraßen.

»Ich kann mir die Filme nicht mit dir ansehen«, sagte ich. »Aber du … darfst sie mit reinnehmen, einen nach dem anderen; dann kannst du sie ja prüfen.«

Er nickte und wir überquerten eine befahrene Straße. Er war viel dreister als ich und marschierte einfach vor ein Auto, aber es hielt an und wir kamen rüber. Wenn er alle fünf kaufte, wären das vierzig Dollar. Das wäre okay für einen halben Tag.

Wir kamen in eine Straße, in der eine Menge Autos parkten.

Viele junge Mütter mit Kinderwagen und ältere Hausfrauen mit Plastiktüten waren unterwegs. Handwerker machten Pause und tranken Limo. Der Mann beschleunigte seinen Schritt und bog durch das Tor eines großen Hauses. Ging zum Türöffner und tippte einen Code ein.

»Komm.«

»Ich warte hier. Nimm ein paar DVDs mit rein, wie gesagt …«

»Jetzt komm schon, die Wohnung ist im siebten Stock, da kann ich nicht die ganze Zeit rauf- und runterrennen. Ich gebe dir eine Cola aus, solange du wartest. Von der Küche aus hat man einen super Blick auf die Stadt.«

Mein inneres Business-Girl übernahm. Ich musste heute einfach Geld mit nach Hause bringen. Deshalb war ich schließlich hier, oder nicht?

»DVDs mit Qualitätskontrolle – macht den doppelten Preis.«

Er entspannte sich und sah zufrieden aus.

»Total okay. Dagegen ist nichts einzuwenden.«

Wir gingen rein. Frisch geputzte Treppe, saubere Fenster. Im Fahrstuhl roch es nach Putzmittel. Schon waren wir oben. Ich konnte nicht lesen, was auf dem Namensschild stand. Aber die Wohnung gehörte ja auch nur einem Bekannten.

Wir kamen in eine saubere, aber unaufgeräumte Küche. Abgespülte Teller stapelten sich neben der Spüle. Auch der Boden war sauber und es roch nach Curry. Ich mochte Curry. Er machte den Kühlschrank auf, nahm eine Dose Cola raus und stellte sie mir hin. Und ein Glas. Nobel, nobel. Ich setzte mich an einen kleinen Tisch und er verschwand ins Wohnzimmer. Kurz darauf drangen eindeutige Geräusche in die Küche. Stöhnen, gemischt mit Hardrock. Widerlich. Nach fünf Minuten kam er mit den zwei DVDs zurück, die ich ihm gegeben hatte.

»Die ist in Ordnung, aber die hier … Komm mal mit rüber und schau es dir an.«

Na klar, wenn er was zu meckern hatte, musste ich sehen, worum es ging. Er schob den Film in den Player und ich musste sofort wegschauen. Die Ohren konnte ich leider nicht verschließen.

»Ist die nicht in Ordnung?«, fragte ich.

»Nein, schau hin. Da …«

Er zog mich am Arm, als würde ich den Fehler besser sehen können, wenn ich seinen Fernseher aus einem etwas anderen Winkel betrachtete. Raus und rein. Fleisch und Haut, ekelhafte Flüssigkeiten. Ich versuchte, den Anblick an meinem Hirn vorbeizuschleusen, und wollte gerade sagen, dass ich es jetzt auch gemerkt hatte, dass das Bild ein bisschen unscharf und die Tonspur nicht synchron war, und er den Film für zwei Dollar bekommen könnte, als er sagte: »Du bist so schön. Was hältst du von zweihundert?«

Das, was ich mit Tony gemacht hatte, konnte ich doch auch mit ihm machen, ohne gleich davon zu sterben. Und wenn Didi …

»Dreihundert«, sagte ich.

Ein Lächeln breitete sich auf seinem sonnengebräunten Gesicht aus.

»Ich habe auch Gummis.«

Ich sah ihn plötzlich nackt vor mir, obwohl er noch komplett bekleidet war. Wozu hatte ich da gerade Ja gesagt? Hatte ich überhaupt Ja gesagt? Jetzt musste ich hart sein: »Nein, nein. Nein, *das* mache ich nicht. Du rührst mich nicht an. Aber ich … gebe dir Qualität … das kann ich gut, das hatte ich gemeint.«

»Dann bekommst du aber auf keinen Fall mehr als 250.«

Wir gingen ins Schlafzimmer. Ordentlich gemachtes Bett. Blumen auf der Fensterbank. Er ließ die Jalousie runter, zog sich aus und legte sich hin. Ich gab ihm Qualität, bekam meine 250 und hastete raus in den Fahrstuhl, wo ich mich übergab, noch bevor ich unten angekommen war.

Eine ältere Frau kam rein, als ich rausging.

»Schweinerei«, sagte sie. »Was habt ihr hier überhaupt zu suchen?«

»Tut mir leid«, murmelte ich und rannte nach draußen, atmete tief die frische Luft ein.

Einatmen, ausatmen. Rennen, schwitzen. Hand abreiben, die Hand, bis aufs Blut, an einer niedrigen Mauer neben dem Bürgersteig. Weiter, eine Treppe rauf, um über die Ringstraße zu kommen. Fast hätte ich die 250 von der Fußgängerbrücke geworfen, aber ich kam zur Besinnung und ging in einen Kiosk, der WorldPay anbot, und schickte zweihundert zu meinem Vater nach Hause. Es gab ein kleines Kästchen *Mitteilung an den Empfänger.* Ich schrieb: *Liebe Grüße, Dawn. PS: Bitte kauf dir ein Telefon, dann wird alles ein bisschen leichter.*

Ging in ein Café, brauchte eine Toilette. Bestellte eine Cola. Mir wurde wieder schlecht. Bestellte ein Bier. Trank zwei Schluck und ging auf die Toilette. Kam raus, einigermaßen gewaschen. Vollkommen leer.

»Ich seh's dir an«, sagte Didi zu Hause in der Wohnung.

»Was siehst du mir an?«

Ich wusste genau, was sie dachte, aber ich wollte es nicht aussprechen.

»Es ist so offensichtlich«, sagte Didi. »Ich kenne eine Frau, die sagt, dass man es immer sieht, wenn sich jemand zusammengerissen und den ersten Kunden angenommen hat. Jetzt verstehe ich das … Wie viel hast du bekommen?«

»Du bist ein kluges Mädchen, Dawn«, sagte Lucky. »Jetzt weißt du ja – es ist gar nicht so schwer. Du bist so schön und die Qualität ist top. Und der Preis … Sweet Dawn …«

Er zog mich vorsichtig an sich, während Didis Blick auf den Boden wanderte. Die ersten Zentimeter ließ ich ihn gewähren, dann versteinerte ich.

»Du willst das einfach so zulassen?«, fragte ich. »Obwohl du sagst, dass du … mich gernhast?«

»Du bist so schön«, sagte er.

Didi zückte ihr eigenes Geld und sah mich lächelnd an. »Jetzt läuft es, Dawn, was? Deshalb sind wir doch gekommen, oder nicht?«

Ihre grinsenden Gesichter waren das Schlimmste. Ihr Lächeln war es, das mir in den letzten Wochen das bisschen Wärme gegeben hatte, nach dem ich mich so gesehnt hatte. Jetzt gefror ich zur Eisprinzessin. Blutleer. Ohne Liebe. Ich ging auf die Toilette und blieb dort so lange sitzen, bis Didi anklopfte und fragte, ob ich krank wäre.

»Nein, mir geht's prima.«

Ich stand auf. Wusch mir lange die Hände. Dann ging ich ins Schlafzimmer und suchte meine Sachen zusammen. Stopfte sie in die Tempo-Tüte. Es dauerte nur ein paar Sekunden.

Ich verabschiedete mich nicht, ich warf nicht mal mehr einen Blick in die Küche, als ich die Wohnung verließ. Ich rannte die Treppe runter, voller Angst, Lucky könnte auf die Idee kommen, den Strom abzuschalten, um den Fahrstuhl zu stoppen. Es gefiel ihnen schließlich gar nicht, wenn ihre DVD-Verkäuferinnen den Job hinwarfen und einfach wegliefen. Aber ein Jahr auf diese Weise? Niemals. Wie sollte ich mich selbst ertragen, nachdem ich diesen Mann so berührt hatte, wie ich es getan hatte?

Als ich auf der Straße stand, drehte ich mich um und blickte hoch zum Küchenfenster. Ich hoffte, dass niemand dort stand, aber Didi war da. Sie winkte wild mit den Armen und sah aus, als würde sie mir etwas zurufen. Aber kein Laut drang durch die Scheibe. Ich ahnte nur verzerrte Mundbewegungen.

Dann lief ich los, erwischte einen Bus, bezahlte und ließ mich auf einen Sitz fallen, die Tüte fest umklammert. Die Haltestellen wurden von einer Automatenstimme durchgesagt, während die Alltäglichkeit der Motorengeräusche und das Pfeifen der Druckluft meine schlimmste Angst milderten.

Am liebsten wäre ich bis zur Endstation sitzen geblieben, aber nach sechs Haltestellen stieg ich in der Innenstadt aus. In einem Supermarkt ging ich auf die Kundentoilette, setzte mich und konnte langsam Körper und Gedanken zur Ruhe kommen lassen.

Mein Handy vibrierte, es war Didi. Ich ging nicht ran.

Es vibrierte wieder. Nachricht von einer unbekannten Nummer:

Dein Vater hat jetzt Tlf.

Ich war erleichtert. Sofort speicherte ich seine Nummer, schrieb zurück und versuchte, ihm zu erklären, wie man Smileys machte. Beendete die Nachricht mit:

Charlie o.k.?

Er lernte offenbar schnell. Schickte einen Smiley zurück und schrieb:

Liebe Dawn. Mit den 200 sind wir aus dem
Schlimmsten raus. Charlie hilft mir mit dem Telefon.
Liebe Grüße dein Vater.

Die langen Einleitungen und Verabschiedungen abzukürzen, würde er auch noch lernen, dachte ich und fühlte eine warme Welle im Inneren. Mein Vater konnte einen Smiley schreiben!

Und was jetzt? Die Gedanken sortieren, den Puls runterbekommen. Was wollte ich, was konnte ich? Nie wieder DVDs verkaufen … aber wie sollte ich an Geld kommen?

Zum Salat und in die Wohnung in Haus Nr. 32 konnte ich nicht zurück. Chuck hatte ja gesagt, dass niemand aus dem Verkäufer-Job aussteigen durfte. Und ich war gegangen, obwohl ich wusste, wo sein riesengroßes Lager war. In seinen Augen schuldete ich ihm und seinen Leuten jetzt tausend Dollar. Aber auf die konnten sie lange warten.

Ich wusste nicht, wen oder wie viele Chuck losschicken konnte, um mich aufzustöbern und das Geld einzufordern. Die Gedanken brannten und brummten in mir. Eine schreckliche Vorstellung brachte gleich die nächste mit sich. Es war ihnen ja völlig egal, ob es mich gab oder nicht. Sie interessierten sich nur für das Risiko, dass ich jemandem von dem Lager erzählen könnte. Niemand würde mich als vermisst melden. Vielleicht würde man die Leiche eines jungen Mädchens ohne Identität finden, aber wieso sollte man dann ausgerechnet der Polizei in Sugartown Bescheid geben und Fotos von mir dorthin schicken? Sollte ich mir die Telefonnummer meines Vaters auf den Körper tätowieren lassen? Oder würden er und Charlie schon von selbst merken, dass ich weg war, wenn kein Geld mehr kam? Vielleicht würden Chucks Verbindungsleute noch jahrelang Geld von ihnen erpressen.

Sie durften mich ganz einfach nicht finden. Vermutlich wäre es also besonders dumm, zu versuchen, aus der Stadt herauszukommen. Bestimmt lauerten sie an Bahnhöfen, Busterminals und den Ausfallstraßen. Wenn da ein großes Mädchen stand und den Daumen in die Luft hielt … Eine Putzfrau schob ihren Reinigungswagen zu den Waschbecken. Waren Chucks Mädchen schon unterwegs, um Toiletten nach mir abzusuchen?

Langsam fing ich an, wieder logisch zu denken. Ich musste ein vernünftiges Versteck finden und gleichzeitig Geld verdienen. Während mich ein lausiger Job am Leben erhielt, konnte ich nach etwas Besserem Ausschau halten, nach einer Arbeit, die wirklich etwas einbrachte. Das musste es doch geben.

Das Telefon. Nachricht von Didi: Lucky versprach, dass mir nichts passieren würde, wenn ich sofort zurückkam. Meine Strafe würde auf hundert runtergesetzt, wenn ich sofort wieder loslegte.

Aber Lucky vertrauen? Ihm, der bereit war, mich an Citys geile Hurenböcke zu verkaufen? Ich schrieb ihr:

Fuck Lucky.

Und meinte damit beides.

17

Der Rest der Aufnahme ist leiser. Ihre Stimme wirkt gedämpft. Vielleicht versteckt sie den Recorder und sich unter einer der wattierten Decken, die sie dort haben. Und vielleicht hätte sie auch noch leiser reden sollen, auch wenn es dann schwer geworden wäre, alles zu verstehen.

Die ersten fünf Nächte verbrachte ich in einer Obdachlosenunterkunft. Ich musste meinen Ausweis vorzeigen, aber sie beachteten ihn kaum. Es stank nach Schnaps und Blähungen. Die Säufer prügelten sich. Die Junkies krepierten. Der Rest beklaute sich gegenseitig. Ein paar hockten in einer Ecke und erzählten sich, wo es angeblich Arbeit gab. Das war der beste Ort hier.

Morgens um acht wurde man rausgeschmissen. Durfte erst abends um acht zurückkommen. Aber was brauchte ich schon den Tag über? Nur meine Tüte und meine Beine. Ich fand ein Mädchen, das mir die Haare raspelkurz schnitt. Meine Mähne wäre zu leicht zu erkennen gewesen. Jetzt war nur noch mein kleiner Kopf übrig. Ich fragte das Mädchen auch, ob sie die Klamotten mit mir tauschen würde, aber das wollte sie nicht. Am nächsten Tag klaute ich ein geblümtes Kleid bei einer großen Bekleidungskette. Sonst trug ich eigentlich nur Jeans. Chucks

Bluthunde würden mich aus der Ferne so jedenfalls nicht erkennen.

Ich wanderte von einem Arbeitsplatz zum nächsten und erkundigte mich. Ich wollte auf keinen Fall irgendwo arbeiten, wo man mich von der Straße aus sehen konnte. Und ich suchte nur in den Gegenden, die so weit wie möglich von dem Hochhausviertel entfernt waren, in dem wir gewohnt hatten, und ebenso weit vom Marktplatz und vom Hafen.

Ich fragte in Schönheitssalons, die sich als Massageklinik entpuppten, bei Firmen, die Putzkolonnen vermittelten, in einem Kindergarten, einem Betrieb, der Busse und Züge reinigte, und in einer Reihe Restaurants und Cafés.

»Ständig kreuzt ihr hier auf …«

»Wer hat dich gebeten, hier aufzutauchen und uns die Zeit zu stehlen …?«

»Wir haben schon zehn auf der Warteliste …«

»Wenn du es dir hinten mit den Kunden gemütlich machen möchtest … Sonst haben wir kein Interesse.«

Aber es gab doch einen Ort. Ich hatte gewusst, dass er kommen würde. Ein Fischrestaurant, *Seezunge.*

Als ich nach einem Job fragte, brüllte ein junges Mädchen nach unten in den Keller: »Schickt mir mal Soup rauf!«

Gemeint war der Koch. Hinter seinem Rücken nannten ihn alle so, aber niemand durfte ihn so ansprechen, erklärte das Mädchen; tat man das, war es aus. Ein kleiner, dürrer Mann mit lockigen Haaren tauchte auf der Treppe auf.

»Was soll das Geschrei?«

»Kannst du sie gebrauchen?«, fragte das Mädchen und zeigte auf mich.

»Kannst du sofort anfangen?«, fragte Soup, ich sagte Ja und

begleitete ihn in den Keller. »Du musst die Teller hertragen, die Reste abwischen, sie in die Spülmaschine stellen, wieder rausholen, sie kontrollieren, in den kleinen Aufzug da stellen, und wenn es keinen Abwasch gibt, schnibbelst du Zwiebeln, Karotten und Kartoffeln, schälst Melonen und Orangen, und wenn du damit fertig bist, machst du alles wieder so sauber, dass niemand erraten würde, dass wir hier Fisch braten. Schaffst du das alles an einem Nachmittag und Abend? Und damit meine ich: in einem Zug?«

»Ich habe schon oft in der Küche gearbeitet.«

»Du bist gut erzogen, wie ich höre. Sprichst nicht über Geld … Du bekommst vierzig Dollar für zehn Stunden. Und ich will kein Gejammer hören, falls es mal zwölf Stunden werden. Im Gegenzug gehst du nach acht Stunden mit dem vollen Lohn hier raus, falls es an einem Tag mal leer ist. Ist das klar? Bist du einverstanden?«

»Und wenn es die ersten Wochen gut läuft …?«, setzte ich an.

»Hier kommt das Pulver rein. Die Teller sollen so dicht wie möglich stehen, die Maschine wird so schnell wie möglich beladen. Und genauso schnell geleert. Lieber einen Teller zerschlagen, als dass die Maschine wartet. Ist das klar?«

»Ja, ja.«

Er nahm einen Teller und warf ihn an die Wand, um mir zu zeigen, was er meinte.

»Billiger Schrott! Sei so gut und kehr zusammen, sobald die Maschine läuft.« Er zeigte zur Spülmaschine.

Das Klirren des zerschlagenen Tellers versetzte mir einen kurzen Schock, aber mir war bewusst, dass es jetzt darauf ankam, sofort loszulegen. Ich rollte die Tempo-Tüte mit meinen Sachen straff zusammen und stopfte sie ganz oben in einen Schrank mit

Putzmitteln. Dann wanderte der Tellerstapel Stück für Stück in die Maschine. Soup kam nach zwei Minuten zurück. Die Maschine war noch nicht ganz voll und er nahm noch einen Teller und schleuderte ihn gegen die Fliesen.

»Habe ich nicht gesagt, dass sie nicht länger als absolut notwendig stillstehen darf? Du bist zu langsam.«

Aber er feuerte mich nicht. Ich hatte einen Job.

Es waren nie weniger als elf Stunden. Ich klammerte mich an die schmutzigen Teller, an kiloweise Zwiebeln, ja sogar an meinen Rücken, der die letzten Stunden, bevor ich Feierabend hatte, nur noch schmerzte. Ich klammerte mich an die Hoffnung, dass mich das Geld, das ich hier trotz allem verdiente, so lange über Wasser halten würde, bis ich einen besseren Job gefunden hatte. Ich wurde stärker und bemerkte, dass es, ja, besser wurde, auch wenn mich die Berge von Kartoffelschalen und das scharfe Klirren der Teller manchmal vor Hoffnungslosigkeit und Einsamkeit zum Heulen brachten. Ich hielt bis tief in die Nacht durch. Bis Soup kam und »Verschwinde!« sagte.

Das erste Mal, als er das zu mir sagte, dachte ich, er hätte mich gefeuert, aber es bedeutete nur, dass ich freihatte. »Verschwinde« hieß in Wahrheit »Danke für einen ordentlichen Batzen Arbeit«. Es war seine Art, das Schuften seiner Angestellten zu würdigen. Ich glaube, er schätzte meine Arbeit wirklich, denn nach drei Tagen bot er mir einen Platz in einer Wohnung in der Nähe des Lokals an. Er war dahintergekommen, dass ich eine Stunde von der Obdachlosenunterkunft bis zur Arbeit brauchte, und behauptete, dass er mir das ansehen konnte.

»Sieh zu, dass du genug Schlaf bekommst, und häng nicht mit diesem Abschaum rum …«

Nicht nur seine Worte waren grob. Wir waren zwei, drei Mädchen im Keller, die den Abwasch machten und Essen vorbereiteten, und er fasste uns *allen* an den Hintern, mehr oder weniger jedes Mal, wenn er an uns vorbeiging. Beim ersten Mal hätte ich fast losgeschrien und ihn angespuckt, aber ich hielt mich zurück, weil ich diesen Job unbedingt behalten wollte. Irgendwann stellte ich fest, dass es Teil seines normalen Bewegungsablaufs war. So, wie andere die Hand auf die Tischkante legen, wenn sie durchs Zimmer gehen, so landete seine kleine fettige Kochhand vorübergehend auf unseren Hintern. Die Männer berührte er an der Schulter. Alle schienen sich einfach daran gewöhnt zu haben, dass diese Hand ein Teil der Anstellung bei Soup war.

Nur wenn er sie liegen ließ, wurde es gefährlich. Ein Mal versuchte er es auch bei mir. Grapschte mir wirklich kräftig an den Po. Und nahm die Hand nicht wieder weg. In der ersten Sekunde machte ich nichts, aber dann drehte ich mich abrupt um. Den Schrei hielt ich zurück, aber ich wagte es, ihm in die Augen zu schauen. Ich konnte meine Tränen nicht zurückhalten. Die Bilder aus der Wohnung des DVD-Käufers schossen mir durch den Kopf. *Nie wieder!*

»Würdest du das bitte lassen«, presste ich heraus.

Ich versuchte, höflich zu klingen, aber wahrscheinlich klang ich einfach verzweifelt.

Er sah mich an. Und Soup war kein dummer Mann. Ich glaube, er konnte meinen Blick deuten. »Beeil dich ein bisschen mit den Zwiebeln«, sagte er und nahm seine Hand weg.

Es war noch ein anderes Mädchen da, Charlott, bei der er die Hand auch liegen ließ. Ich habe es ein paarmal beobachtet. Sie lächelte ihn an, wenn er das tat. Eine Viertelstunde später waren dann beide verschwunden. Sie hatte oft neue Schuhe, wenn wir an unseren wenigen freien Tagen durch die Geschäfte bummelten.

Es gab noch einen zweiten Koch in der *Seezunge*: Jack. Er fasste uns auch an, aber mehr so, als wären wir ein Selbstbedienungsbuffet. Eiskalte Augen. Ich knallte ihm eine. Charlott sagte, dass es ihr ein Rätsel war, wie ich mich das trauen konnte, obwohl ich so jung war.

In der neuen Wohnung waren wir nur Mädchen. Das war schön, auch wenn ein paar von ihnen davon lebten, mit Männern mitzugehen. Aber es kamen keine Kunden in die Wohnung. Das wollte Soup nicht. Die Miete war nicht so hoch, aber dafür musste man einen Monat im Voraus bezahlen.

Die Mädchen sagten, die Vorausbezahlung würde dafür sorgen, dass man in der ersten Zeit garantiert keine Lust verspürte, den Job zu kündigen. Ein paar von ihnen kellnerten bei Soup. Andere standen hinter der Bar oder putzten. Es war wirklich eine nette Gruppe. Auch die Huren, obwohl sie manchmal ein bisschen eingebildet waren, weil sie so viel verdienten. Mir wurde nur immer ein bisschen komisch, wenn sie mit ihren Überredungsversuchen kamen: »Du solltest es probieren. Das bringt zehnmal mehr als Gurken schneiden.«

»Ich bleibe trotzdem lieber bei den Gurken …«, sagte ich.

Sie grinsten, und eine von ihnen sagte: »Ernsthaft … das erste Mal bist du nervös, aber da gewöhnst du dich dran. Und wenn du da bist, wo man aufeinander aufpasst …«

Eine von ihnen hatte einen Bluterguss am Wangenknochen. Sie nickte stumm.

Eines Tages, als ich hochgeschickt worden war, um die Klos zu putzen, bevor das Restaurant öffnete, fiel mir der Barkeeper auf. Er kam mir bekannt vor, aber er stand mit dem Rücken zu mir, während er Gläser abtrocknete und ein paar Flaschen sortierte. Er war unglaublich gut angezogen, mit schwarzer Weste und strahlend weißem Hemd. Bügelfalten in der Hose. Frisch geschnittene Haare, fast so kurz wie meine.

Als ich mit dem Wassereimer zurückkam, stand er am Tresen und schaute ins Lokal. Es war John vom Laster – der Typ, der in dem Lager mit den Zelten Chuck widersprochen, der Typ, der sein Geld zurückbekommen und sich dann davongemacht hatte.

»Du bist trotzdem hergekommen?«, fragte ich vorsichtig.

Da erkannte er mich.

»Ach, bist du nicht die, die mit mir umkehren wollte …«

»Ich habe mich nicht getraut …«

»Was ist mit deiner Freundin?«

Ich ging zur Bar. In einer Viertelstunde öffnete das Restaurant. Ich legte meinen Putzfrauenarm auf seinen Tresen. Er schob ihn diskret, aber sanft wieder runter, nahm einen Lappen und trocknete das Holz ab. »Hör zu«, sagte ich leise und erzählte ihm, wie meine Situation war.

Chuck war auf jeden Fall ein gemeinsamer Feind, und es ist immer gut, so jemanden an seiner Seite zu haben.

»Würdest du dich denn jetzt trauen mitzugehen?«, fragte er.

Ich verstand nicht, was er meinte. Runzelte die Stirn. Er wollte wohl auch nur ein junges Mädchen haben. Ich schüttelte den Kopf.

»Ich weiß, was du denkst. Aber so einer bin ich nicht …«

Ich musste lachen. »Wo legt Soup bei dir seine Hand ab?«, fragte ich.

John zeigte auf seine Schulter.

»Seine Angestellten sind sein Halt. So ist es hier. Wir sind sein Halt. Kommst du nicht aus Sugartown? Was denkst du, warum die meisten dort so arm sind? Ich verrate es dir: weil die Leute sich seit Jahrhunderten unsere Schätze holen! Wem gehört Tempo? Wem gehören die Minen? Die großen Ziegelwerke? Die Textilfabriken? Ich kenne sie. Ich sehe sie hier. Sie kommen jeden Abend und fressen sich fett. Einer der Großen bei Tempo – weißt du, was er regelmäßig macht? Er bestellt zwei Flaschen Champagner. Die eine lässt er an seine Gäste verteilen und mit der zweiten muss ich die Zimmerpalme dahinten gießen …«

Er schüttelte den Kopf. Ich lächelte. Das gefiel ihm bestimmt. John war ein starker Mann und er verstand etwas von der Welt.

»Was meinst du damit, dass ich mitgehen soll?«

Aus dem vorderen Restaurantraum kamen Schritte. Soups kleine, schnelle Schritte. Kochmütze auf den Locken, Aktentasche unterm Arm.

»Was sehe ich denn da, die Tellerwäscherin an der Bar … Sieh zu, dass du runterkommst. Hier stinkt es schon nach billigem Deo und Mädchenschweiß. Runter ins Loch!«

John zwinkerte mir zu und zeigte auf seine Uhr. Vielleicht ein Zeichen, dass wir uns treffen sollten, wenn wir nach Mitternacht freihatten. Ich hob den Daumen, dann verschwand ich eilig nach unten, ins Loch. Das Wasser im Eimer schwappte über, und ich musste mit einem Putzlappen zurück und aufwischen, aber das war mir egal. Meine Einsamkeit war wie weggeblasen.

Auf der Personaltoilette holte ich mein Handy raus. Während ich arbeitete, musste es auf lautlos stehen. Hier drinnen konnte ich nachschauen, ob jemand angerufen oder geschrieben hatte.

Nachricht von Didi:

Schreib, wenn du noch lebst. Dumm abzuhauen. Ich glaube, sie suchen dich. Ich verkaufe DVDs :-) Viele. Fuck :-) Das ist gut. Vermisse dich, du Verrückte.

Viele. Fuck. War das wirklich Didis Weg zum Glück? Trotzdem fehlte sie mir. Ihre Spinnereien, ihre Art, sogar dann, wenn sie es mal wieder übertrieb.

Ich schrieb:

Lebe. Arbeite. Erinnerst du dich an John? Mache was mit ihm. Sonst nur Schweine. Pass auf dich auf. Wer am Sonntag mit dir schläft, bringt dich am Montag um. Eines Tages sehen wir uns.

Zurück zu Champignons und Fenchel. Säckeweise.

»Feine Scheiben, habe ich gesagt! Dünn, millimeterdünn, dünn wie ein Spinnenbein, kapierst du eigentlich gar nichts? So. Und gib Gas.«

Riesige Schüsseln. Spülwasser aus der Maschine, das Schuhe und Strümpfe durchweichte; fettiges Wasser, das die Haut zwischen den Zehen schrumpeln ließ. Muskelschmerzen, die sich anfühlten, als würde mir jemand ein Messer in den Rücken rammen und umdrehen. Brennende Schultern.

Gegen Mitternacht endlich: »Verschwinde.«

Am liebsten wäre ich direkt zwei Häuserblöcke weiter nach Hause gegangen, hoch in die Wohnung und hätte mich auf mein Bett fallen lassen. Aber John wartete ein paar Meter die Straße hinunter.

»Willst du es hören?«

Was er zu sagen hatte, ließ mich eine Stunde später verwirrt auf die Matratze sinken. Dabei hatte ich eigentlich nur zu einer Spritztour Ja gesagt.

Am nächsten Tag traf ich mich vor der Haustür mit John. Wir mussten erst um dreizehn Uhr in der *Seezunge* auftauchen. Mit schnellen Schritten eilte er vor mir durch das Viertel. Am Ende einer Seitenstraße stand ein etwas schäbiges, rostiges Auto.

»Deins?«

Er hatte es billig gekauft, und als er merkte, dass ich wissen wollte, wie er an das Geld gekommen war, sagte er, dass er vormittags Geschäfte machte.

»Ich bin nicht so der Langschläfer-Typ …«

Wir verließen die Stadtviertel mit ihren Wäldern aus Hochhäusern und fuhren raus in die Vorstadt.

»Hier sollen wir arbeiten?«

»Gut geraten.«

Er fuhr in immer kleinere Straßen und hielt schließlich an einer schmalen Allee mit den herrlichsten Bäumen rechts und links. Hinter den Hecken standen große weiße Villen, wie ich sie bislang nur von Bildern kannte.

»Ist das ein Putzjob?«

Er grinste: »Es ist ein bisschen wie Staub saugen.«

Und dann kam es: Viele der Leute, die hier wohnten, hatten ihr Geld von den großen Firmen mit Büros auf der anderen Seite des Meers. Auch aus Sugartown.

»Jetzt holen wir uns etwas von dem Geld zurück.«

Mein Herz macht einen Satz: »Willst du, dass ich einbreche? Das kann ich nicht.«

»Nein, du würdest direkt ihre Alarmanlagen auslösen oder in

ihren Stacheldraht stolpern … Kann ich mich darauf verlassen, dass du dichthältst? Auch wenn du nicht mitmachst?«

Ich nickte. »Ja, natürlich.«

»Deine Aufgabe wäre es, auf einem schönen, neuen Fahrrad zu fahren, das wir dir besorgen. Du kannst doch Fahrrad fahren, oder? Und gerne in dem Kleid, das du da anhast. Am besten ziehst du noch eine Kapuzenjacke drüber. Kurz vor dem Haus, in dem wir arbeiten wollen, hältst du an, lässt die Luft aus dem Hinterrad, schiebst das Rad zum Eingang der Villa und gehst zur Haustür. Dann klingelst du, lächelst, zeigst auf den Reifen und fragst, ob du dir vielleicht eine Fahrradpumpe ausleihen kannst. Während ihr redet, kommen wir …«

»Und was macht ihr?«

»Wir halten die Reichen ein bisschen fest, nur ein paar Minuten. Auf diese Weise kommen wir problemlos rein und holen, was da ist. Unser Wagen wartet in der Nähe, wir schmeißen das Rad und die Sachen in den Kofferraum und fahren in einem Höllentempo davon.«

»Hast du auf diesem Wege auch das Geld für die Schüssel hier beschafft?«

»Willst du etwa meinen Cruiser beleidigen?«

Er lächelte mich an.

»Wird dabei jemand verletzt?«, fragte ich dann.

»Natürlich nicht. Maximal ein paar blaue Flecken oder rote Striemen, wenn wir gezwungen sind, sie zu fesseln. Das ist so gut wie nichts. Und selbst wenn wir erwischt werden … dafür gibt es keine lange Strafe. Es ist total ungefährlich. Und so gesehen ja auch nur gerecht. Findest du nicht?«

Ich sah mich um. Ältere Leute schlenderten durch ihre Gärten. Eine Dame führte ihren Hund Gassi. Ein paar junge Mädchen wie ich brachten den Müll raus oder klopften Teppiche. Eine Rassekatze balancierte über einen Gartenzaun. Das war nicht die Art, Geld zu verdienen, die meine Mutter mir beigebracht hatte. Aber die Leute hier hatten natürlich viele Jahre fett gelebt, auf unsere Kosten. Ihretwegen waren Kinder wie Charlie gezwungen, schmutzige und gefährliche Arbeiten zu machen. Da war es wohl okay, sich ein bisschen was zurückzuholen.

»Wie teilen wir?«

»Erst teilen wir das Bargeld, dann schreiben wir auf, was wir an Elektronik und Schmuck haben. Oder was wir eben so finden. Wir treffen uns eine oder zwei Wochen später und teilen, was beim Verkauf rausgesprungen ist. Ich bekomme eine kleine Gebühr fürs Auto, und vielleicht wirst du selbst etwas für das Fahrrad bezahlen müssen, sobald das erste Geld fließt. Wenn es so weit ist, wird das nur Kleingeld für dich sein.«

Hübsches Mädchen auf neuem Fahrrad, das sich ein bisschen was zurückholte. Damit ihr Bruder zu Hause wohnen und die Schule besuchen konnte. Damit ihr Vater Geld für Fleisch hatte. Damit sie selbst an die Uni gehen oder wenigstens einen Reiseführerkurs machen konnte.

»Ich bin dabei.«

»Aber du musst wissen, dass du die Gruppe nicht mehr verlassen kannst, wenn wir unseren ersten Job zusammen gemacht haben. Ich kann nicht ständig neue Leute einweihen. Und ich kann niemanden gebrauchen, der in der Gegend rumrennt und Geschichten erzählt. Bist du immer noch dabei?«

Dieses Geschäftsmodell kannte ich ja nur zu gut von Chuck. Trotzdem sagte ich: »Ich bin dabei.«

18

John besorgte das Fahrrad. Schloss es mit Kette und Vorhängeschloss in derselben Nebenstraße an einen Laternenpfahl an, in der auch das Auto stand. Ich fragte, ob ich eine Probefahrt machen könnte, aber dazu gab es keinen Grund. Ich sollte es jetzt doch nur ein paar Meter über den Bürgersteig schieben. Vielleicht war es auch besser so. Ich hatte in Sugartown nur ein paarmal versucht, Fahrrad zu fahren.

Ich fragte mehrmals nach, wann wir den Job machen würden. Jedes Mal antwortete er, dass sie noch Erkundigungen einziehen mussten. Wir mussten schließlich ganz genau wissen, wer da wohnte und ob an dem Tag, an dem es passieren sollte, jemand zu Hause war.

»Sonst kann uns ja keiner reinlassen …«

Seitdem wachte ich morgens viel früher als sonst auf. Normalerweise schlief ich bis elf Uhr vormittags, es sei denn, ich musste früher zur Arbeit, um die Klos zu putzen. Jetzt saß ich morgens am Küchentisch. Stellte mir vor, wie es sein würde, das Fahrrad durchs Villenviertel zu schieben, kurz bevor es so weit war. Wie würde es hinterher sein? Im Keller der *Seezunge* zu stehen und die Spülmaschine auszuräumen, als wäre nichts gewesen? Zwiebeln zu schälen? Soups Halt zu sein?

Spuren zu verwischen?

Wenn man mit dem Rücken zur Treppe steht und Salat schneidet, dann lernt man, Schritte zu unterscheiden. Auch wenn sie kein Wort sagten, wusste man immer genau, ob es Soup oder Jack war, der die Treppe runterkam. Eines Abends kamen Schritte, die ich nicht kannte. John. Er tat so, als wollte er ein Messer holen, aber als er hinter mir vorbeiging, sagte er leise:

»Vielleicht morgen. Ich gebe dir Bescheid, bevor wir nach Hause gehen.«

Ich nickte. Und wartete den ganzen Abend auf seine Schritte.

Aber es kam nur Charlott. Dann Jack. Und als meine Schultern vor Schmerz brannten und meine Füße sich schon in dem dreckigen Spülwasser aufzulösen drohten, das fünf Zentimeter hoch auf dem Küchenboden stand, kam Soup mit seinem »Verschwinde nach Hause«.

Als ich an der Bar vorbeiging, schaute ich zu John. Er ließ sich kaum etwas anmerken. Schüttelte nur äußerst diskret den Kopf.

Obwohl mir alles wehtat, als ich auf der Straße stand, ging ich nicht nach Hause. Konnte mich nicht einfach hinlegen und mir über das, was wir vorhatten, den Kopf zerbrechen. Stattdessen ließ ich mich durch die Straßen treiben. Der Weg führte mich zu einem kleinen Park am Fluss. Er war nach dreiundzwanzig Uhr geschlossen, aber eine Menge Menschen waren über den Zaun geklettert und hatten sich dort versammelt. Schon von Weitem konnte man hören, was sie angelockt hatte. Seine hohe Stimme war unverkennbar.

Nelson saß an einen großen Baum gelehnt, er sang und spielte. Und er hatte neues Equipment: einen großen Ghettoblaster, der Bass und Trommeln übernahm.

Seine besondere, lustige, aber auch ein bisschen volkstümliche, altmodische Musik hatte sich zu einer Art neuer Tanzmusik gemausert. Jemand hatte ein kleines Lagerfeuer angezündet. Schatten tanzten auf seinem Gesicht. Die, die sich hier versammelt hatten, waren fast alle solche wie ich. Okay, da waren auch drei Jungs aus City. Ihre helle Haut und wilden Frisuren stachen heraus. Einer von ihnen hatte noch kürzere Haare als ich, ein anderer war langhaarig wie ein Mädchen.

Meine Müdigkeit löste sich in Luft auf, ich genoss es, frei zu sein, genoss die Nacht und die Musik. Ich hatte ein Leben, wie ein paar Salatpflücker es ausgedrückt hatten. Auch wenn jederzeit die Ausländerpolizei auftauchen und die Nacht kompliziert machen konnte. Sie hätten jedenfalls einen guten Fang hier im Park gemacht, wenn sie sich die Ausweise der Leute ein bisschen genauer angesehen hätten.

Plötzlich war John hinter mir, wir unterhielten uns kurz, und ich fragte ihn, ob es riskant war, sich hier aufzuhalten. Er lachte und sagte, dass die Polizei wohl zu der Einsicht gekommen war, dass es besser war, uns ab und zu feiern zu lassen. Damit wir nicht so viel Ärger machten.

»Aber du solltest trotzdem nicht alleine hierherkommen«, sagte er.

»Ich kenne den Musiker. Du nicht?«

Wir drängelten uns näher, bis wir Nelsons Gesicht sehen konnten.

»Ach, er«, sagte John.

Ja, er. Nelsons Lieder lösten etwas in mir. Hier in der Dunkelheit fing ich an, mich zu bewegen, meinen Körper hin und her zu schwingen, den Kopf kreisen zu lassen und meine Hüften zu wiegen. Sie machten mir Mut, denen auf die vorwitzigen Finger zu hauen, die in der Enge herumgrapschten. Ein fester Klaps, mehr war nicht nötig. Zu Hause in Sugartown hatte ich meine große, muskulöse Erscheinung gehasst. In dieser Nacht in City war ich für meine vielen Zentimeter dankbar.

In der Pause unterhielten wir uns mit Nelson. Er hatte eine befristete Aufenthaltsgenehmigung bekommen, aber er wohnte nach wie vor im Containerpark, wo er sich ein bisschen um die elternlosen Kinder kümmerte. Er verdiente genug, um Essen zu kaufen und einmal pro Woche per WorldPay Geld nach Hause zu schicken.

»Wir sind jetzt zu zweit«, sagte er lachend und tätschelte seinen Ghettoblaster. »Ein guter Begleiter. Die Jungen mögen ihn …«

Er erzählte von den Plätzen, an denen er öfter stand. Gut zu wissen, wo er zu finden war. Dann ließ er eine Wodkaflasche rumgehen. Ich nahm einen ordentlichen Schluck. So ordentlich, dass John lachte.

»Hallo, hallo …«

»Ich bin ein großes Mädchen.«

Später spielte Nelson noch rhythmischer. Und härter. Immer mehr standen auf, um zu tanzen, immer mehr tanzten wild und verrückt. Zufällig tanzte ich genau vor dem Kurzhaarigen der drei City-Jungs. Zufällig, ha, ha … Obwohl er einen halben Kopf kleiner war als ich, grinste er mich an. Er schien ziemlich süß zu sein. Er tanzte vor mir und hinter mir, wir streiften uns, berührten uns beiläufig, und mir gefielen seine Stimme, seine Augen, seine Haare, obwohl ich die kaum sehen konnte.

»Der Typ ist crazy«, sagte er über Nelson.

Und er meinte crazy auf die gute Weise.

»Yes! Wohnst du hier in City?«, fragte ich begabt.

»Hab 'ne Wahnsinnswohnung bei meinem Onkel. Hey, du bist so gut zu verstehen …«

Das ließ mich natürlich nicht kalt, weil ich doch so gerne alle möglichen Sprachen beherrschen wollte. Wir konnten uns in seiner Sprache unterhalten und auch ein bisschen auf Englisch. Ich sagte ihm, er würde super Englisch sprechen, obwohl er es gar nicht besonders gut konnte. Er fragte mich, woher ich kam, und es genügte, dass ich in Richtung Meer zeigte. Mehr musste er nicht wissen.

»Angst vor der Polizei?«, fragte er.

Ich nickte. Er sagte, die hätte er auch, und ich fragte nicht, warum, und später lagen wir hinter ein paar Büschen am anderen Ende des Parks und küssten uns, bis ich zu nervös wurde, weil ich nicht wusste, in welche Richtung sich das entwickeln würde.

»Gute Nacht«, sagte ich deutlich – in seiner Sprache –, küsste ihn noch einmal und strich mit der Hand über seine Igelfrisur, wie er es nannte. Er versuchte, mich festzuhalten, aber nur, bis er spürte, dass ich wegwollte. Dann war ich auf den Füßen und in der Dunkelheit verschwunden.

Zwei Tage später kam die Nachricht: Am nächsten Morgen sollte ich um halb neun an der Straßenecke vor der Wohnung stehen.

»Und üb schon mal ›Fahrradpumpe‹ zu sagen, damit sie dich verstehen …«

John teilte es mir an einem Vormittag mit, als ich oben im Restaurant die Klos putzte.

»Bist du sicher, dass wir hinterher rechtzeitig zur Arbeit kommen?«

Er nickte. »Das Ganze darf nicht länger als eine halbe Stunde dauern.«

Dann war er schon wieder hinter seiner Bar verschwunden, wo er Gläser polierte und die Flaschen mit den Etiketten zum

Tresen hin ausrichtete. Auf dem Weg in den Keller sah ich, wie er seine Krawatte richtete und sein Jackett nach unten zog. Man könnte meinen, dass es einem Mann genügen sollte, dort hinter der Bar zu stehen, gut angezogen, Drinks zu mixen und freundlich zu sein. Aber so einer war John nicht.

»Fahrradpumpe, Fahrradpumpe«, sagte ich den Rest des Tages vor mich hin.

Meistens nur stumm in meinem Kopf, aber wenn niemand in der Nähe war, sagte ich es auch laut. Und genauso vorsichtig: »Entschuldigung, ich habe einen Platten, könnten Sie mir nicht vielleicht Ihre Fahrradpumpe leihen …?«

Wie höflich ich doch klang.

Ich ging sofort ins Bett, als wir gegen Mitternacht Feierabend hatten, aber natürlich konnte ich nicht schlafen.

Mit müdem Kopf, wahnsinnig aufgeregt und vollgepumpt mit Adrenalin saß ich auf dem Rücksitz und fragte John, der hinter dem Steuer saß, zu wem wir überhaupt fahren würden.

»Du willst es ganz genau wissen? Wir nennen ihn den *Vogelmann.* Wenn wir da sind, siehst du, warum. Es ist die Nummer 27. Er hat Millionen mit Frachtschiffen gemacht. Waren aus Sugartown und *God knows where*, von denen er jahrzehntelang seine Prozente abgezweigt hat. Hat deine Mutter nicht Jacken genäht?«

Ich nickte schweigend. Neben mir saß ein breitschultriger Typ und neben John ein anderer, den ich auch noch nie gesehen hatte. Wir begrüßten uns.

»Keine Namen«, sagte John. »Kein Grund, mehr zu wissen als absolut notwendig, falls …«

»Sie macht sich doch hoffentlich nicht in die Hose?«, fragte der Kerl neben mir.

Ich überlegte kurz, ob ich wohl eine Vorgängerin hatte, der das passiert war.

»Sie hat schon das eine oder andere ausprobiert«, sagte John. Ich hätte ihm nichts erzählen sollen.

Dann war ich da, mit meinem Fahrrad. Das geblümte Kleid flatterte mir um die Beine. Ich stand an einem Straßenschild und sah aus, als würde ich auf jemanden warten. Hielt mein Handy in der Hand. John würde schreiben, sobald ich mich in Bewegung setzen sollte. Die Männer schlichen unterdessen hinter den Villen vorbei, auf einem Pfad durch ein kleines zugewachsenes Areal, dann durch den Garten, um das Haus herum und standen bereit, als die Haustür aufging.

Eine alte Dame mit Hund kam vorbei. Mir war flau. Ich drehte mich weg, damit sie mein Gesicht nicht zu lange sehen konnte. Am Ende der Straße fuhr ein Briefträger auf seinem Moped entlang. Weg von der Nr. 27. Das hatten sie bestimmt gecheckt. Ein kleiner Vogel mit blauem Bauch landete direkt vor mir und pickte mit dem Schnabel zwischen den Bodenplatten. Irgendwas fand er. Dann drehte er den Kopf und musterte mich mit einem Auge. Im selben Moment brummte mein Handy.

John schrieb: Los.

Meine schwitzigen Finger schlossen sich um den Lenker. Das Ventil war gelöst, der Hinterreifen platt. Rasch ging ich den Bürgersteig entlang. Ein Mann kam mir entgegen. Hoffentlich spricht er mich nicht an, dachte ich. Das tat er nicht, aber er glotzte. Obwohl ich meine Kapuze tief ins Gesicht gezogen hatte, kam es mir vor, als würde er mein Gesicht Stück für Stück mustern. Ich schaute stur geradeaus. Jetzt war er an mir vorbei. Ohne etwas zu sagen. Ohne stehen zu bleiben. Ich holte tief Luft und bemerkte, dass ich schon bei der Nr. 29 war, weil ich mich so sehr auf den Mann konzentriert hatte. Ich stoppte, wendete das Fahrrad und ging zurück zur Nr. 27. Ich stellte das Rad direkt vor dem Gartentor ab, sodass man es von der Eingangstür aus gut sehen konnte. Dann zog ich meine Fahrradhandschuhe an, drückte die Klinke des Tors herunter und schob es auf. John hatte recht. Es war nicht verschlossen. Ein Auto fuhr hinter mir vorbei, aber ich drehte mich nicht um, ging einfach nur mit entschlossenen Schritten den gepflasterten Weg zur Haustür hoch. In den Bäumen im Garten hingen Vogelhäuschen und überall waren Futterbretter befestigt, ja, sogar eine majestätische Eule, in Stein gemeißelt, stand auf der Wiese und sah klug aus.

Ich stieg die vier Treppenstufen hoch und drückte auf die Klingel. Die hatten sie wohl nicht getestet. Sie schien nicht zu funktionieren. Ich drückte noch mal, drückte meinen Finger durch, presste den Klingelknopf ganz nach unten, aber kein Laut drang nach draußen. Rufen konnte ich ja schlecht. Aber vielleicht gegen die kleine Scheibe klopfen? Mit den Handschuhen würde ich keine Spuren hinterlassen. Ich klopfte fünf Mal energisch an. Endlich hörte ich Schritte.

Die Klinke ging runter, aber die Tür war abgeschlossen, was der im Haus wohl vergessen hatte. Klinke wieder rauf. Das Geräusch eines Schlosses, das zurückgezogen wurde. Wieder die Klinke und die Tür ging auf. Eine ältere Dame sah mich an. Ihre Augen waren blau, sie wirkte sympathisch, zuvorkommend. Ein Duft von Kaffee und geröstetem Brot strömte mir entgegen.

»Ja?«

»Fahrradpumpe. Nein, also. Mein Fahrrad ist platt, könnte ich mir vielleicht eine Fahrradpumpe borgen?«

»Einen Moment«, sagte sie und rief etwas ins Haus.

Das war der Augenblick, den John und der Breitschultrige brauchten. Sie hatten hinter der Hausecke, an der Kellertreppe, bereitgestanden, und jetzt stürmten sie die Treppe hoch, rein ins Haus, Sturmhauben über den Gesichtern. Die alte Dame war noch nicht weit gekommen, als John sie von hinten packte, ihr die Hand über den Mund legte und ihr ein Knie in den Rücken stieß, sodass ihre Beine nachgaben und sie fiel.

»Du sagst keinen Ton«, sagte er und hatte schon ein paar Handschellen griffbereit.

Er machte das garantiert nicht zum ersten Mal. Alles ging blitzschnell, er zog eine Rolle Gaffa-Tape aus der Tasche und wollte ihr gerade den Mund zukleben, als ihm etwas einfiel: »Bargeld? Sag mir, wo das Bargeld ist, oder wir bringen ihn um!«

Tränen standen ihr in den Augen, vor Angst und vor Schmerz. Sie konnte kaum sprechen, aber sie stammelte: »Wohnzimmer. Kommode. Ihr dürft ihn nicht schlagen, ihr dürft …«

Da machte es *Ratsch* und schon klebten zwei Streifen Gaffa-Tape straff über ihrem Mund.

»Hast du ihn?«, rief John ins Wohnzimmer, wo ich den anderen mit einem Mann reden hörte.

»Du sorgst dafür, dass sie nicht aufsteht«, sagte John zu mir. »Und mach die Tür zu.«

Ich zog meine Kapuze so tief ins Gesicht, wie es nur ging, schloss den Kragen ums Kinn und band ihn zu. Ich ertrug es nicht, ihr in die Augen zu sehen, also starrte ich an die Wand, auf ein Bild, das über der Stelle hing, wo sie lag.

»Keine Bewegung«, presste ich heraus.

Sie schüttelte schwach den Kopf.

»Und die Augen zu«, sagte ich. »Mach sie zu, sonst ...«

Sie kniff die Augen zusammen und ich stand auf und schloss die Haustür. Vor dem Gartentor sah ich unseren dritten Mann mit dem Auto. Er hatte mein Fahrrad schon in den Laderaum geworfen und saß mit Sonnenbrille hinter dem Lenkrad. Auf dem Kopf hatte er einen kleinen, coolen Hut, dessen Schatten tief bis über die Augen fiel.

Ich ging zurück zu der Frau und hörte, wie John hektisch und laut den Mann anblaffte: »Handys? Telefone? Komm schon. Noch eins, los! Das ist nicht das einzige. Und da muss noch mehr Bargeld sein. Wo? Unter der Matratze? Sag schon. Kreditkarten. Schreib die PIN-Nummern auf. Wenn du lügst, ist deine Frau in zwei Minuten nur noch ein Fleck an der Wand. Telefone? Bargeld? Schmuck? Los jetzt, verdammt!«

Der Mann fing an zu reden, ich konnte nicht hören, was er sagte, hörte nur die tiefe Angst in seiner Stimme. John überließ ihn und das Wohnzimmer dem Breitschultrigen, während er selbst in den oberen Stock stürmte und dort alles durchwühlte. Schränke und Schubladen wurden aufgerissen, Möbel verrückt, es wurde nach unten gebrüllt, und endlich kam er mit einer großen Einkaufstasche zurück, was darin war, konnte ich nicht erkennen.

»Die Bänder der Überwachungskamera?«, schrie er sie an, erst den Mann, dann die Frau.

»Die funktioniert nicht.« Der Mann weinte fast.

Ich hatte gar keine Überwachungskamera bemerkt, aber vielleicht hing draußen unter der Dachrinne eine?

Der Breitschultrige kam in den Flur und zeigte John zwei Handys.

»Bist du sicher, dass da nicht noch mehr sind?«, fragte John.

Der Breitschultrige zuckte mit den Schultern, sie sahen sich an, sahen mich an und die alte Frau; dann ging John zurück ins Wohnzimmer, und ich glaube, er trat den Mann. Ich hörte jedenfalls mehrere dumpfe Laute, dann sagte er: »Ihr haltet eine halbe Stunde still, verstanden? Sonst kommen wir eines Nachts zurück und bringen euch um. Denkst du, wir können uns die Adresse nicht merken? Nummer 27. Hast du das verstanden?«

Ein Murmeln. Dann waren wir fertig: John trug zwei Tüten. Der Breitschultrige hatte ein paar Laptops und der andere Elektronik im Arm, darunter eine teure Kamera.

Ich öffnete die Haustür, und wir rannten die vier Stufen nach unten, hasteten zum Auto, verfrachteten hastig den Großteil auf den Rücksitz und die Laptops in den Laderaum. Die Tür knallte zu.

»Keine wilde Raserei«, sagte John. »Die Nachbarn sollen denken, dass wir den beiden nur einen friedlichen Besuch abgestattet haben.«

»Soll ich zum Abschied hupen?«, fragte der Fahrer feixend, aber John fand es nicht witzig.

»Fahr los. So schnell du ruhig und langsam fahren kannst.«

Wir lachten unangemessen laut. So lustig war es wirklich nicht.

Das Auto glitt auf die Straße, durch das Villenviertel, weiter auf die Ringstraße und die große Einfallstraße im Osten. Erst dort hörten wir ferne Polizeisirenen, und nach einer Viertelstunde parkte der Wagen in der kleinen Straße, wo er normalerweise immer stand.

Wir atmeten ruhiger. Öffneten die Türen. John nahm ein dickes Bündel Geldscheine und fing an zu zählen.

»Idioten«, sagte er. »Wer lässt denn fünftausend Dollar zu

Hause rumliegen ... Für den Anfang tausend für jeden. Ich brauche auch noch was für das Auto, den Rest bekommt ihr, wenn wir die Waren verkauft haben. Okay?«

Sie nickten. Ganz routiniert.

»Und du ...« Er sah mich an. »Das hast du echt perfekt gemacht. Was haltet ihr davon, dass sie für den Anfang 1200 bekommt? Was, Jungs?«

»Klar. Die bringt uns überall rein«, sagte der Breitschultrige. »Lief echt gut, Mann.«

»Danke«, sagte ich. »Wie darf ich dich nennen?«

Er lächelte. »Am liebsten gar nicht, aber wenn es nicht anders geht, dann ... *Fred.*«

Die Sachen wurden in Tüten verpackt, die Handys der Alten wurden ausgeschaltet und in einen Gully geworfen, die teure Kamera steckte John sich unter die Jacke, Autotüren knallten, und er sagte zu mir: »Geh rauf und nimm eine Dusche. Denk dran, dass du eben erst aufgestanden bist. Wir müssen in einer Stunde bei Soup sein!«

Soup, nach all dem? Wie krank, mich hinzustellen und Tomaten zu schneiden, während ich den Blick der alten Dame nicht abschütteln konnte.

Ich beeilte mich. 1200 Dollar für weniger als eine Stunde Arbeit und es wartete noch mehr auf mich. Ich sollte glücklich sein, aber mein Herz raste und wollte einfach nicht aufhören. Etwas pulsierte mit dem Blut durch meinen Körper, etwas, das ich vorher nicht gespürt hatte. Tausend Dollar schickte ich sofort von einem WorldPay aus nach Hause. Schrieb eine SMS an meinen Vater:

Es läuft. Jetzt kommen die Dollars. Gib Charlie einen Kuss.

19

Es hatte geklappt, aber das Ganze schwirrte ununterbrochen in meinem Kopf herum. Die Art, wie John der alten Dame das Gaffa-Tape über den Mund geklebt hatte … Aber den Leuten war ja nichts passiert. Vielleicht verloren sie nicht einmal das Geld. John hatte etwas von einer Versicherung gesagt.

Eine Woche später kam das Geld für ein paar der Sachen, die wir mitgenommen hatten. Die Kamera, Laptops, Schmuck. Ich ging sofort zum WorldPay-Kiosk und schickte so viel wie möglich nach Hause.

Ich fühlte mich, als wäre ich meinem Ziel mit einem Schlag ein großes Stück näher gekommen. Jetzt wollte ich mehr. Ich dachte an die enorme Freiheit, die ich haben würde, sobald die Schulden beglichen waren. Vielleicht würde ich sogar Chucks beschissene Gebühr bezahlen – dafür, dass ich aus der DVD-Sache ausgestiegen war. Dann könnte ich in Ruhe und Frieden einen kleinen Laden eröffnen, bis ich genug verdient hatte, um an die Universität zu gehen. Irgendwas mit Touristen. Billigen Schmuck, T-Shirts mit City-Aufdruck und Logo – so was ließ sich bestimmt gut verkaufen, das lag mir. Ich sah mich schon hinter der Theke.

Ein paar Jobs in den folgenden Wochen liefen so gut wie der erste. Ich hatte offenbar ein Talent, sympathisch auszusehen und glaubwürdig zu wirken, so als bräuchte ich wirklich Hilfe. Die anderen hielten jedes Mal anerkennend die Daumen hoch, wenn wir wieder wegfuhren. Ich lernte, die Gespräche an der Tür in die Länge zu ziehen, damit John und Fred mehr Zeit hatten, aus ihren Verstecken zu kommen.

Eines Tages kam John und sagte: »Nächste Woche wird es richtig groß.«

»Was meinst du mit richtig groß?«

»Ein altes Schwein, das illegal an sein Geld gekommen ist. Wir wissen, dass er wirklich viel zu Hause herumliegen hat. Die Frau hat kein Vertrauen in Banken … Sie haben vor ein paar Wochen ihre Putzfrau gefeuert. Die wusste so einiges, kann ich dir sagen. Gute Dollars. Stapelweise Scheinchen.«

Ich ging in die Stadt und kaufte mir neue Jeans. John wollte nicht, dass ich noch länger in dem Kleid aufkreuzte. Die Polizei hatte vermutlich eine Beschreibung von mir rausgegeben. Aus demselben Grund wurde auch das Fahrrad gegen ein Moped getauscht.

Danach hieß es nur noch warten, bis die Nachricht kam, dass unser Job laufen würde. Die Wartezeit war nervig, aber natürlich war es wichtig, einen vollständigen Überblick über die Gewohnheiten der Familie und die möglichen Verstecke rund ums Haus zu haben.

An einem Vormittag ging ich im Park spazieren und da war Nelson und spielte. Nicht vor einer Horde wilder Partytiere wie letztes Mal, sondern vor Kindern und Erwachsenen aus City, die Spaß daran hatten, dem verrückten Spielmann zuzuschauen.

Zwei Jungs in Charlies Alter rannten um ihn herum, schlugen

Räder, machten Flickflack und andere Kunststücke, während Nelson sang. Hinterher liefen sie mit einem Hut rum und die Leute legten ihnen Geld hinein.

Pause für den Spielmann. Wir setzten uns ein Stück abseits an einen Baum.

»Das sind Danny und Chris«, sagte er. »Sie sind wirklich tüchtig, und ich habe die Erlaubnis bekommen, sie ein paarmal in der Woche mit in die Stadt zu nehmen. Die Jungs drehen ja durch, wenn sie immer nur im Lager festsitzen.«

Als sie angerannt kamen, um Nelson etwas zu fragen, fielen mir ihre Fingernägel auf. Es war nicht zu übersehen, dass hier schon ziemlich lange keine Mutter mehr »Hände zeigen« kommandiert hatte. Aber ihre Gesichter waren einigermaßen sauber.

Nelson hob die Stimme: »Ab mit euch, trainiert euren Flickflack. Vorwärts und rückwärts! Ihr könnt noch viel besser werden!«

Die Jungs verzogen sich auf die Wiese und legten los. Und hatten schon sehr bald Publikum.

»Sie wohnen im Containerpark?«, fragte ich. »Mit ihren Eltern?«

»Nein, keiner von ihnen hat Eltern ... Es sind insgesamt zehn oder zwölf unbegleitete Kinder dort. Sie wissen nicht, wie ihre Eltern heißen oder wo sie wohnen. Sie haben sich auf die Reise gemacht, weil sie einfach nur wegwollten. Das zu sagen, hat man ihnen eingebläut. Ich glaube, das Letzte, was sie verraten würden, sind die Namen ihrer Eltern und Heimatstädte. Und wohin soll man sie dann zurückschicken? Ihre Eltern haben sich von ihnen getrennt, in der Hoffnung, dass ihre Kinder vielleicht eine Chance bekommen. Diese Jungs erwähnen nie ihr Zuhause. Aber nachts, da wachen sie auf und rufen nach ihren Eltern. Weinen. Ab und zu gehe ich in ihren Container und tröste sie. Helfe den Krankenschwestern, die sich um sie kümmern. So was eben …«

»Haben sie denn eine Chance?«

Er zuckte mit den Schultern. »Ich kann ihnen ja weder Englisch noch Chemie beibringen, und sie bekommen keine Erlaubnis, eine Schule zu besuchen. Vielleicht wird der ganze Trupp hier zu Gauklern …«

Er lachte und schlug ein paar Akkorde an.

»Weißt du, wer ihnen die Papiere und das alles beschafft hat?«, fragte ich.

Er sah mich misstrauisch an: »Hm …?«

»Ich habe einen kleinen Bruder …«

»Wie alt?«

»Elf. Sieht aus wie zwölf. Die beiden da sind doch auch nicht älter.«

Ich zeigte auf Danny und Chris.

»Je jünger sie sind, umso schwieriger und teurer wird es«, sagte Nelson mit besorgter Miene.

»Aber ich habe zurzeit einen guten Job. Vielleicht bekomme ich das Geld zusammen.«

»Was machst du denn?«

Ich zögerte und schaute hoch in den Baum, auf dem sich lautstark ein paar Krähen zankten.

»Es ist ein Restaurant.«

Nelson sah aus, als würde er nachdenken. Schaute mich ernst an, legte eine Hand auf meine Schulter:

»Ich bekomme von … diesen Leuten ab und zu Nachrichten, die ich weiterleiten soll. Kommst du nicht aus Sugartown? Da gibt es einen, den nennen sie den *kleinen Rattenfänger.* Ich habe schon ein paarmal gehört, dass er ein guter Mensch sein soll. Aber was weiß man schon? Leute, die so was machen, können manchmal hart wie Stahl sein. Du kennst das bestimmt …«

»Danke.«

Mein Dank war ernst gemeint, und ich gab ihm die Hand, als ich aufstand, um zur Arbeit zu gehen. Auf der Wiese drehten sich Danny und Chris wie Windmühlen.

»Komm uns mal besuchen«, rief Nelson. »Das geht bestimmt!«

Ich winkte.

Vier Tage später rückten wir aus. Das Haus des »Gangsters«, wie John ihn nannte, war in einer ganz anderen Gegend als das des Vogelmanns. Woher John wusste, dass der Gangster unrechtmäßig an sein Geld gekommen war, fragte ich nicht. Das Geld stand mir zu.

Die Häuser hier waren alt, die Gärten grün. Es zwitscherte in Hecken, Bäumen und Büschen. Eine Elster attackierte ein Nest, die Vögel kämpften und schrien. Es war unübersehbar, dass in diesen Mauern Geld steckte. Alles war renoviert, sauber und schön, mit kunstvollen Verschnörkelungen über den Türen. In den Gärten waren Goldfischbecken. Auf vielen Dächern Solarzellen. Hier würde ich auch mal wohnen wollen!

Aber jetzt: Konzentration. John hatte mir erzählt, wie wichtig es war, sich nicht zu sehr zu entspannen, nur weil der Job ein paarmal gut gelaufen war.

Mit dem Moped warten. Dann kam die SMS von John. Jetzt saßen die drei in einem Versteck nah am Haus, in einem Schuppen oder einem Kellerschacht – und würden dort so lange warten, bis ich die Haustür erreicht hätte.

Handschuhe an. Kapuze über die Augen. Halstuch halb übers Kinn. Hatte darüber nachgedacht, den Motor anzulassen, damit es natürlicher wirkte, aber das würde vielleicht nur zur Unzeit neugierige Blicke anziehen.

Nummer 183.

Es war ein Stück zu laufen. Ich ging mit dem Moped los, das einen platten Vorderreifen hatte. Es war mühsam, aber ich durfte mir nicht zu viel Zeit lassen. Mit jeder Sekunde, die verging, wuchs das Risiko, dass die anderen entdeckt wurden. Ich schwitzte. Schob das platte Vorderrad durch einen Hundehaufen. Der Gestank begleitete mich den ganzen Weg bis zur Nummer 183. Ich zog das Moped auf den Ständer, der über den Boden kratzte, weil ich so heftig zerrte. Und dann war auch noch das Tor verschlossen. Für einen Moment geriet ich fast in Panik, aber dann zog ich mich nach oben und schwang die Beine über das Gitter. So schnell wie möglich, aber ohne zu rennen, lief ich die Eingangstreppe hoch. Ich klingelte und eine laute Melodie ertönte hinter der Tür. Eine sehr laute. Waren die Leute da drinnen taub? Ich wischte mir den Schweiß von der Stirn.

Fahrradpumpe. Ruhig. Nicht außer Puste.

Dann ging die Tür auf. Es war ein Mann. Glatze und buschige Augenbrauen. Brille. Verärgerte Stimme.

»Was wollen Sie?«

»Entschuldigung, mein Moped hat einen Platten, wäre es vielleicht möglich, dass …«

»Moment mal …«

Sein Blick musterte mich von oben bis unten.

»Hätten Sie eine Fahrradpumpe?«

»Das sind sie!«

Er schrie es ins Haus. Er musste mich anhand einer Beschreibung aus der Zeitung oder dem Fernsehen erkannt haben. Er versuchte, die Tür zuzuschlagen, aber ich reagierte schnell und schob meinen Fuß zwischen Tür und Rahmen, genau wie John es mir beigebracht hatte.

»Können Sie mir nicht vielleicht mit einer Pumpe aushelfen? Ich komme zu spät zur Arbeit«, sagte ich, um ihn zu verunsichern, aber er ließ sich nicht täuschen. Er wollte mich zurückschubsen, als John und Fred ankamen.

Als der Alte sie sah, schob er eine Hand in die Tasche, und John brüllte: »Runter!«

Ich warf mich über die Türschwelle und hörte einen Schuss.

»Du hast ihn erwischt«, sagte Fred.

Ich setzte mich auf. Der Gangster lag ein paar Schritte weiter in der Diele.

»Rein und Tür zu«, zischte John, und ich schleppte mich ganz ins Haus, während Fred die Tür zuknallte.

»Wenn wir schnell sind, schaffen wir es trotzdem, selbst falls jemand was gehört haben sollte«, sagte John. »Dawn, bleib bei ihm, und schau, ob du was findest, um ihn zu verbinden.«

Ich stand auf, zitterte. Der Gangster lag vor meinen Füßen. Eine Menge Blut breitete sich auf seinem gelben Hemd aus, wanderte über Bauch und Brust. Seine Augen waren geschlossen, ein Arm lag nach hinten geworfen neben seinem Ohr, der andere über dem Bauch.

John und Fred waren schon nach oben gerannt. »Betten durchsuchen«, rief John. »Mach schnell.«

Ich starrte den Gangster an. Ein leichtes Zucken seiner Schultern verriet, dass er lebte. Oder doch nicht? Ich kniete mich neben ihn, starr vor Angst, er könnte zu sich kommen und aufspringen. Aber ich musste es wissen: Lebte er?

Ich legte ein Ohr an seinen Mund. Glaubte, keinen Atem zu spüren. Oder doch? Ein gurgelnder Laut drang aus seinem Hals, und ich schnellte hoch, als hätte ich einen elektrischen Schlag bekommen. Lief weiter ins Haus, entdeckte die Toilette und suchte etwas, um ihn zu verbinden. Ich fand ein paar Handtücher, die ich mit zurücknahm. Eins davon faltete ich zweimal und drückte es auf die Stelle, aus der das Blut sickerte. Meine Hände zitterten. Für einen Moment schloss ich die Augen und holte tief Luft. Konzentration. Ich wollte nicht, dass dem Mann etwas Schlimmes passierte. Aber sein Gesicht wurde mit jeder Sekunde blasser. Oder spielten mir meine Sinne einen Streich? Mein Herz raste. Wir wollten doch nur seine Sachen haben. Nicht sein Leben. Ich versuchte fieberhaft, ihn mit den Handtüchern zu verbinden. Um das gefaltete Handtuch an seinem Körper zu befestigen, musste ich die anderen erst in schmalere Streifen schneiden. Endlich hatte ich es geschafft und konnte sie zusammenknoten. Ich hatte noch nie versucht, eine ernsthafte Blutung zu versorgen, höchstens ein aufgeschlagenes Knie, wenn Charlie mal wieder hingefallen war.

Ich stand auf. Da lag er. Mein Blick fiel auf den Rand eines Smartphones, das er gerade aus der Tasche hatte ziehen wollen. Fast hätte er es geschafft. Aber nur fast. Ein Smartphone … Im selben Moment öffnete er die Augen und starrte mich so direkt und durchdringend an, wie ich es noch nie zuvor erlebt hatte.

»Wozu?«, fragte er, dann lief ein Schauer durch seinen Körper.

Auch wenn seine Augen immer noch offen waren, wusste ich, dass er in diesem Moment starb. Alles in ihm stand jetzt still. Ein alter Mann. Bestimmt Ehemann, Vater und Großvater. Vielleicht ein dummes Schwein. Aber *wozu*? Seine Frage und der

Anblick seiner Augen brannten sich in mir fest. Und sie verschwanden auch nicht, als ich nach oben ging, um nach den anderen zu sehen. Unzählige Dollarscheine lagen über den Boden verstreut. Gebündelt und lose.

»Was machst du hier?«, fragte John. »Habe ich nicht gesagt …?«

»Er ist tot«, sagte ich.

»Geh runter und schließ die Tür ab«, sagte er.

Ich nickte und ging, während John weiter unter einer Matratze wühlte und in einer zweiten Matratze, die er aufgeschnitten hatte.

Ich schloss die Haustür ab und spähte durch einen schmalen Spalt zwischen den Gardinen nach draußen. Fred rief nach einem Koffer oder etwas Vergleichbarem. Und John sagte: »Nimm den Rucksack. Und jetzt komm.«

Durch den Spalt sah ich, wie der Wagen neben den Bordstein rollte und vor dem Gartentor stehen blieb. »Das Auto ist da«, rief ich nach oben.

»Du machst die Tür erst auf, wenn ich es sage«, rief John. »Komm und nimm mir die hier ab.«

Ich trug Taschen, Koffer und den Rucksack die Treppe nach unten. Durch die Wohnzimmertür erhaschte ich einen Blick auf einen nagelneuen, teuren Fernseher.

»Was ist damit?«, fragte ich.

»Nichts. Wir haben's eilig«, sagte John. »Du kannst jetzt aufmachen.«

Als ich die Tür öffnete, schlug mir Vogelgezwitscher entgegen. Es klang so fröhlich und hübsch. Der Gesang ging direkt ins Herz.

»Ruhe jetzt«, schrie ich.

»Niemand hat was gesagt«, sagte Fred.

»Entspann dich und mach schnell«, sagte John.

Wir schleppten Taschen und Koffer nach draußen und warfen alles in den Laderaum. Der Rucksack flog auf den Rücksitz, wo ich schon saß. Fred setzte sich daneben.

John sprang auf den Beifahrersitz, schrie nur: »Fahr!«, und sparte sich dieses Mal die Aufforderung, unauffällig anzufahren. Wir rasten in einer Wolke aus Staub und Gummi los und nahmen die erste Kurve mit quietschenden Reifen. Erst auf der Ringstraße ging unser Fahrer vom Gas, sodass wir auf die Höchstgeschwindigkeit runterkamen.

»Das ist ein Haufen Kohle«, sagte John.

Fred runzelte die Stirn. »Es gefällt mir nicht, dass er tot ist.«

»Er wollte auf uns schießen«, sagte John.

»Ich glaube, es war nur sein Telefon«, sagte ich.

»Das ist fast genauso gefährlich.«

Wir schlängelten uns durch die Autokolonnen. Wechselten mehrmals die Spur, aber weder hektisch noch risikoreich.

»Wenn wir abgeladen haben, fährst du den Wagen in den Hafen«, sagte John zum Fahrer.

»Vergiss nicht, vorher rauszuspringen«, sagte Fred grinsend, und wir lachten. Laut. Fred ließ einen enormen Rülpser durch den Wagen hallen.

»Schwein«, sagte der Fahrer, wir grinsten und rollten die schmalen Straßen entlang, bis zu dem Platz, an dem wir für gewöhnlich parkten.

Normalerweise rechneten wir im Wagen ab, aber dieses Mal war John nervös.

»Wir machen das im Hinterzimmer«, sagte er, und wir stiegen aus und schleppten Taschen, Koffer und den Rucksack am

Haus vorbei, in einen heruntergekommenen Kellerraum mit gefliesten Wänden.

»Was war das hier mal?«, fragte ich.

»Du bist nie hier gewesen, vergiss das ja nicht!«, war seine einzige Antwort.

Das Geld wurde auf ein altes Sofa geschüttet; es würde lange dauern, alles zu zählen, deshalb bündelten wir erst mal die Scheine, reihten sie auf und multiplizierten. Es waren mindestens vierzigtausend Dollar.

»Zehntausend für jeden«, sagte Fred mit großen Augen.

»Hört zu«, sagte John. »Wir fangen mit fünf an. Wir brauchen Geld für ein neues Auto, nicht wahr? Und ein Fahrrad oder Moped.«

»Zehntausend«, sagte ich. »Jetzt habe ich fast genug ...«

»Aber du kannst hier nicht aussteigen ... Solange wir diese Touren machen, bleiben alle dabei ...«

»Ja, ja.«

Ich bekam fünftausend Dollar und wickelte das Geld in altes Zeitungspapier. Zwei Päckchen. Fand in einer Ecke eine alte Plastiktüte. John schaute mich an.

»Vergiss nicht ... du warst niemals hier. Du warst nicht mit draußen. In einer Stunde stehst du in der *Seezunge* und spülst. Alles ist wie immer. Niemand merkt, dass du zu Geld gekommen bist. Du bist nicht fröhlich. Wenn du Mist baust, werde ich dich zum Schweigen bringen.«

Ich zitterte innerlich vor Angst, aber ich glaube, man konnte es mir nicht ansehen, als ich ihm antwortete: »Was denkst du denn? Habe ich meine Sache bislang etwa nicht gut gemacht?«

Fred und John nickten sich zu.

»Zisch ab«, sagte John. »Sieh zu, dass du deinem alten Vater was nach Hause schickst …«

Ich trat mit meiner Plastiktüte auf die Straße. Fünftausend Dollar, das war fast die Hälfte des Geldes, das Chuck mir vorgestreckt hatte. Es war unglaublich.

Bevor ich zu Hause ankam, erreichte mich eine Nachricht von Didi:

Vermisse dich. Macht Abwaschen reich? Chuck sagt, dass sie dir nichts tun, wenn du zurückkommst. Und auch, wenn du es nicht tust. Hauptsache, dein Vater bezahlt die Schulden zurück und du hältst den Mund wegen du weißt schon was. Ich habe Lucky dazu gebracht, ihn gnädig zu stimmen. Wenn du willst, gibt es einen Platz im Salat für dich. Ich werde reich. 8 Kunden heute. 10 gestern. In der Regel o. k. Lucky passt auf mich auf. Süß. Entschuldige. Magst du nicht kommen und eine DVD kaufen?

Ich wusste nicht, was ich antworten sollte. Wagte nicht, ihr von meinen fünftausend zu erzählen. Ich brauchte jemanden, der mich kannte, dem ich alles erzählen konnte. Aber ich durfte mit niemandem reden.

Später: *Seezunge*. Abwasch. Irgendwann breitete sich etwas verschüttete Tomatensuppe in einem Spüllappen aus. Der Stoff saugte die rote Flüssigkeit auf, und ich musste mich konzentrieren, um die Übelkeit zu unterdrücken. Damit mein Mageninhalt blieb, wo er war.

20

In der Nacht nach der Sache mit dem Gangster schlief ich beschissen. Es war ja nur ein Telefon gewesen, dass er aus der Tasche ziehen wollte, und er hätte es ohnehin nicht geschafft, die Polizei zu rufen. *Wozu?* …

Das viele Geld brannte unter meiner Matratze. Ich wachte früh auf und beschloss, zur Bank zu gehen und ein Konto zu eröffnen. Ich überprüfte meine Papiere, zog die Windjacke über und ging raus.

Ich kam an einem Kiosk vorbei und dachte mir, dass ich eindeutig genug Geld hatte, um Schokolade zu kaufen. Aber noch bevor ich an der Theke angekommen war, starrte ich auf der Vorderseite einer Zeitung in ein Augenpaar. Vor Zeitungen kann man nicht weglaufen. Diese Augen würden mich in der ganzen Stadt anstarren, ganz egal, wohin ich ging. Ich musste daran denken, was John gesagt hatte, zwang mich selbst, an seine Worte zu denken: Alles ganz normal. Ich war nicht dort gewesen. Ich arbeitete in einem Restaurant und hatte vormittags frei. Hol tief Luft, Dawn.

Außer der Schokolade kaufte ich auch noch die Zeitung. Ich ging in den Park und setzte mich auf eine Bank. Der Taubendreck würde hoffentlich dafür sorgen, dass sich niemand neben mich setzen wollte.

Vorderseite, große Buchstaben: IM EIGENEN HAUS ERMORDET. Sein Name. Ich konnte die Landessprache ja einigermaßen lesen … verstand über die Hälfte. Er war Professor gewesen. Fünfundachtzig Jahre. Frau, drei Kinder, Enkelkinder. Er hatte an der Universität unterrichtet. Englisch. Aber Gangster?

Ich ging doch nicht zur Bank, sondern in einen WorldPay-Kiosk, und schickte fast das gesamte Geld an meinen Vater. Nur zweihundert behielt ich und steckte sie in meine Jeanstasche. Schrieb ihm eine Nachricht:

Hatte Glück. Aber gib ihnen das Geld noch nicht.
Melde mich bald. Es ist wichtig. Gib Charlie einen
Kuss.

Kurz bevor ich im Keller der *Seezunge* zum Dienst antreten musste, legte ich die Zeitung in der Herrentoilette des Restaurants ab. Ging wie zufällig an der Bar vorbei, wo John stand und so tat, als würde er mich nicht sehen.

»Auf der Herrentoilette liegt eine Zeitung …«

Obwohl kein Mensch im Lokal war, blitzten seine Augen.

Eine Minute später stand ich vor der Spülmaschine und wischte den Boden, damit wir nicht schon am Anfang des Arbeitstages durch fettiges Spülwasser waten mussten.

Ich begreife immer noch nicht, wie ich an diesem Tag die zwölf Arbeitsstunden überstand. Mein Körper war wie ausgelaugt, in meinem Kopf kreisten die Bilder. Wieder und wieder sah ich den Stoff seiner Hose vor mir. Das Hemd, das sich mit Blut vollsaugte. Wie es sich angefühlt hatte, das Handtuch auf seinen Körper zu pressen. Seine Augen. Geschlossen und plötzlich offen. Seine Stimme. Die Art, wie er plötzlich ganz still lag.

Als Soup, ganz wie immer, meine Hüfte zum Festhalten

nutzte, knallte ich ihm eine. Er hätte mich auf der Stelle feuern können, aber vielleicht merkte er meinem Blick irgendetwas an.

»Bist du krank?«, fragte er. »Oder schwanger? Oh Mann, jemand hat ihr einen Braten in die Röhre geschoben …«

Er lachte anzüglich. Am liebsten hätte ich ihm noch eine geknallt, aber ich grinste nur und sagte, ich wäre auf einem Geburtstag gewesen.

Konnte ja nicht sagen, dass es ein Todestag war.

Es wurde halb zwei, bis wir in dieser Nacht Feierabend hatten. Große private Gesellschaft. Riesige Mengen Fenchel, die fein geschnitten werden mussten. Berge von Tellern mit stinkender Fischsoße. Jacks Hand auf der Jagd nach meinem Hintern. Soup brüllend vor Stress.

Ich verließ das Restaurant gleichzeitig mit John, und die Tür hatte sich noch nicht ganz hinter uns geschlossen, als er meinen Arm packte und mich grob umdrehte.

»Bist du irre? Was sollte das mit der Zeitung? Und du hast mich an der Bar angesprochen. Soup ist nicht dumm. Es fehlt nicht mehr viel, dann fängt er an, sich dafür zu interessieren, was wir vormittags machen! Oder was wir gemeinsam machen!«

»Er hat sich schon dafür interessiert. Ich habe gesagt, ich war auf einem Geburtstag.«

»Und was noch?«

»Nichts. Aber hast du es gelesen? *Professor* stand da …«

»Ich weiß nicht, was er war.«

»Dann weißt du auch nicht, was der Vogelmann für einer war? Oder die anderen?«

»Alle in diesem Land haben ihren Scheiß von uns geklaut. Und wenn sie es nicht selbst waren, dann eben ihre Vorfahren.

Wir können stolz darauf sein, uns etwas zurückzuholen. Das habe ich dir doch gesagt.«

Wir gingen ein Stück, es kam mir vor wie ein Kilometer. Jedes Wort, das er sagte, erinnerte mich an seine Stimme im Haus des Professors. Endlich erreichten wir die Seitenstraße, in der ich wohnte.

»Gute Nacht«, sagte er.

Ich presste ein »Gute Nacht und schlaf gut« hervor, dann bog ich ab.

Aber würde er wirklich gut schlafen?

Und ich?

Oben in der Wohnung. Rein ins Schafzimmer. Raus auf die Toilette. Es kam mir vor, als würde kein Blut mehr durch mein Hirn fließen, als wäre es vor Müdigkeit ganz zäh geworden. Aber gleichzeitig peitschten Gedanken und Bilder durch meinen Kopf, dass es wehtat. Der Blick des Professors. Die Rufe. Seine Frau … mir fiel wieder ein, dass die Männer sie oben gefunden und gefesselt hatten. Sie konnte nur ein leises Wimmern von sich geben. Aber sie lebte und er war tot. Und das Geld lag auf dem Konto meines Vaters.

Wann würde John für den nächsten Job bereit sein? Wann würde ich das nächste Mal bereit sein, wie ein nettes Mädchen auszusehen, das sich eine Fahrradpumpe ausleihen wollte?

Es klopfte. Eine der Mitbewohnerinnen wollte aufs Klo, und zwar dringend. Ein paar von ihnen kämpften schon seit Tagen mit Durchfall. Ich war kaum aus der Tür, da hatte sie sich schon gesetzt.

In der Küche traf ich das Mädchen mit dem Bluterguss im Gesicht. Der Fleck war nicht mehr so deutlich zu sehen, aber ihre Stimme klang, als würde ihr Kopf immer noch dröhnen. Trotzdem war sie nicht nur mit sich selbst beschäftigt. Sie sah mir wohl an, dass etwas nicht stimmte, denn sie goss kochendes Wasser in einen Becher mit einem Teebeutel. Berührte sanft meine Schulter, als sie um den Tisch ging, um den Wasserkessel an seinen Platz zurückzubringen. Murmelte leise, ermutigende Laute. Keine Worte. Als ich den ersten Schluck Tee getrunken hatte, konnte ich die Tränen nicht länger zurückhalten.

»Ja?«, sagte sie.

»Ich habe etwas ... Schlechtes getan.«

»Wer tut das nicht?«

»Es ist jemand gestorben. Er ...«

»Schhhh!«

Sie zischte mich fast zornig an und sagte mit sehr leiser Stimme, dass ein Toter immer andere Tote nach sich zieht.

»Solche Sachen dürfen wir nicht wissen.«

Ich musste an John denken: Nicht wissen. Nicht erinnern. Nicht reden.

»Was ist mit dir? Wo willst du hin?«, fragte ich.

Vielleicht hatte sie Ideen oder Pläne, die mir nutzen konnten.

»Ich? Eins nach dem anderen, mein Mädchen. Bringe ich den nächsten Tag ohne größeren Ärger hinter mich, bin ich zufrieden. Ein bisschen was verdiene ich ja. Ein paar Männer bezahlen gut. Sind höflich und gepflegt. Ein bisschen was kann ich meiner Tochter nach Hause schicken. Schau!«

Sie nahm ihr Portemonnaie und zeigte mir das Bild eines Mädchens. Vielleicht fünf Jahre alt.

»Die ist ja süß.«

»Und sie soll es besser haben als wir, nicht wahr?«

Ich nickte. Die Frau stand auf. Sagte nichts mehr, sondern stellte sich einfach neben mich und hielt meinen Kopf. Ich hatte das Gefühl zu zerreißen und weinte noch mehr.

»Ja. Ja, ja, so ist gut …«

»Danke«, sagte ich ein wenig später, richtete mich auf, trank den letzten Schluck Tee, ging ins Schlafzimmer und legte mich auf meine Matratze.

Aber an Schlaf war nicht zu denken. Johns Zorn über die Sache mit der Zeitung war noch nicht verflogen. Er hatte gesehen, wie geschockt ich gewesen war. Würde ich mich verplappern? Das war es, was er fürchtete. Würde die Polizei unvermittelt in der *Seezunge* auftauchen? Das war es, was er sich ausmalte. Und was würde er tun, um genau das zu verhindern? Lieber einmal zu viel töten, als Gefahr zu laufen, geschnappt zu werden. Genau diese Brutalität hatte ich ja nun selbst miterlebt.

Ich lag im Dunkeln und die Entscheidung traf mich wie ein Blitz. Ich würde aussteigen. Und mir kamen keine Zweifel. In der Sekunde, in der ich mich entschieden hatte, war meine Müdigkeit wie weggeblasen; Adrenalin und Blut rauschten durch meinen Körper. John würde schon bald das Bedürfnis verspüren, mit mir zu reden. Und ich hatte keine Lust, auch nur ein einziges Wort mit ihm zu wechseln. Ich konnte das hier nicht mehr.

Ich sah vor mir, wie er an der Wohnungstür klingelte, vielleicht gleich morgen ganz früh. Und vielleicht würde er mich zwingen, ihm an einen Ort zu folgen, wo ich mit niemandem mehr reden konnte. Und vielleicht hieß dieser Ort Tod.

Ich begann, so leise ich konnte, meine Sachen zu packen. Die Tempo-Tüte war so zerfetzt, dass sie nicht mehr zu gebrauchen war. Ich rollte sie trotzdem zusammen und legte sie ganz nach unten in einen stabilen Müllbeutel, den ich von der Rolle unter der Küchenspüle abgerissen hatte. Dann schlich ich mich ins Bad, in den Gestank aus Zigarettenrauch und Magen-Darm-Grippe, holte meine Zahnbürste und mein Deo. Im Flur zog ich meine Jacke über und setzte mich an den Küchentisch. Die Küche war leer. Die Mädchen, die in der Landwirtschaft oder den Fabriken arbeiteten, mussten bald aufstehen. Ein paar von denen, die mit Männern mitgingen, waren noch nicht nach Hause gekommen. Ich schrieb eine Nachricht an Didi:

Es wird eine Weile dauern, bis wir uns wiedersehen. Ich ziehe um. Erzähl niemandem von mir. Du kannst dich nicht an mich erinnern. Mach es gut. Bis irgendwann.

Noch bevor ich den Reißverschluss meiner Jacke zugezogen hatte, kam eine Nachricht. Aber nicht von Didi. Sondern von John. Meine Hand zitterte, als ich sie öffnete:

Um 8 an der Ecke. Wichtig. Schreib o.k., wenn du das gelesen hast.

Ich antwortete *O. k.* und war erleichtert. Acht Uhr, dann ging er jetzt schlafen. Ich ging zur Matratze der Frau, die mich vorhin getröstet hatte, kniete mich neben sie und flüsterte: »Danke. Ich muss jetzt gehen. Ich … ziehe um.«

Sie war wacher, als ich erwartet hatte.

»Ich habe alles vergessen, was du gesagt hast. Aber dich nicht.«

Vorsichtig legte ich meine Hand auf die Stelle, wo sie geschlagen worden war.

»Du bist ein guter Mensch«, sagte sie.

Dann schlich ich raus. Behielt den Schlüssel. Ihn liegen zu lassen, wäre ein allzu deutliches Signal gewesen.

Tage der Angst: In der ersten Nacht schlief ich mit zwei alten Pennerinnen auf dem Gitter eines Lüftungsschachts. Sie stanken nach Schnaps, aber sie boten ein bisschen Schutz vor dem Wind. Die Wärme bekamen wir von unten.

Kurz nach Sonnenaufgang wachte ich auf und wollte unter die Dusche. Aber in der Nähe gab es kein Wasser. Einsetzender Berufsverkehr. Die ersten Busse. Laster und Dieselgestank. Ich schlug die Kapuze hoch und fluchte. Pinkelte in einen Park. Wusch mir Hände und Gesicht an einem Springbrunnen. Noch waren die Cafés nicht geöffnet. Aber ich hatte sowieso nicht genug Geld, um mir einen Cafébesuch zu leisten. Hoffte nur, dass ich nicht allzu schlimm roch. Dann also Obdachlosenhilfe, lauter Menschen, die als Putzkraft arbeiteten. Einige von ihnen hatte ich schon im Containerpark gesehen. Aber ich wollte nicht erkannt werden. Saß ganz still. Bekam einen Kaffee und ein Stück Brot. Konnte mich ein bisschen waschen und Deo auftragen. Fühlte mich wieder wie ein Mensch. Wie ein sehr verängstigter Mensch. Und bald war es acht.

Für das Gespräch, das ich jetzt zu führen hatte, konnte ich kein Publikum gebrauchen, deshalb ging ich raus auf die Straße. Aber dort konnte ich auch nicht reden, weil die Dieselmotoren und Presslufthämmer zu sehr lärmten. Ging zurück in den Park, zu der Bank mit dem Taubendreck. Mein trautes Heim, hätte ich gesagt, wenn Didi dabei gewesen wäre. Ich vermisste sie. Ich vermisste *jemanden*.

Ich setzte mich hin und tippte die Nummer meines Vaters ein. Drückte auf »Anrufen«. War er überhaupt zu Hause? War er die ganze Nacht auf Sauftour gewesen? Er nahm ab. Er klang sehr verschlafen.

Ich schaute mich um, sagte: »Ich bin's. Kannst du reden?«

Er hustete, räusperte sich.

»Du rufst so früh an. Ist was passiert?«

Er trank irgendwas. Ich stellte mir vor, nein, ich *wollte* mir vorstellen, dass es Kaffee war.

»Das Geld, das ich geschickt habe … Ich weiß, was wir damit machen. Wir können Charlie rausholen. Wir können Charlie hier rüberbringen. Wir haben jetzt genug Geld dafür.«

»Charlie kann doch nicht alleine reisen. Was soll der Unsinn?«

»Haben wir Geld, kann er. Und wir haben Geld. Du musst einen Mann suchen, den sie den kleinen Rattenfänger nennen. Er hat nichts mit Chucks Leuten zu tun. Gar nichts. Der kleine Rattenfänger. Kannst du dir das merken?«

»Was passiert dann mit Charlie?«

»Er bekommt einen Pass und ein Flugticket. Er wird nicht mit dem Boot fahren. Er und ein paar andere werden von Krankenschwestern begleitet. Wenn sie am Flughafen in City angekommen sind, werfen sie ihre Papiere ins Klo, rennen raus und rufen ›Asyl‹ an der Passkontrolle. Sie wohnen dann eine Weile in einem dieser Container da … Wenn sie ihn fragen, hat er keine Eltern. Sie haben ihn verlassen. Dann müssen sie ihn hierbehalten. Ich denke, nach einer Weile wird er zur Schule gehen können. Dann ist er hier. Dann kann ich …«

Mein Vater klang nervös. Das war ich auch. Denn selbst wenn es gelang, was konnte ich für den kleinen Charlie im großen Containerlager tun? Ich wusste es nicht, aber ich war mir sicher, dass irgendetwas gehen würde. Eine Weile würde Nelson sich um ihn kümmern. Das musste gehen. Und wenn ich eine ordentliche, normale Arbeit gefunden hatte, würde ich ein Zimmer mieten, in dem wir zusammen wohnen konnten.

»Glaubst du wirklich?«, fragte mein Vater.

»Kannst du ihm etwas Besseres bieten?«, fragte ich.

Es wurde still.

»Das ist wirklich viel Geld, das du da geschickt hast«, sagte er dann. »Wie …?«

»Ich kann dir nicht alles erzählen. Aber diese Dollars sind Charlies Zukunft. Und wir müssen ja auch noch die Schulden abbezahlen … Kannst du es nicht wenigstens versuchen?«

»Deine Mutter hat auch nie aufgegeben, was?«

Er klang ein bisschen beklommen.

»Der kleine Rattenfänger, vergiss das nicht … Es gibt bestimmt jemanden in der Gegend, der ihn kennt. Aber sei vorsichtig.«

Er hustete und sagte dann mit klarer Stimme: »Ich werde versuchen, ihn zu finden.«

Das Telefon fing an, warnend zu piepen.

»Ich habe kein Geld mehr auf der Karte. Schreib, wenn du mehr weißt.«

Ein langes Tuten. Die Verbindung war abgebrochen.

Ich lud mein Handy auf, kaufte Schokolade und eine Zeitung. Und kaum war mein Telefon wieder in Betrieb, blinkte eine Nachricht. John:

Wo bist du? Du willst nicht wissen, was passiert, wenn du nicht SOFORT auftauchst. Ist dir dein Leben egal?

Da ich nicht vorhatte, SOFORT oder irgendwann anders an der vereinbarten Stelle aufzutauchen, ging ich davon aus, dass spätestens in zehn Minuten sämtliche seiner Kontakte in City und Umgebung nach mir Ausschau halten würden. Ich musste untertauchen, tiefer und schneller, als Johns SMS-Nachrichten über mich durch die Luft fliegen konnten.

21

Ich war ein gehetztes Tier. Hatte immer noch ein paar Dollars übrig, aber was nützte mir das? John würde seine Jungs unter Garantie auffordern, in sämtlichen Einwandererquartieren, im Hafen, im Containerpark und überall in der Altstadt nach einem groß gewachsenen, jungen Mädchen zu suchen. Ich musste das glatte Gegenteil dessen tun, was er erwartete.

Ich kaufte ein U-Bahn-Ticket und nahm den Fahrstuhl zum tiefstgelegenen Bahnsteig. Ging ganz bis ans Ende. Setzte mich auf einen Kasten, zog mir die Kapuze ins Gesicht und tat so, als würde ich schlafen.

Es ist eine Sache, wenn jemand sagt, er bringt dich um. Aber es ist etwas ganz anderes, wenn du gesehen hast, wie der Betreffende es tut. Ich hatte eine Scheißangst. Aber als niemand kam, mich packte und mich umbrachte, schlief ich irgendwann ein, eingehüllt in das monotone Rauschen der Belüftung, das Quietschen der Bremsen und das Piepen der Züge vor der Abfahrt.

Ich wurde geweckt und fuhr zusammen. Ich blickte in ein dunkles Gesicht hinter einem riesigen Schnurrbart in Uniform: »Du kannst hier nicht schlafen.«

»Das mache ich ja auch gar nicht.«

Er lachte. »Ihr lebt nachts und schlaft tagsüber, was? Hast du es schon mal mit Arbeit versucht?«

Ich grinste dumm, schaute den Bahnsteig hinunter, überflog die Schilder, las den Namen einer der Endstationen, *Weiße Häuser*, und sagte, dass ich dorthin wollte. Ich zeigte ihm mein Ticket, er nickte und zuckte mit den Schultern. Ich stand mit meiner Tüte auf, zog die Kapuze wieder tief ins Gesicht und ließ mich ein bisschen über den Bahnsteig treiben. Als der Zug kam, stieg ich ein. Es war mitten am Tag und hier waren nicht viele Menschen unterwegs. Ich drehte den Kopf von den anderen Passagieren weg und starrte in die Scheibe, wo sich ihre Spiegelbilder mit den Lichtern der Tunnel abwechselten. Ich fuhr bis zur Endstation. Als ich die Treppe hochkam und mich umsah, spürte ich, dass ich das richtige Versteck gefunden hatte.

Viele Häuser in Weiße Häuser *waren* weiß. Glatt verputzt. Schön, sehr schön. Die Fußgängerzone war breit und sauber, es waren nicht gerade viele Menschen unterwegs, die aussahen, als kämen sie aus anderen Ländern. Und die, die doch so aussahen, trugen schicke neue Sachen. Mit den richtigen Labeln. Diskret, aber sichtbar geschminkt. Ich sah vor allem Mädchen, die Buggys mit adretten Kindern durch die Gegend schoben.

Weiße Häuser war absolut kein Ort für John. Hier gab es zu viele Überwachungskameras und Alarmanlagen; alles war offen und schön. Und deshalb der richtige Ort für mich. Nicht als Kindermädchen, das jeden Tag sein Gesicht auf der Straße zeigen musste. Aber es gab bestimmt auch hier Restaurants, und während ich mir die Leute ansah, kam mir eine Idee, wie ich leichter an so einen Job kommen würde.

Ich ließ es drauf ankommen und ging die Fußgängerzone

hinunter. Blieb wachsam, hielt immer Ausschau nach Männern mit zerschlissenen Jacken und suchendem Blick, aber ich konnte zum Glück niemanden entdecken, der mir verdächtig vorkam. Ich zählte meine Dollars und betrat ein Bekleidungsgeschäft. Hellblaue Jeans mit echtem Label. Top. Helle, leichte Baumwollbluse mit knalligen Streifen auf der Brust. Neue Schuhe, die aussahen wie Sportschuhe, aber gemacht waren, um schick zu sein.

Den ganzen Nachmittag wanderte ich von Restaurant zu Restaurant und fragte nach Arbeit. Wurde vier Mal abgewiesen, aß einen Burger in einer Burger-Bar und behielt die ganze Zeit nervös den Eingang im Blick. Es wurde Abend, ohne dass ich etwas gefunden hatte. Ich brauchte einen Schlafplatz.

So vergingen ein paar Tage. Ich schlief in Gärten, wenn ich einen ohne Elektrozaun fand. Und ohne Hunde. Im Dunkeln würde niemand die Gestalt entdecken, die hinter einem Komposthaufen lag oder im Schuppen schlief. Tagsüber hielt ich mich meistens in der Fußgängerzone auf. Ging in jedes Restaurant und jedes Café, fragte nach einem Job und wurde rausgeworfen.

Als mir das Geld langsam ausging, fand ich eine Stelle: ein feines, ökologisches Restaurant. Vegetarisches Essen. Sie waren so freundlich. Mann und Frau. Wollten natürlich meine Papiere sehen und musterten sie, diskutierten. Zuckten mit den Schultern. Nickten. Hörten sich meine Aussprache an, lächelten und waren der Ansicht, dass es klappen würde. Ich erzählte ihnen, ich hätte in verschiedenen Restaurants in Hafenstadt gearbeitet. Und dass ich gut Englisch sprechen konnte.

Ich setzte alles daran, freundlich und frisch auszusehen. Mein neuer Lippenstift brachte mein Lächeln zum Strahlen.

»Wir haben nicht so viel Geld. Wir haben erst vor Kurzem eröffnet«, sagte die Frau, sie war vielleicht Mitte dreißig.

Ich bat nicht um einen konkreten Lohn, sondern sagte, ich hätte Asthma und würde es nicht gut vertragen, viel draußen zu sein, wo die Cafégäste an kleinen Tischen sitzen konnten.

»Das kriegen wir schon hin«, sagte sie, und wir einigten uns auf ein Gehalt. Es war nicht viel, aber das war im Moment egal.

»Kann ich hier wohnen?«

Der Mann sagte: »Ja, warum nicht.«

Sie unterhielten sich kurz, redeten so schnell, dass ich nicht alles verstand, aber es ging irgendwie um eine Pritsche und eine Matratze und ein Zimmer im Keller. Die Miete war nicht so schlimm.

»Es ist nicht groß, aber es gibt ein Fenster, das man öffnen kann«, sagte sie. »Du kannst dich in der Personaltoilette waschen und ab und zu bei uns baden.«

Ich nickte und war ab sofort als Kellnerin in der *Ökowerkstatt* angestellt.

Sie dachten ökologisch und global und verkauften nur Essen aus Rohstoffen, für die die lokalen Bauern und Fischer gerecht bezahlt worden waren. Ich war auch ein Teil des Globalen. Der Ton im Restaurant war freundlich, die unterschiedlichsten Sprachen schwirrten durch das Lokal, ja, es war fast zu schön, und manchmal bekam ich richtig Angst: War das hier echt? Hatte ich wirklich einen sicheren Ort und einen guten Job gefunden?

Wenn es ein bisschen zu schön wurde, ging ich in die Küche, wo wechselnde Köche und zwei Tellerwäscher und Küchenhilfen schufteten und fluchten, schlimme Wörter benutzten und sich gegenseitig veräppelten. Manchmal gutmütig. Manchmal boshaft. Mich nannten sie Hübsche, und eine der Küchenhilfen, die Lily hieß, oder vielleicht auch anders, war wohl neidisch, weil ich in meinen schicken Sachen herumlaufen, wohlerzogen mit den Gästen sprechen und ganz ökologisch sein durfte. Im Gegenzug lachte sie mich aus, als sie hörte, was ich verdiente.

Weiße Häuser lag hoch und zwischen zwei Gebäuden auf der anderen Straßenseite konnte man das Meer sehen. Ich bekam ein bisschen Trinkgeld zusätzlich zum Lohn, und ab und zu machten Lily und ich einen Abstecher die Straße runter und gönnten uns ein paar Drinks in einem Club mit Messinggriffen an den Klotüren. Für mehr als zwei Shots und ein Bier reichte mein Geld nicht und in der Regel ging ich vor ihr nach Hause. Ich wollte nicht riskieren, mich zu betrinken und noch mehr aufzufallen als sowieso schon.

So standen wir an manchen Abenden an der Bar, redeten und ließen ein paar Typen abblitzen, quatschten mit ein paar anderen und setzten uns vielleicht an einen Tisch dazu. Wir grinsten und veralberten uns oder die Typen, es war fast so, wie ich mir das Leben von ganz normalen Leuten in unserem Alter hier vorstellte. Es gab sogar jemanden, den ich ganz gerne wiedersehen wollte. Er sah aus wie eine Mischung aus City und Hafenstadt, aber ich traute mich natürlich nicht, ihn darauf anzusprechen. Er bestellte einen blauen Drink mit Schirmchen für mich, und meine Wangen glühten, und als Lily und ihr Typ draußen waren, um zu rauchen, knutschten wir ein bisschen. Ich sagte, dass ich nicht mit ihm nach Hause gehen wollte. Nicht an *diesem* Abend. Er lächelte, erzählte, dass er an der Universität studierte, wir unterhielten uns über die Musik, die so laut war, dass wir uns gegenseitig fast in die Ohren kriechen mussten, um etwas zu verstehen …

Eines Vormittags, kurz bevor das Restaurant öffnete, hatte ich zwei Nachrichten auf dem Handy.

John: Wenn du nicht in zwei Stunden da stehst, wo wir verabredet waren, kommen wir und holen dich.

Papa: Abmachung mit kleinem Rattenfänger. Du hast recht: das Beste, was wir für ihn tun können. In einem Monat. Hast du noch 200 Dollar?

Während ich in dem sonnendurchfluteten Lokal mit Tellern, Platten, Wein, Bier und Cola hin und her lief, kreisten die beiden Nachrichten in meinem Kopf. Ich konnte mich nicht ernsthaft vor Johns Drohung fürchten. Das war ein Bluff. Wenn es ihm gelang, mir Angst einzujagen, konnte er mich vielleicht auch dazu bringen, wieder mitzumachen. Er musste sich sehr davor fürchten, dass ich ihn anzeigen könnte. Oder vielleicht hatte er auch nur Probleme, jemanden zu finden, der vor den feinen Häusern genauso glaubwürdig wirkte wie ich.

Solange ich die netten und gut ausgebildeten Gäste bediente und »Hat es geschmeckt?« fragte, mit meinem sicher charmanten Akzent – so lange war John unendlich weit weg.

Trotzdem versuchte ich, eine Zukunft an einem anderen Ort vorzubereiten. Ich plante, mit Charlie in eine andere Stadt zu ziehen, sobald er angekommen war und sobald es sich verwirklichen ließ. An den Tischen hörte ich viele Städtenamen, wenn die Leute sich darüber unterhielten, wo es sich im Land gut leben ließ. Schöne Orte. Ferienorte. Städte, in denen man sich am liebsten irgendwann ein Haus kaufen wollte, falls man je genug Geld hätte. Namen, die ich noch nie zuvor gehört hatte.

Im Keller der *Seezunge* war die Welt nicht größer als eine Hand auf dem Hintern gewesen. Hier, an diesem hellen, freundlichen Ort, wuchs sie nach und nach, und ich nahm sogar all meinen

Mut zusammen und fragte eine Frau, die mit ihrer Tochter zum Essen gekommen war, welche Städte man unbedingt besucht haben sollte. Um mehr über Tourismus zu erfahren. Denn wo Tourismus war, da war auch Arbeit. Sie erzählte mir von *Bergdorf* und von einer Stadt, die am Ufer eines großen Sees lag. Ich glaubte schon fast, die frische Luft zu atmen und den Sand zwischen den Zehen zu spüren.

Aber ich wusste auch, dass es teuer werden würde. Das Problem an der *Ökowerkstatt* war, dass ich zu wenig verdiente. Konnte ich mir vielleicht noch einen Job für den Vormittag suchen?

An diesem Abend rief ich meinen Vater an und erfuhr die Details: Das Geld für den kleinen Rattenfänger war bezahlt, es waren ein paar Tausend Dollar. Die waren geliehen und mussten abbezahlt werden, sobald Charlie im Containerpark angekommen war. Die zweihundert waren eine Gebühr, die sie für die Leute brauchten, die Papiere fälschten. Ich versprach, ihm das Geld so bald wie möglich zu schicken, und erzählte ihm von meinem neuen Job. Versicherte ihm, dass mein Gehalt schon bald wieder steigen würde, dass wir im Laufe von einem oder zwei Jahren alle Schulden abbezahlt haben würden.

»Und dann kommst du mit einem Touristenvisum her und besuchst uns …«

»Ich muss immer wieder daran denken … wie stolz deine Mutter auf dich wäre.«

Er schluchzte und wir legten auf.

Eines Abends, kurz bevor das Restaurant schloss, saß nur noch ein einzelnes Paar im Lokal. Lily winkte mich zur Hintertür. Sie rauchte und unterhielt sich gerne mit mir, wenn eine kleine

Pause möglich war. Es war dunkel geworden, und sie steckte sich ein bisschen unbeholfen ihre Zigarette an, während sie langsam über den Bürgersteig schlenderte. Sonst blieben wir eigentlich immer vor der Tür stehen.

»Ich muss dir kurz was zeigen«, sagte sie, und ich dachte, dass der Laden um die Ecke vielleicht eine neue Tasche im Fenster hatte.

»Ich muss aber gleich wieder rein und den letzten Tisch abkassieren …«

»Zwei Minuten.«

Direkt an der Ecke parkte ein Wagen, die Türen auf der Beifahrerseite standen offen.

Als wir dort ankamen, blieb sie stehen und sagte: »Das ist sie.«

Ein Mann stürzte aus dem Auto auf mich zu, packte mich an beiden Armen, trat mir gegen die Knöchel, sodass ich das Gleichgewicht verlor, und im Fallen stieß er mich grob und schnell auf den Rücksitz. Dann sprang er hinterher. Lily schlug die Tür hinter ihm zu. In der nächsten Sekunde startete der Fahrer das Auto, bog um die Ecke und gab Gas. Ich spürte ein Knie im Rücken und wollte schreien, aber mehrere Lagen Gaffa spannten sich schon über meinem Mund.

»Dachtest du wirklich, du könntest dich vor John verstecken?«, sagte der Kerl, der mich nach unten drückte.

Mein Rücken schmerzte und sie fesselten mir auch noch Hände und Füße mit Gaffa.

»Er freut sich schon sehr darauf, sich mit dir zu unterhalten«, sagte der Fahrer, und der Wagen fuhr weiter durch die Stadt, mit mir auf dem Rücksitz liegend und einem Mann, der auf meinem Rücken saß.

Er legte seine widerliche Hand auf meinen Hintern. Ich

konnte nichts dagegen tun. Nur durch die Nase atmen, während Motorengeräusche, Hupen und die Sirene eines Einsatzfahrzeugs von draußen an meine Ohren drangen. Meine Gedanken kreisten die ganze Zeit um die Frage, wie viel Lily wohl für ihren Verrat bekommen hatte. Wie viel war ich wert? Kranker Gedanke, aber ich grübelte wirklich darüber nach. Hatte sie es für tausend getan?

»Erkennst du es wieder? Du warst ja lange weg … Die gute alte Schlachterei …«

John zeigte in den Kellerraum mit den Fliesen an den Wänden. Er saß vor mir an einem heruntergekommenen Gartentisch. Hinter mir stand der Mann, der mir auf dem Rücksitz den Rücken zerquetscht hatte.

»Ich war doch noch nie hier …«

John hob den Blick und nickte dem Mann zu, der mir sofort mit der flachen Hand aufs Ohr schlug.

»Ich weiß fast nicht, was schlimmer ist: dass du abgehauen oder dass du so vorlaut bist …«, sagte John.

»Entschuldige.«

»Und du denkst, das reicht? Meinst du etwa, ich weiß nicht, wie leicht sich junge Mädchen verplappern, wenn sie mit irgendwelchen Typen vögeln, mit denen sie eben gerade so vögeln? Denkst du wirklich, ich kann das Risiko eingehen, dich mit dem Wissen, das du hast, durch die Stadt spazieren zu lassen?«

»Offenbar kannst du das nicht. Also was schlägst du vor?«, fragte ich, so höflich wie möglich. »Nachdem der Professor gestorben war, habe ich mich nicht mehr getraut weiterzumachen. Ich habe nicht geredet, das schwöre ich dir. Damit würde ich mir ja nur selbst schaden …«

Er lachte leise. Ließ seine Hand über Mund und Kinn gleiten. Starrte mich an. Trommelte mit den Fingern auf den Tisch. Ich schaute nach unten. Bereit, so gut wie alles zu tun, was er von mir verlangte. Aber ich wollte nicht sterben. Wenn ich nicht mehr da war, was sollte denn dann aus Charlie werden, wenn er in City ankam?

»Liebst du das Leben?«, fragte John.

Seine Stimme klang sehr ernst. Philosophisch. Er klang wie die Gäste der *Ökowerkstatt*, wenn sie diskutierten.

»Ja, das kommt vor«, sagte ich.

»Das ist gut«, sagte John. »Denn wir lieben dich ja auch. Fahrradpumpe und Lächeln, nicht wahr? Ich glaube, wir können in Zukunft viele gute Geschäfte zusammen machen. Denkst du nicht?«

»Doch, klar. Aber jemanden umzubringen …«

»Aber dafür müssen wir uns hundertprozentig aufeinander verlassen können. Du musst mir vertrauen. Und ich dir. Verstehst du?«

Ich nickte.

»Verstehst du?« Er brüllte nicht, aber er sprach jetzt lauter. Seine Stimme war wie Stahl.

»Ja«, sagte ich so fest, wie ich konnte.

»Du weißt doch, warum Ehepaare ihre Ringe tragen, oder?«

»Mmm.«

Ehepaare? Sollte ich mit ihm ins Bett gehen, um mein Leben zu retten? War es das? Wollte ich das? Er fuhr fort.

»Ein Ring ist ein Zeichen, dass man für immer zusammengehört, nicht wahr? Und weil wir beide das hier gemeinsam machen und uns fast so gut kennen wie Eheleute, brauchen wir auch ein kleines Zeichen. Das verstehst du bestimmt. Um uns immer daran zu erinnern, dass wir zusammenbleiben, bis dass der Tod uns scheidet …«

»Was …?«

»Ganz besonders du brauchst jetzt so ein Zeichen. Hol die Sachen.«

Der Mann hinter mir verschwand im Zimmer nebenan. Ich wurde unruhig, und John sagte: »Halt still. Du kommst sowieso nicht von hier weg.«

Ich versuchte, still zu sitzen. Der Mann kam zurück. Er brachte einen Hammer, eine Schachtel Nägel, ein Stück Schnur, einen Erste-Hilfe-Kasten und eine große Fleischeraxt mit.

»Nein«, sagte ich.

»Doch, genau das.« John stand auf und stellte sich hinter mich. Legte seine Hände auf meine Schultern und drückte mich fest auf den Sitz.

Der Mann sagte: »Leg den kleinen Finger auf den Tisch. Nur den Finger. Ja, so.«

Ich verstummte. Das passierte nicht wirklich, das würden sie nicht tun. Aber sie taten es doch. Als der Mann einen Nagel in den Tisch schlug und meinen Finger straff daran festband, pinkelte ich mir in die Hose. Mein Körper wurde so schlaff, dass ich fast vom Stuhl gefallen wäre, und John musste meinen Rücken aufrecht halten.

»Drück die anderen Finger ganz nach unten«, sagte der Mann. »Wir wollen nur den einen. Und es ist ja nur der linke …«

Er sagte es so nett und freundlich, als wollte er mir ein Geschenk machen. Ich schloss für einen Moment die Augen und in der nächsten Sekunde spürte ich den Hieb. Ich wurde nicht ohnmächtig, sah nur versteinert zu, wie das Blut durch die erste Kompresse floss, wie es langsam versiegte, als sie eine zweite, dann eine dritte daraufdrückten. Sie streuten irgendeinen desinfizierenden Puder auf den Stumpf, legten eine frische Kompresse darüber und banden sie plump mit einem Verband an den anderen Fingern und dem Handgelenk fest.

»Bis auf Weiteres wohnst du hier«, sagte John. »Aber keine Sorge, der nächste Job ist erst nächste Woche. Ich denke, jetzt weißt du, was ich meine, wenn ich sage, dass wir zusammenbleiben, bis dass der Tod uns scheidet, nicht wahr?«

Dann wurde ich doch ohnmächtig und offenbar trugen sie mich in ein anderes Zimmer und deckten mich mit einer Decke zu.

Ich hatte keine Ahnung, wie viel Zeit vergangen war, als ich wieder zu mir kam. Aber mein Finger tat schrecklich weh. Mein Finger? Ich stöhnte vor Schmerzen und John kam rein. »Nimm die hier.« Er hatte ein paar Pillen dabei, die aussahen wie Schmerzmittel. »Trink Wasser. Und dann nimmst du noch die hier. Mit der wirst du gut schlafen.«

Es wurde dunkel.

TEIL 4

22

Ich hob die linke Hand mit dem Verband. Er war schon mehrmals gewechselt worden, aber selbst jetzt sickerte das Blut noch durch und bildete rotbraune Flecken. In meinem Tablettenrausch wusste ich eine Sache trotzdem bis ins Mark, so to speak: Sollte ich wieder versuchen abzuhauen, würde er mich umbringen. Ich sah nur zwei Auswege und einen von beiden hätte ich niemals gewählt.

Nach einer Woche kam John und sagte: »Übermorgen. Ist deine Hand okay?« Als ob sie das je wieder sein würde.

»Na klar. Denkst du, es wird viel einbringen?«

»Wir waren eigentlich der Ansicht, dass du uns für den gan zen Ärger eine Gebühr schuldest. Für Medizin und Verbandsmaterial. Aber wir haben beschlossen, dass du trotzdem deinen Anteil bekommst, wie zuletzt.«

Als ich das hörte, wusste ich sofort, dass dieses Mal eine Menge zu holen war. Wahrscheinlich hatte er das Ziel, so viel Geld auf einmal wie möglich zu beschaffen, damit er nicht mehr lange hierbleiben musste. Seine Methode, unsere Methode, war inzwischen überall bekannt. Die Zeitungen schrieben darüber und warnten die Leute. Seit unserem ersten Job bei dem Vogelmann war es gefährlicher geworden.

Wir fuhren in einem brandneuen weißen Lieferwagen und ich trug meine ebenfalls neuen, frisch gewaschenen Jeans. Sie hatten mir den Verband gewechselt und ihn mit einer dunklen Elastikbinde umwickelt. Sie entsprach nicht ganz meiner Hautfarbe, aber zumindest war der leuchtend weiße Verband nicht mehr kilometerweit zu sehen. Auf der Ladefläche stand ein Kinderwagen mit Reißverschlussverdeck. In den Zeitungen hatte viel zu viel über Fahrräder, Mopeds und Fahrradpumpen gestanden. Jetzt sollte ich nach Wasser fragen, um etwas Saft für ein Fläschchen zu verdünnen. Unter dem Verdeck des Kinderwagens stand ein Ghettoblaster. Eine CD mit Babygeschrei war eingelegt. Ich übte meinen Text, während ich eingeklemmt zwischen den drei Männern vorne auf der Sitzbank saß.

»Entschuldigung, hätten Sie vielleicht etwas Wasser für mich, um den Saft zu verdünnen? Meine Tochter hat Fieber und sie trinkt so wahnsinnig viel … Hätten Sie vielleicht etwas Wasser?«

Als ich es so ungefähr fünf Mal gesagt hatte, schnauzte John mich an.

»Halt endlich das Maul. Das ist gut so.«

Ich versuchte, fröhlich zu klingen. Grinste und brachte den Fahrer zum Lachen. Aber John und Fred wirkten angespannt.

»Wird es gefährlich werden?«, fragte ich.

»Einen Hund gibt es nicht, es wurde nur ein paarmal ein junger, durchtrainierter Mann im Haus gesehen, allerdings nie vormittags, also … Vielleicht war es ein Wachmann, der nur nachts da ist.«

»Jetzt kommt schon, Jungs«, sagte der Fahrer. »Da gibt's Schmuck, oder? Hast du nicht gesagt, er ist pensionierter Schmuck-Großhändler oder so?«

»Konzentrier dich aufs Fahren«, sagte John.

Der Fahrer lachte leise. Ich starrte durch die Frontscheibe. Tastete meine Jeansjacke ab. Das Fläschchen war an seinem Platz in der Innentasche. Ich war nervös. Und es war total okay, dass sie das mitbekamen.

Als er den Wagen in ein Villenviertel in der Nähe der Küstenstraße lenkte, fragte ich sie: »Was denkt ihr, wie lange ihr braucht?«

»Zehn Minuten wird es wahrscheinlich schon dauern«, sagte John. »Wir müssen außen um einen Garten mit Elektrozaun herum. Also lass dir ruhig Zeit. Du kannst ein bisschen auf und ab gehen. Ist dein Handy eingeschaltet?«

Ich zog es aus der Tasche. Schaute nach. Nickte. Wir hielten an und stiegen aus. John und Fred öffneten die Hecktür und holten den Kinderwagen raus.

»Du lässt das Kind erst weinen, wenn ich dir schreibe, klar?«, sagte John.

»Schlaf gut, meine Kleine«, sagte ich und steckte einen Finger durch ein kleines Loch am Reißverschluss.

»Sie ist wieder fit, was?«, meinte Fred grinsend.

»Los jetzt«, sagte John. »Es ist so weit.«

Sie verschwanden in einem Durchgang zwischen zwei Gärten, während der Fahrer den Transporter langsam die Straße hinunterlenkte. Ich stellte mich neben den Kinderwagen und steckte mir einen Kaugummi in den Mund. Schob die linke Hand, so weit es ging, in die Tasche. Überprüfte das Handy. Leute gingen vorbei. Ein paar Frauen schimpften darüber, wie unglaublich es war, dass solche wie wir es wagten, ihre Städte mit unseren Kindern zu füllen. Ich hätte ihnen dazu gerne eine Menge gesagt, aber ich tat so, als hätte ich kein Wort verstanden.

Der Wagen war jetzt außer Sicht. Ich warf noch mal einen prüfenden Blick auf das Handy. Es waren zwei Minuten vergangen. Dann holte ich tief Luft und schob den Kinderwagen dicht an eine Hecke. Sah mich um. Was würden diese Frauen sagen, wenn eine wie ich ihr kleines Kind einfach im Kinderwagen zurückließ?

Aber sie waren weg. Nur ein alter Mann ging auf der anderen Straßenseite vorbei. Ich öffnete den Reißverschluss des Kinderwagens, damit man deutlich sehen konnte, dass kein Baby darin lag.

Dann rannte ich los.

Ich wollte zur Küstenstraße und den vielen Autos. Dem Verkehr. Den vielen Menschen auf den Bürgersteigen. Ich lief kreuz und quer durch ein Netz von Nebenstraßen. Immer dort entlang, wo kein weißer Lieferwagen parkte. Aber das Telefon vibrierte. Ich zog es aus der Tasche und blieb stehen. Öffnete Johns Nachricht: Wir kommen jetzt, Süße. Ich drückte auf »Antworten« und schrieb: O.k. Aber als ich es abschicken wollte, kamen mir Zweifel. Sollte ich vielleicht schreiben, dass ich von irgendwelchen Rassisten aufgehalten worden war? Zum Kinderwagen zurückgehen und den Job erledigen? War es nicht schlauer, noch so viel wie möglich zu verdienen, bevor ich ausstieg? War ich Charlie gegenüber nicht verpflichtet, so viel zusammenzukratzen, dass wir wirklich eine Chance hatten, uns über Wasser zu halten? Ich schwitzte und die Zweifel machten es nur noch schlimmer. Es pochte in dem Finger, der nicht mehr da war. Ich trocknete mir mit dem Ärmel die Stirn ab und ließ den Blick schweifen. Charlie, verdammt, was soll ich tun? Nein, dachte ich dann, selbst wenn Charlie direkt neben mir stünde, wäre es nicht an ihm, eine Antwort auf diese Frage zu finden. Es gab nur eine Person, die dafür zuständig war. Aber eines Tages würde ich ihm erzählen, was passiert war, welche Gedanken in meinem kleinen Hirn herumgerast waren. Wie würde ich ihm erklären, dass ich daran beteiligt gewesen war, einen Mann für Geld zu töten, dass ich gemerkt hatte, wie falsch das war, und dass ich es trotzdem wieder getan hatte? Für Geld, nur für Geld. Oder aus Angst um meine anderen Finger? Verdammt, Charlie, so etwas darf man nicht. Das ist nie das Richtige. Das, was ich jetzt tun würde, *das* war das Richtige. Ich würde John nichts von einer Verspätung schreiben. Und die Richtung, in die ich rennen würde, war nicht die Richtung, in der ein Kinderwagen und Villen warteten, sondern führte weg, weg, weg von all dem.

Ich drückte auf »Senden«, und John würde für einige Minuten glauben, dass ich mit dem Kinderwagen und dem elektronischen Baby unterwegs war. Diese Minuten gehörten mir.

Ich steckte das Telefon wieder ein und hastete weiter. Dann konnte ich das Wasser am Ende der Straße sehen. Ich rannte, rannte, rannte. Der Schweiß tropfte mir in die Augen. Das Handy vibrierte wieder, aber dieses Mal blieb ich nicht stehen, um die Nachricht zu lesen, und ich ging auch nicht dran, als es eine Minute später klingelte. Ich rannte weiter zum Wasser und zu den Autos. Schnappte nach Luft. Meine Lungen wollten zerreißen. Endlich erreichte ich den Bürgersteig, der viel zu breit und viel zu hell war. Wann musste ich damit rechnen, dass der Transporter auftauchen und seine Insassen jeden mustern würden, der hier entlangging?

Meine Augen suchten wie ein Radar nach Taxis und Polizeiautos. Da kam ein Taxi, das frei zu sein schien, aber der Fahrer bemerkte mich nicht. Oder ich sah ihm zu fremd und verschwitzt aus. Ich blieb stehen, musste so tun, als wäre alles normal. Durfte nicht kopflos durch die Gegend rennen und nach Drama aussehen. Ich fand eine Papierserviette und trocknete mir das Gesicht, so gut es ging, ab. Aber der Schweiß tropfte einfach weiter. Ein neues Taxi. Besetzt. Und war da ein weißer Kastenwagen, da, weit weg? Er kam schnell näher, und ich beugte mich nach unten, tat so, als würde ich mir die Schuhe binden, mit dem Hintern zur Straße. Als der Wagen näher kam, erkannte ich, dass es ein anderer war. So schnell hätten sie es sowieso nicht hierher geschafft. John musste erst dem Fahrer schreiben, dann mussten sie sich aus ihren Verstecken schleichen und einsteigen. Vielleicht würden sie streiten, welchen Weg ich genommen hatte.

Mir blieb bestimmt noch Zeit. Und da: endlich ein Taxi. Ich winkte deutlich, aber beherrscht. Es fuhr rechts ran. Ich öffnete die Tür und steckte den Kopf hinein.

»Können Sie mich zur nächsten Polizeistation bringen?«

Ich hatte meine Atmung noch nicht wieder ganz unter Kontrolle. Der Fahrer sah mich an, dachte eine Sekunde nach, nickte. Ich stieg ein, er tippte etwas in sein GPS und fädelte sich wieder in den Verkehr ein.

»Ist was passiert?«, fragte er.

Er war jedenfalls nicht auf dieser Seite des Meeres geboren. Trotzdem hatte ich ja keine Ahnung, ob ich ihm vertrauen konnte. Hatte gehört, dass Leute wie John und Chuck meist gute Verbindungen zu Taxifahrern hatten.

Also sagte ich nur: »Das ist eine lange Geschichte. Ist es weit?«

»Nur die Ruhe, junge Dame. Wir sind in fünf Minuten da.«

Als der Wagen hielt und ich das Wort POLIZEI in großen

grünen Buchstaben an einer Betonmauer las, war ich so froh, dass ich ihm mein gesamtes Kleingeld als Trinkgeld gab.

»Schönen Tag noch«, sagte er und sah aus, als würde er es wirklich so meinen.

»Danke.«

Und ich meinte es auch wirklich so. Selten war ich so erleichtert gewesen. Am liebsten hätte ich ihn auf die Wange geküsst, aber ich begnügte mich mit einem breiten Lächeln. Dann stand ich auf dem Bürgersteig und strich meinen Pulli glatt, bevor ich zum Eingang ging.

Mir fiel ein, dass sie mir vermutlich sehr bald das Telefon abnehmen würden, also blieb ich stehen und schrieb an meinen Vater:

In nächster Zeit wirst du mich nicht erreichen.
Schreib Didi oder ruf sie an, sobald Charlie unterwegs ist. Ihre Nummer ist XXXX XXXXXXXX. Gib Charlie einen Kuss von mir.

Und an Didi schrieb ich:

Lande wohl in der Festung. Charlie bald unterwegs hierher. Frag nach Nelson im Containerpark.
Mein Vater meldet sich bei dir. Hoffe, alles ist gut.
Wir sehen uns.

Ich las auch noch, was John geschrieben hatte:

Wenn ich dich in zwei Minuten nicht sehe, bist du tot.

Ich nahm die SIM-Karte aus dem Handy, riss meine Papiere in winzige Stücke, warf alles durch einen Kanaldeckel und steckte das Handy wieder ein. Dann drückte ich die schwere Tür zur Polizeistation auf.

»Ich habe etwas Schreckliches getan«, sagte ich zu dem Mann hinter der Theke, und eine unglaubliche Last fiel von mir ab.

Er rauchte Pfeife und blickte kaum auf. Saß einfach ganz ruhig in seiner Uniform da.

»Pass?«

»Ich habe keine Papiere. Ich heiße Dawn.«

Er schüttelte den Kopf und rief etwas durch eine halb geöffnete Bürotür. »Hier ist eine, die Hunger hat. Wann fahren wir heute zur Festung?«

Ich konnte die Antwort nicht hören. Zu mir sagte er: »Ja, da bekommst du wenigstens zweimal am Tag etwas zu essen. Aber dir ist schon klar, wer das bezahlt, oder?«

Er tippte sich ein paarmal mit dem Zeigefinger auf die Brust. Er glaubte offenbar, ich würde mich stellen, weil ich hungrig war, und mir wurde bewusst, dass ich in der Festung vermutlich mit etlichen anderen zusammengelegt werden würde, die keine Papiere hatten. Wir würden gemeinsam essen und schlafen; das konnte ich nicht riskieren.

»Und du hast dich verletzt? Das macht es natürlich auch nicht einfacher …«

Er hatte den Verband an meiner Hand entdeckt.

»Entschuldigung«, sagte ich. »Aber ich war dabei … als ein Mann ermordet wurde.«

Er tat so, als hätte eigentlich er die Schmerzen.

»Das glaube ich gerne. Aber dafür bekommst du bei uns kein Einzelzimmer.«

Erst als ich den Namen des Professors nannte und sagte, an welchem Tag er erschossen worden war, rollte der Polizist einen halben Meter mit seinem Stuhl zurück und sah mir in die Augen. Runzelte die Stirn.

»Das ist doch … Christy, hier ist jemand für dich!«, rief er in Richtung des Büros.

»Ich halte es nicht mehr aus, ich muss mit jemandem darüber reden«, sagte ich.

»Bleib da stehen«, sagte er in einem Ton, der mit einem Mal scharf und nervös geworden war.

Er stand auf, ging um die Theke herum und legte mir Handschellen an. Er klopfte meine Taschen ab, und als er sicher war, dass ich nicht bewaffnet war, wartete er, bis eine Kollegin auftauchte. Sie tastete meinen gesamten Körper ab, fuhr mit den Händen tief in alle Taschen und leerte sie. Handy, Lederbörse mit hundert Dollar, Kamm, Deoroller und die Babyflasche, die ich vergessen hatte wegzuwerfen. Dann wurde ich in ein Büro geführt und verhört.

»Ich muss wissen, wie Sie heißen und wo Sie geboren sind«, sagte Christy.

Sie hatte die Haare im Nacken zu einem Pferdeschwanz gebunden und trug ein grünliches Hemd, genau wie der Mann an der Theke. Sie sah freundlich aus, aber sie lächelte nicht.

»Dawn. Ich bin … auf der anderen Seite geboren.«

»Dawn … Nachname? Geburtstag? Geburtsort? Das Land …?«

Ich sagte nichts.

»Dann fangen wir anders an, Dawn. Was genau hast du getan? Ich darf doch Du sagen?«

Ich nickte und erzählte ihr, dass ich durch Geldmangel an ein paar Leute geraten war, die in die Häuser reicher Leute eindrangen und ihnen Geld und Schmuck raubten.

»Ein paar Leute? Meinst du Männer?«

Ich antwortete nicht. Sie sah ein wenig verstimmt aus.

»Kennst du die Namen dieser Leute?«

»Niemand hat Namen erwähnt. Mich haben sie … Süße genannt. Ich war dabei, als er erschossen wurde. Ich habe versucht, ihm zu helfen …«

»Aber du hast ihn nicht selbst erschossen? Du kannst es genauso gut gleich sagen, wenn es so sein sollte. Wir finden es sowieso raus. Wenn man sofort gesteht, fällt die Strafe meist geringer aus.«

»Meine Aufgabe war es, dafür zu sorgen, dass die Tür lange genug offen steht, damit sie reinkommen können.«

Sie lächelte, als hätte sie die Geschichte schon öfter gehört.

Dann erzählte ich ihr, wie der Professor erschossen worden war, wo die Schusswunde saß, wie ich versucht hatte, ihn zu verbinden und womit. Christy nickte. Offenbar war sie mit den Details vertraut, denn sie nickte immer wieder.

»Wo wohnst du?«

Ich antwortete nicht.

»Wo seid ihr losgefahren?«

Ich antwortete nicht.

»Wie viele wart ihr? Ihr wart vier, nicht wahr?«

Ich antwortete nicht.

»Wie bist du mit ihnen in Kontakt gekommen und wie viel hast du dafür bekommen? Bist du freiwillig mitgegangen?«

Ich legte meine linke Hand auf den Tisch.

»Der kleine Finger?«

Ich nickte. »Ich durfte sie ja nicht mehr verlassen, nachdem ich einmal dabei war. Aber ich habe es trotzdem getan. Da passierte das mit dem Finger. Deshalb bin ich jetzt hierhergekommen.«

Sie schrieb etwas auf und stoppte ihr Aufnahmegerät. Es war nicht so schick wie dein Recorder, Marcus …

Das Verhör war beendet.

»Du kommst vorläufig in eine Einzelzelle«, sagte sie. »Morgen siehst du den Richter. Stell dich darauf ein, dass du eine Weile isoliert werden wirst. Also alleine sein wirst.«

»Ich weiß, was isoliert bedeutet.«

»Sag mal, wie alt bist du eigentlich?«

»Einundzwanzig. Und eine Weile Isolation ist sehr gut.«

Dann wedelte ich mit der linken Hand. Sie nickte, fast unmerklich.

»Die Festung« ist Teil einer alten Festung. Durch das vergitterte Fenster des Transporters, in dem ich mit vier anderen Mädchen saß, sah ich, wie eine Gruppe Touristen einige alte Kanonen fotografierte. Wir fuhren noch ein Stück weiter, durch eine Pforte mit mehreren Schranken und bewaffneten Wachen, an einem dreistöckigen Flügelbau entlang, einem alten Teil der Festung, der mit einem neuen Gebäudeteil aus Beton verbunden war. Der Eingang war aus Beton. Drei Schließerinnen führten uns Treppen hoch und Gänge runter. Die anderen Mädchen wurden zusammen in eine Zelle eingeschlossen, während ich weitergehen sollte.

»Oh«, sagte eins der Mädchen. »Da bekommt wohl jemand ein besseres Zimmer.«

»Sie sieht ja auch aus, als wäre sie was Besseres«, sagte eine der anderen.

Dann schlug die Tür hinter ihnen zu. Ich wurde noch eine Treppe hochgeführt und befand mich jetzt im alten Flügel. Vor der Nummer 318 blieben wir stehen, man nahm mir die Handschellen ab und stieß mich hinein. Hinter mir fiel die Tür ins Schloss. Nicht mit Lärm und Echo, so wie man es in Filmen immer sieht, sondern ganz diskret mit einem Klick.

Am nächsten Tag entschied der Richter ganz genau so, wie Christy es vorhergesagt hatte. Einige Wochen Isolationshaft, um die Ermittlungsarbeiten nicht zu gefährden; vorläufig der Mittäterschaft in einem Mordfall und wegen dem Zurückhalten wichtiger Informationen gegenüber der Polizei beschuldigt. Als sich die Tür zur 318 hinter mir schloss, hätte ich eigentlich weinen müssen, aber ich spürte nur Erleichterung.

Es gab ein Klo in der Zelle. Einerseits ein bisschen eklig, aber andererseits praktisch. Ich würde nicht gezwungen sein, die Gemeinschaftstoilette zu benutzen, wo man nie wusste, was passieren konnte und wem man womöglich begegnete. An die Wand neben dem Klo hatte jemand einen riesigen Schwanz gekritzelt. Irgendwie musste ich darüber lachen. Nachdem ich die Toilette getestet hatte, legte ich mich auf das schmale Bett, zog die Decke hoch und schlief ein.

Christy war wirklich nett im Vergleich zu den Schließerinnen, die in der Festung arbeiteten. Vielleicht fanden sie nicht genug Frauen für den Job, denn ab und zu sah ich auf unserer Abteilung auch Männer in den grauen Gefängnisuniformen.

Die ersten Tage lief ich in meiner Zelle auf und ab und sagte immer wieder zu mir selbst: »Du hast dir das Leben gerettet, du hast dir das Leben gerettet.« Das war ein gutes Gefühl, auch wenn das Essen widerlich war und mein Magen oft rebellierte. Vielleicht eine besondere Art der Folter, wenn man eine Toilette in der Zelle hat: der eigene Geruch?

Ab und an wurde ich zu Verhören geholt, eines Tages kam ein Mann im Anzug dazu: mein Verteidiger, Anwalt M. H. Tomas. Er sagte nicht viel, saß nur da und hörte mir beim Schweigen zu, während Christy ihre unzähligen Fragen stellte. Ich hatte beschlossen, alles zu erzählen, was ich selbst getan hatte, aber nichts über die anderen. Ich wagte es nicht, obwohl es mir Strafmilderung eingebracht hätte. Irgendwann kam eine Zeit nach der Festung. Und dann würde es eine Weile dauern, bis ich Charlie aus dem Containerpark holen und mit ihm in eine andere Stadt im Landesinneren ziehen konnte. Eine Zeit, in der ich mich in City bewegen, arbeiten und einkaufen musste, bis ich wieder Papiere hatte.

Ich fragte sie, ob man im Gefängnis nicht vielleicht arbeiten und etwas Geld verdienen konnte. Christy sagte Nein, leider nicht. Als ich später einen der Schließer dasselbe fragte, glotzte er gierig: »Ich denke schon, dass sich da in deinem Fall was machen ließe …«

»Das war nicht das, was ich meinte.«

Es gab offenbar andere, die nicht Nein sagten, denn manchmal hörte ich eine stöhnende Männerstimme durch das kleine Fenster, das ich wegen der Hitze immer offen halten musste.

Die Ruhe, die ich in den ersten Wochen in Nr. 318 verspürt hatte, verwandelte sich in Langeweile. Ich fing allmählich an, mich darauf zu freuen, in den Gemeinschaftstrakt verlegt zu werden, sobald mein Strafmaß feststand. Aber das Gefängnis war offener, als ich gedacht hatte – und vor allem mit einem hatte ich nicht gerechnet: Menschen und Dinge konnten rein- und rausgelangen. Auch Nachrichten und Informationen. Eines Abends lag ein Stück Papier unter meinem Teller mit Kartoffelbrei und Fleischsoße. Ich hatte sehr wohl registriert, dass eine neue Frau das Essen gebracht hatte, aber das war nicht ungewöhnlich; Leute wechseln den Job oder werden versetzt. Ich faltete den Zettel auf.

Dawn. Neun Finger, aber nur ein Leben.
Du sagst kein Wort. Bis dass der Tod uns scheidet.
J.

Mein Appetit war inzwischen eigentlich zurückgekehrt, aber an diesem Abend bekam ich nur wenige Bissen herunter. Als die Frau wenig später wiederkam, um den Teller zu holen, warf sie einen Blick auf die Reste und sagte: »Ist uns etwa der Appetit vergangen? Fühlen wir uns heute nicht wohl?«

Ich bin mir sicher, dass sie den Brief hereingeschmuggelt hatte, denn ich sah sie nie wieder.

Die Langeweile war schlimm, die Angst schlimmer. Die Wände waren stumm. Sie waren die Einzigen, denen ich meine Gefühle zeigen konnte. Mit einem kleinen Bleistift schrieb ich Johns Namen über die Kritzelei neben der Toilette und zeichnete eine Axt dazu. Für ein paar Minuten fühlte ich mich stark.

Bei der nächsten Vernehmung sprach Christy plötzlich davon, dass ich doch schon vor dem Urteilsspruch in den Gemeinschaftstrakt verlegt werden sollte, nämlich sobald man »die Ermittlungen als abgeschlossen betrachtete«.

»Das spart Kosten«, sagte Herr Tomas, mein Anwalt, grinsend.

»Nein«, sagte ich. »Noch nicht.«

»Du brauchst Kontakt zu anderen … Mädchen«, sagte Tomas. »Bist du nicht einsam? Du sitzt jetzt schon seit Monaten in diesem Loch.«

»Sie dürfen mich nicht dahin verlegen.«

»Macht dir jemand Angst?«, fragte Christy.

»Ja. Lassen Sie mich hier.«

»Wer ist es?«

Darauf gab ich natürlich keine Antwort, aber ein paar Tage später bekam ich die Mitteilung, dass ich in Nr. 318 bleiben würde, bis mein Strafmaß feststand.

23

Mehr gibt es nicht zu erzählen. Über die Gerichtsverhandlung kann man sich in der Zeitung informieren. Ich habe drei Jahre für »Mittäterschaft in einem Tötungsdelikt« bekommen, wie es heißt. Tomas forderte mich während der Verhandlung mehrfach auf, Namen und Adressen zu nennen.

»Dann bekommst du maximal zwei Jahre und spätestens nach einem bist du hier wieder raus ...«

Aber ich schwieg. Also sitze ich jetzt mindestens zwei Jahre, bis sie mich vielleicht freilassen. Falls ich mich gut benehme. Ich konnte Tomas dazu überreden, eine »geschützte Zelle« für mich zu beantragen, der Antrag wurde bewilligt, und Christy sagte: »Du kannst vorläufig in Nr. 318 bleiben. Aber ich mache mir Sorgen, dass du da drinnen durchdrehst. Du kannst dich jederzeit in den Gemeinschaftstrakt verlegen lassen ...«

Ich habe die Erlaubnis bekommen, Filme zu sehen und Musik zu hören, ich darf schreiben und lesen, und im Laufe der ersten Wochen bin ich offenbar noch nicht durchgedreht. Ich finde, ich klinge noch ziemlich normal, oder?

Eines Tages, als ich zu einer Besprechung mit Tomas kam, saß da ein zweiter Mann, den ich bis dahin noch nie gesehen hatte.

»Das ist Marcus«, sagte Tomas. »Er ist Journalist und plant

eine Geschichte über einen jungen Migranten. Oder eine junge Migrantin – das könntest du sein. Wäre das was für dich? Ein Honorar ist sicher auch drin.«

Eine junge Migrantin; ich ließ die Worte sacken. Ja, das bin ich wohl. Aber ich hatte ein paar Bedingungen, sowohl was die Höhe des Honorars betraf als auch Charlies und meine Sicherheit.

»Erzähl einfach deine Geschichte«, sagte Marcus. »Von Anfang bis Ende. Und was du da vorschlägst, ist völlig in Ordnung: keine Namen, nur die Geschichte …«

Als sie gingen, gab er mir den Recorder mit. *Ears*, du bist über Wochen mein treuer Gefährte gewesen. Irgendwie ist es Marcus gelungen, mir die Erlaubnis zu verschaffen, dich mit in die Zelle zu nehmen. Und mit dir zu sprechen. So was kann man bestimmt kaufen.

Und danke … Es hat mir geholfen, dich mit allem vollzuquatschen. Die Tage und Nächte sind ein bisschen schneller vergangen.

Ich hoffe nur, man kann überhaupt verstehen, was ich in den letzten Tagen aufgenommen habe. Ich war gezwungen, sehr leise zu sprechen. Und nur nachts. Vor drei Tagen bekam ich nämlich eine neue Nachricht von John, geschrieben auf die Rückseite eines Kuverts:

Wir wissen, was zwischen dir und dem Journalisten läuft. Dieses Mal begnügen wir uns nicht mit einem Finger, wenn du dich verplapperst. Zum letzten Mal: Halt's Maul oder wir machen euch fertig. J.

Die Decke hier in der Festung hat offenbar Augen und die Wände haben Ohren. Ich weiß nicht, ob es nicht doch sicherer wäre, in den Gemeinschaftstrakt zu wechseln. Vielleicht würden die anderen mich beschützen. Ich werde mit Christy darüber sprechen. Muss so schnell wie möglich einen Termin mit ihr beantragen.

Marcus, wir treffen uns ja morgen, dann bekommst du *Ears* zurück. Nach der letzten Drohung von John denke ich, du solltest sehr, sehr gut auf deinen Recorder aufpassen. Mach sofort Kopien von den Aufnahmen! Und pass vor allem gut auf dich selbst auf. Wenn du dir alles angehört hast, weißt du, mit wem du es zu tun hast und wozu diese Typen in der Lage sind. Du bist mutig, wenn du das hier drucken lässt. Ich wünsche mir, dass es gedruckt wird. Aber ich kann verstehen, wenn es dir zu riskant erscheint.

Ich weiß nicht, wie viel ich morgen bei unserem Gespräch sagen kann. Da steht ja immer jemand dabei, der zuhört. Und sie haben es gar nicht gerne, wenn man über Geldbeträge, Telefonnummern und so was spricht. Ganz zu schweigen von Charlies Reise. Deshalb, um sicherzugehen, sage ich es jetzt schon mal:

Das Geld, das du mir versprochen hast – bis auf hundert Dollar, die ich brauche, wenn ich hier rauskomme –, geht an Charlie und an diejenigen, die sich um ihn kümmern werden. Vielleicht an Nelson, den Spielmann, wenn er dann immer noch hier ist. Du müsstest die beiden im Containerpark finden, sobald Charlie hier ist. Vielleicht kann mein Anwalt ihm ein bisschen bei den Anträgen und allem helfen? Das Geld müsste dafür eigentlich reichen. Und für dich dürfte es ja kein Problem sein, eine Zugangserlaubnis zu bekommen, für hier oder da …

Um zu erfahren, wann Charlie ankommt, musst du Didi kontaktieren. Mein Vater hat versprochen, ihr Bescheid zu geben, sobald Charlie ausreist. Schreib ihr oder ruf sie an. Ihre Nummer ist: XXXX XXXXXXXX. Wenn sie nicht mit einem Journalisten reden will, dann tu so, als wärst du ein Kunde … Wir sehen uns morgen. Ha, ha, nein, wenn du das hier hörst, ist es ja gar nicht mehr morgen. Und wenn du irgendwann Charlie triffst: Nimm ihn von mir in den Arm. Und sorg dafür, dass sie ihn gut behandeln. Wenn es dir gelingen würde, einen Antrag durchzubringen, dass er mich besuchen darf, dann wäre ich glücklich.

Ich glaube, er auch.

Zwei Tage nachdem Dawn mir das Diktiergerät zurückgegeben hatte, rief Tomas mich an. Ob ich sofort zur Festung kommen könnte?

Im Büro des Bereichsleiters stand ein Mann im weißen Kittel, der mir als Arzt vorgestellt wurde. Zusammen gingen wir alle vier in die Zelle. Tomas hatte darauf bestanden, mich als Zeugen mitzunehmen.

»Es gibt ja keine Angehörigen …«

In der Nr. 318 lag Dawn auf dem Boden. Der Arzt hatte ihren Tod bereits festgestellt, eine Tatsache, an der niemand einen Zweifel haben konnte. Ein festes Seil war zweimal um ihren Hals geschlungen und zugezogen worden. Ihr Mund war mit Gaffa-Tape zugeklebt. Etwas Spucke war darunter herausgelaufen. Ein Ohr war blutig und sie hatte einen Bluterguss an der Schläfe.

»Das war wohl kaum Selbstmord«, sagte der Arzt,

und der Bereichsleiter sah aus, als würde ihn das ärgern. Selbstmord wäre einfacher gewesen.

»Wie kann so etwas in einem geschlossenen Gefängnis passieren?«, fragte ich.

»In diesem Milieu erlebt man die verrücktesten Sachen«, antwortete der Bereichsleiter.

»In diesem Milieu ... Offenbar hatte ja jemand einen Schlüssel zur Zelle«, sagte Tomas.

»Wir werden den Vorfall genau untersuchen«, versicherte uns der Bereichsleiter. »Ich garantiere Ihnen, dass hier kein Stein auf dem anderen bleibt.«

Siebzehn Jahre. Oder achtzehn? Sie hat etwas erreicht. Sie hinterlässt uns ihre Geschichte und ihrem Bruder das Geld. Eine ganze Menge, wenn man bedenkt, wie jung sie war.

Tomas bestand auf einer Trauerfeier in der Gefängniskapelle und er bekam die Zustimmung des Direktors. Der Bereichsleiter von Dawns Abteilung hatte dagegen eine Beisetzung oder Einäscherung in »aller Stille« vorgeschlagen: »Wir wissen ja gar nichts über sie«, sagte er, »noch nicht mal ihren Namen, was soll man da denn erzählen?«

Es gelang mir, Dawns Freundin ausfindig zu machen, Didi. Sie war völlig aufgelöst, als sie am Telefon schließlich verstand, was ich ihr zu sagen versuchte.

Es war ihr sehr wichtig, sich von Dawn zu verabschieden, und ich half ihr mit den Buszeiten und auch mit einer genauen Beschreibung, wo die Beisetzung stattfinden würde.

Wir trafen uns zeitig an der Gefängniskapelle, die etwas außerhalb der Festung lag, damit sowohl die Toten als auch die Lebenden ohne Papiere dort hinkommen konnten. Didi kam in Begleitung eines großen dünnen Mannes, der ein kleines Saiteninstrument dabeihatte: Nelson.

Im Inneren der weiß verputzten Kapelle, in der kein einziges Bild hing, stellten wir uns um den Sarg auf. Nachdem ich Dawns Geschichte gehört hatte, wusste ich eine ganze Menge über ihr Leben und konnte sehr wohl ein paar Worte beitragen. Als ich fertig war, spielte Nelson und sang dazu. Keine langsame, tränenerstickte Melodie, sondern ein mitreißendes, rhythmisches Lied, zu dem man hätte tanzen können. Ja, er selbst tanzte, während er spielte und sang. Der Bereichsleiter schien die Situation erst unpassend zu finden, aber sogar er ließ sich irgendwann von der Musik anstecken.

Als der letzte Akkord verklungen war, sagte Nelson mit seinem eigenwilligen Akzent: »Ich habe sie dazu tanzen sehen. So ausgelassen. Zu diesem Lied hat sie sich auf den Weg gemacht ...«

Bei diesen Worten weinte Didi sehr, und auch mir kamen die Tränen, als der Sarg zur Einäscherung getragen wurde. Wir blieben vor der Kapelle zurück, hinter uns ragte die mächtige Festung auf. Didis intensives Lavendelparfüm hatte sich inzwischen mit Schweißgeruch vermischt und auch der Spielmann hatte wohl schon seit ein paar Tagen kein Bad mehr gesehen. Wir standen schweigend da und blickten über das Meer, hinüber zu dem Land, aus dem sie gekommen war. Am

Horizont konnte man die blaugrauen Schatten ferner Berggipfel erahnen.

Nelson brach die Stille: »Wir kümmern uns um Charlie, wenn er ankommt«, sagte er und dankte mir für das Geld, das auf einem Konto lag, zu dem wir beide, er und ich, Zugang hatten. »Soweit ich weiß, kommen die unbegleiteten Kinder alle in den Containerpark.«

Dann verabschiedeten wir uns. Händedruck. Umarmungen. Didi rief ein Taxi. Tomas, der Bereichsleiter und ich gingen zurück zum Gefängnis. Kurz bevor wir am Tor waren, blieb ich stehen und sah dem jungen Mädchen und dem hageren Spielmann nach. Ihr Rock flatterte im Wind, sodass sie den Stoff nach unten halten musste. Sie lehnte sich an seine Schulter und weinte. Er drückte sie an sich und sagte etwas, das ich nicht hören konnte. Es muss etwas Tröstliches gewesen sein, denn jetzt lachten sie beide.

Und Dawn schwebte über uns allen.

MARTIN PETERSEN wurde 1950 in Kopenhagen geboren, arbeitete bis 1998 als Lehrer und hat bislang sechs Romane für Erwachsene, eine Gedichtsammlung und neun Kinder- und Jugendbücher geschrieben, für die er drei dänische Kinderbuchpreise erhalten hat. Neben dem Schreiben stellt er seine Bücher in dänischen Schulen vor und bietet Workshops für kreatives Schreiben an. Martin Petersen lebt mit seiner Familie in Aarhus, der zweitgrößten Stadt Dänemarks.